GREGOR

E AS MARCAS SECRETAS

Obras da autora publicadas pela Editora Record

Série Gregor

Vol. 1 – *Gregor, o guerreiro da superfície*

Vol. 2 – *Gregor e a segunda profecia*

Vol. 3 – *Gregor e a profecia de sangue*

Vol. 4 – *Gregor e as marcas secretas*

SUZANNE COLLINS

GREGOR
E AS MARCAS SECRETAS

Tradução de

VIVIANE DINIZ

GALERA RECORD
RIO DE JANEIRO • SÃO PAULO
2012

CIP-BRASIL. CATALOGAÇÃO NA FONTE
SINDICATO NACIONAL DOS EDITORES DE LIVROS, RJ

Collins, Suzanne
C674g Gregor e as marcas secretas / Suzanne Collins; tradução de Viviane Diniz. – Rio de Janeiro: Galera Record, 2012.
(Gregor; 4)

Tradução de: Gregor and the marks of secret
Sequência de: Gregor e a profecia de sangue
ISBN 978-85-01-08189-6

1. Ficção juvenil americana. I. Diniz, Viviane. II. Título. III. Série.

12-3025 CDD: 028.5
CDU: 087.5

Texto revisado segundo o novo Acordo Ortográfico da Língua Portuguesa.

Direitos exclusivos de publicação em língua portuguesa somente para o Brasil adquiridos pela
EDITORA RECORD LTDA.
Rua Argentina 171 – Rio de Janeiro, RJ – 20921-380 – Tel.: 2585-2000
que se reserva a propriedade literária desta tradução.

Impresso no Brasil

ISBN 978-85-01-08189-6

Seja um leitor preferencial Record.
Cadastre-se e receba informações sobre nossos lançamentos e nossas promoções.

Atendimento e venda direta ao leitor:
mdireto@record.com.br ou (21) 2585-2002.

EDITORA AFILIADA

Para Rosemary Stimola,
Kate Egan e Liz Szabla

PARTE 1

A COROA

CAPÍTULO 1

Gregor se sentou na cama, passando as pontas dos dedos pelas cicatrizes. Eram de dois tipos diferentes. As linhas finas que se entrecruzavam nos braços tinham sido deixadas pelos cipós traiçoeiros que haviam tentado arrastá-lo para a selva do Subterrâneo. E as marcas mais profundas — as que foram feitas por mandíbulas de formigas gigantes durante uma batalha — podiam ser vistas na maior parte do restante do corpo, embora suas pernas tivessem suportado o maior impacto do ataque. As cicatrizes tinham suavizado um pouco, mas a coloração branco-prateada as deixava muito visíveis para que ele pudesse usar mangas curtas ou bermudas. Embora nenhuma dessas coisas tivesse importado quando estava frio e ele precisava usar roupas quentes, com as temperaturas acima dos 30 graus do mês de julho isso passava a ser realmente um problema.

Fez uma careta quando pegou um pequeno pote de pedra do peitoril da janela e desatarraxou a tampa. O cheiro de peixe do unguento logo tomou conta do quarto. Os médicos do Subterrâneo o prescreveram para atenuar as cicatrizes, mas ele não vinha usando o remédio como deveria. Nem tinha pensado muito nisso até aquele dia de maio em que chegou à sala de estar vestindo short, e a Sra. Cormaci, sua vizinha, disse, arfando:

— Gregor, você não pode sair com as pernas de fora desse jeito! As pessoas vão começar a fazer perguntas!

Ela estava certa. Havia zilhões de coisas que sua família não podia se permitir... Mas perguntas eram as primeiras da lista.

Enquanto passava a substância viscosa do pote nas pernas, Gregor ficou pensando com saudades na quadra local de basquete, nos amplos gramados do Central Park e na piscina pública. Pelo menos podia ir ao Subterrâneo. E isso lhe dava algum conforto.

Era irônico pensar que o Subterrâneo, que sempre fora um lugar para se temer, tivesse se tornado um lugar para passar o verão. O apartamento abafado deles estava lotado: Gregor, a avó acamada, o pai doente e as duas irmãs mais novas — Lizzie, de 8 anos, e Boots, de 3. E, apesar disso, havia sempre a sensação de que faltava alguém... a cadeira vazia na mesa da cozinha... a escova de dente intocada no suporte... Às vezes Gregor se pegava vagando sem rumo pela casa procurando alguma coisa e percebia que só estava esperando encontrar a mãe.

Ela estava melhor lá no Subterrâneo por vários motivos. Mesmo que ficasse quilômetros abaixo do apartamento e que ela sentisse tanto a falta deles. A cidade humana de Regália tinha vários médicos, muita comida boa e a temperatura era sempre agradável. As pessoas lá embaixo tratavam a mãe dele como uma rainha. Tirando o fato de que a cidade estava sempre à beira de uma guerra, não era um lugar ruim para passar as férias.

Gregor foi ao banheiro lavar as mãos com a única coisa que parecia capaz de eliminar o unguento de peixe: saponáceo. Depois seguiu até a cozinha para preparar o café da manhã.

Uma surpresa agradável esperava por ele. A Sra. Cormaci já estava lá, preparando ovos mexidos e servindo suco. Havia uma caixa grande de donuts polvilhados de açúcar sobre a mesa. Boots estava sentada em sua cadeirinha, com açúcar em volta da boca, mastigando um donut. Lizzie fingia beliscar os ovos.

— Ei, qual é a ocasião especial? — perguntou Gregor.

— Lizzie vai acampar! — disse Boots.

— É isso aí, mocinha — disse a Sra. Cormaci. — E estamos garantindo que ela tome um bom café da manhã antes de ir embora.

— Um café bem gaaande — concordou Boots. Depois revirou a caixa de donuts com a mãozinha grudenta e estendeu um para Lizzie.

— Já tenho um, Boots — disse Lizzie, que sequer tinha tocado no próprio.

Gregor sabia que ela devia estar muito nervosa para comer, com o acampamento e tudo mais.

— Eu não tenho — disse Gregor.

Ele segurou o pulso de Boots, levou o donut até a boca e deu uma grande mordida. A menininha caiu na risada e insistiu em lhe dar todo o donut, cobrindo o rosto dele de açúcar também.

O pai de Gregor chegou trazendo uma bandeja vazia.

— Como a vovó está hoje? — perguntou Gregor, observando com atenção as mãos do pai, à procura de sinais de tremores que indicariam um dia ruim pela frente. Mas, naquele dia, pareciam firmes.

— Ah, ela está bem. Você sabe como ela gosta de um bom donut — respondeu com um sorriso. Ele notou o café da manhã praticamente intocado no prato de Lizzie. — Você precisa comer alguma coisa, Lizzie. Hoje é um grande dia.

As palavras saíram de Lizzie como se uma represa tivesse se rompido.

— Acho que eu não devia ir! Acho mesmo, pai! E se acontecer alguma coisa aqui e você precisar de mim, e se a mamãe piorar ou se eu voltar e todos tiverem desaparecido?

A respiração dela era curta e rápida. Gregor podia perceber que estava ficando muito angustiada.

— Não vai acontecer nada, querida — disse o pai, se ajoelhando e segurando a mão da filha. — Agora ouça, todos aqui vão ficar bem, e você também vai ficar bem no acampamento. Além disso, sua mãe está cada vez melhor.

— Ela quer que você vá, Liz — disse Gregor. — Ela me pediu para te dizer isso umas vinte vezes. E não é como se você estivesse indo vê-la e...

Um olhar do pai fez com que Gregor parasse de falar de repente. Idiota! Que coisa mais idiota para se dizer! Lizzie tinha muitas vezes tentado criar coragem para ir ao Subterrâneo ver a mãe, mas nunca conseguira ir além da grade na lavanderia antes de ter um ataque de pânico. Ela acabava agachada no ladrilho perto da secadora, arfando em busca de ar, trêmula e coberta de suor. Todos sabiam como ela queria ir. Só não conseguia.

— Quero dizer, me desculpe, só quis dizer que... — gaguejou Gregor. Mas o mal já estava feito. Lizzie parecia arrasada.

— Sua irmã é a única nesta família com um pouco de juízo — disse a Sra. Cormaci. Ela endireitava as tranças de Lizzie apesar de já estarem perfeitas. — Eu não iria ao Subterrâneo nem por um milhão de dólares. De jeito nenhum.

Durante um momento de desespero na primavera passada, Gregor tinha decidido confiar o segredo bizarro de sua família à Sra. Cormaci. Contou a história toda, desde o desaparecimento misterioso do pai há três anos e meio. Falou de quando seguiu Boots pela grade da lavanderia no verão e de como os dois tinham caído quilômetros abaixo de Nova York em um mundo estranho e sombrio chamado Subterrâneo. O lugar era habitado por animais gigantes que falavam — baratas, morcegos, ratos, aranhas e vários outros — e uma raça de pessoas de pele pálida e olhos cor de violeta que construiu uma linda cidade de pedra chamada Regália. Algumas criaturas eram amigas, e outras, inimigas, e muitas vezes ele tinha dificuldades em perceber a diferença. Estivera lá embaixo três vezes: a primeira para resgatar o pai, a segunda para lidar com um rato branco chamado Bane e a última alguns meses atrás para ajudar os sangue-quentes do Subterrâneo a encontrarem a cura para uma peste terrível. A mãe de Gregor tinha contraído a peste, e ninguém sabia quando ela estaria bem o suficiente para voltar para casa. Por fim, Gregor contou à Sra. Cormaci que havia uma série de profecias que diziam que ele era um guerreiro — não qualquer guerreiro, mas aquele destinado a salvar os regalianos da extinção — e que, após alguns confrontos violentos, ele também foi nomeado um colérico, termo usado apenas para designar alguns poucos lutadores especialmente letais.

A Sra. Cormaci não interrompeu nenhuma vez, e não fez nenhum comentário. Quando ele acabou, ela apenas disse:

— Bem, isso é realmente espantoso.

O mais incrível é que ela parecia acreditar nele. Ah, ela fez algumas perguntas, e insistiu em checar a história com o pai dele. Durante muito tempo, entretanto, ela havia suspeitado de que alguma coisa muito estranha acontecia com aquela família. A verdade tinha sido quase um alívio para ela. Explicava os desaparecimentos, as cicatrizes de Gregor e o modo como Boots andava por aí dizendo oi para as baratas.

Quanto à natureza fantástica do Subterrâneo, a Sra. Cormaci era capaz de aceitar numa boa. Afinal de contas, essa era a mulher que colocava folhetos nas caixas de correio oferecendo-se para ler o futuro por meio das cartas de tarô. Ainda assim, naquela primeira noite em que Gregor a levou à lavanderia para encontrar um enorme morcego falante, até mesmo a Sra. Cormaci ficou um pouco desconcertada. Ela jogou conversa fora com o morcego, falando sobre o tempo e coisas do gênero, e, quando uma felpa da secadora voou e grudou no pelo da criatura, não hesitou em removê-la, dizendo:

— Fique quieto. Você tem um fiapo na orelha.

Quando o morcego foi embora, no entanto, a Sra. Cormaci precisou se sentar um pouco na escada para recuperar o fôlego.

— Você está bem, Sra. Cormaci? — perguntou Gregor. A última coisa que queria é que ela tivesse um ataque do coração ou alguma coisa assim por tê-la arrastado para essa confusão.

— Oh, estou bem. Estou bem — disse ela, dando-lhe tapinhas no ombro distraidamente. — É só que a coisa toda não parecia muito real até eu ver o morcego... e agora é um pouco mais real do que eu esperava.

Daquele momento em diante, a Sra. Cormaci tinha se dedicado a cuidar da família de Gregor. E eles deixaram, porque precisavam muito da ajuda dela.

Ela terminou de ajeitar as tranças de Lizzie.

— Suas roupas para o acampamento já estão todas na bolsa. Eles te darão almoço assim que você chegar lá. Que tal eu embalar seu donut para viagem? — perguntou.

— Não, obrigada. Não vou comer — disse Lizzie. — Quero que Gregor dê o donut a Ripred.

— Tudo bem, Liz — disse Gregor.

Ele tinha uma aula de ecolocalização com o rato naquele dia. Embora Gregor não gostasse do costume de levar a comida de Lizzie para Ripred, era importante para ela e sempre melhorava o humor do rato.

A Sra. Cormaci balançou a cabeça.

— Há um mundo inteiro de criaturas lá embaixo passando por um período difícil; eles têm que lidar com a peste, não têm o suficiente para comer, estão sendo atacados... Como você pode dar seu donut para um rato convencido de que é o único que pode cuidar de si mesmo?

— Porque acho que ele é solitário — respondeu Lizzie com delicadeza.

Gregor se controlou para não bufar de irritação. Só Lizzie para transformar aquele rabugento e mal-humorado do Ripred em alguém para se ter pena.

— Bem, você tem um coração enorme para uma garotinha tão pequena — disse a Sra. Cormaci, abraçando-a. — Vá escovar os dentes para não perder o ônibus.

Lizzie deixou a cozinha, feliz por escapar do café da manhã. A Sra. Cormaci olhou para ela e balançou a cabeça.

— Com ela eu me preocupo.

— Talvez o acampamento faça bem a Lizzie — disse Gregor.

— Claro. Claro que vai — disse o pai.

Mas ninguém parecia realmente convencido.

Fosse aquilo bom ou não, quinze minutos depois Lizzie estava no ônibus indo em direção ao acampamento de verão para as crianças da cidade.

Gregor ainda tinha mais ou menos uma hora antes de precisar sair para a aula com Ripred. Sentou-se então com o pai e a Sra. Cormaci para discutir o que chamavam de negócios da família.

Lá embaixo, em Regália, os humanos tinham um museu cheio de coisas que haviam caído de Nova York com seus donos desafortunados. Isso vinha acontecendo há séculos, então já era uma coleção e tanto. Por causa da situação financeira da família, Gregor tinha permissão de pegar qualquer coisa que pudesse ser de valor. Primeiro ele vasculhou as bolsas e carteiras velhas e juntou todo dinheiro que conseguiu encontrar. Durante um tempo, isso deu para cobrir os gastos da família.

Mas a Sra. Cormaci tinha planos mais ambiciosos.

— Eu conheço um homem, o Sr. Otts. Ele compra e vende antiguidades.

Ela deu a Gregor uma mala e o instruiu a enchê-la na próxima viagem. E foi o que o menino fez. Alguns dos objetos não tinham valor, mas havia um anel com uma grande pedra vermelha que pagou as contas por dois meses inteiros. Agora o dinheiro do anel estava para acabar, então eles começaram a planejar a próxima venda. Todos concordaram que deveria ser o violino antigo e refinado que Gregor havia encontrado embaixo de uma sela nos fundos do museu. Estava em perfeito estado, ainda no estojo. Só de olhar dava para dizer que valia uma nota.

Embora Gregor fosse grato pelo dinheiro que conseguia com os objetos que trazia, não gostava das viagens de busca ao museu. Não gostava de pensar nas carteiras, no anel, no violino... nas pessoas a que tinham pertencido e em que finais trágicos tinham tido no Subterrâneo. Apenas alguns dos proprietários teriam sido resgatados e levados a Regália. Os outros teriam morrido em razão da queda ou sido caçados e comidos pelos ratos nos túneis. Então aquilo o deixava triste, "os negócios da família".

No entanto, a viagem daquele dia para o Subterrâneo não incluía uma incursão ao museu. Ele planejava ver a mãe, passar algum tempo com os amigos e ficar para um jantar maravilhoso. Na verdade, aquele dia deveria ser divertido... logo que a aula de ecolocalização com Ripred acabasse.

— É melhor ir logo, se quiser encontrar com aquele rato na hora certa — disse a Sra. Cormaci.

— Venha, Boots. Quer ir ver a mamãe? — perguntou Gregor.

Ele pegou uma lanterna de um dos ganchos de pendurar casaco perto da porta da frente e a prendeu no passador de cinto.

— Si-im! — disse Boots. — Eu pego minhas sandálias. — E saiu animada. Ao contrário de Lizzie, Boots adorava o Subterrâneo.

A Sra. Cormaci se ofereceu para acompanhá-los até a lavanderia e ficar de vigia, mas antes ela os fez dar uma passada rápida no apartamento dela. Abriu a geladeira e desencavou uma tigela de salada de macarrão pela metade.

— Aqui — disse ela. — Você pode levar isso para o rato também.

Gregor mostrou o donut de Lizzie, que ele havia embrulhado em um guardanapo.

— Já cuidei do Ripred.

— O que foi? Vai quebrar o braço se levar isso também? — perguntou a Sra. Cormaci.

— Não. Só não vejo por que dar a ele uma tigela de salada de macarrão boa. Ele pode pegar o próprio jantar — disse Gregor.

— Eu ia jogar isso fora mesmo. Acho que a maionese está começando a estragar. Mas duvido que ele vá se importar — disse a Sra. Cormaci. — Espere, vou pegar um saco de papel. Não quero que aquele rato lamba a minha tigela.

Gregor balançou a cabeça.

— Você é pior do que a Lizzie.

Ela podia fazer aquele discursozinho para Lizzie sobre o donut, mas Gregor sabia que as coisas não eram bem assim. Praticamente toda vez que ele descia para o Subterrâneo, a Sra. Cormaci o fazia levar algum prato para Ripred porque estava "começando a estragar".

— Bem, talvez ela esteja certa. Aquele rato, o que ele tem? Não tem uma casa de verdade, não tem família, tem que lutar o tempo todo. Você sabe, todo mundo precisa de um pouco de alegria na vida. Agora, pelo amor de Deus, leve a salada de macarrão para ele — disse a Sra. Cormaci.

— Está bem — disse Gregor.

Ele não sabia por que resistia tanto a levar um lanche para Ripred. Não, ele sabia. Gregor não era bom em ecolocalização, e a impaciência de Ripred com sua falta de progresso tinha feito com que primeiro ficasse inseguro e, depois, rebelde. Havia basicamente deixado de tentar dominar a arte de se orientar na escuridão, e Ripred sabia disso. Então as aulas de ecolocalização tinham se deteriorado, transformando-se em sessões de duas horas nas quais Ripred lhe dizia como ele era um perdedor fraco e preguiçoso. E a ideia de recompensar o rato com comida deixava Gregor maluco.

Na lavanderia, a Sra. Cormaci se certificou de que não havia perigo antes de sinalizar para Gregor com o polegar para cima. Ele abriu a grade na parede, deu um assobio e quase imediatamente a cabeça de Nick apareceu. Boots correu e acariciou as listras brancas e pretas no rosto do morcego.

— Saudações, Princesa — ronronou Nike.

— Saudações, Pincesa — devolveu Boots, e as duas riram. Aquilo já havia acontecido umas cinquenta vezes, mas ainda fazia Boots cair na risada. Gregor achava que Nike ria mais porque sua irmã achava tão engraçado. — Nós duas somos pincesas! — exclamou Boots para Gregor.

— É... essa ainda é muito boa, Boots — disse ele com um sorriso forçado. Como era filha da morcega-rainha, Nike era mesmo uma princesa. As baratas chamavam Boots de "Princesa" porque eram loucas por ela, mas era apenas um apelido. — Andem logo, Pincesas, ou vou me atrasar. — Ele levantou Boots e se virou para a Sra. Cormaci. — Então, a gente se vê hoje à noite?

— Claro. Divirtam-se, crianças. Vou ficar de olho em tudo — disse ela.

De repente, Gregor se sentiu mal por ter reclamado tanto do macarrão. Como ele podia discutir com a Sra. Cormaci por causa de um macarrão idiota quando ela era a única coisa que mantinha sua família unida naquele momento?

— Está certo, muito obrigada, Sra. Cormaci.

Ela acenou para ele como quem dispensa um elogio.

— E o que mais eu tenho para fazer de tão importante? Agora é melhor vocês irem.

O percurso para baixo, através dos túneis escuros de pedra e em direção ao palácio magnificamente iluminado de Regália foi tranquilo. Mas seu desentendimento com a Sra. Cormaci sobre dar comida a Ripred tinha feito com que se atrasasse. No exato minuto em que aterrissaram no Salão Alto, Gregor precisou correr para a aula. Não teve tempo nem mesmo de esticar a cabeça e ver a mãe enquanto descia correndo os degraus e passava pelo andar do hospital.

Bem no interior do palácio, Gregor removeu quatro barras grossas de pedra que trancavam uma porta pesada e deslizou para dentro, deixando a porta ligeiramente entreaberta para a volta. Então desceu muitos lances de escada. O conselho regaliano tinha concordado com relutância que as aulas acontecessem ali, onde ele ainda estava teoricamente dentro dos limites da cidade, mas, ao mesmo tempo, a maioria das pessoas não saberia da presença de Ripred. Os ratos e os humanos vinham lutando intermitentemente havia séculos.

Pouquíssimos humanos podiam lidar com a ideia de ter um rato vagando tão perto de suas casas.

Ripred estava esperando Gregor no lugar de sempre: uma grande caverna circular perto de um lance de escadas. O rato estava recostado em uma parede, roendo um tipo de osso. Ele apertou os olhos quando a luz da lanterna de Gregor o atingiu e resmungou:

— Afaste isso dos meus olhos! Quantas vezes tenho que dizer a mesma coisa?

Gregor afastou a luz, mas não se preocupou em responder. Mesmo na sombra, pôde ver o nariz de Ripred trabalhando.

— Que cheiro é esse? — perguntou ele.

— Lizzie lhe mandou isso — disse Gregor, e atirou o donut para o rato.

Ripred o pegou facilmente com a boca e deixou o donut cair dentro dela, saboreando a doçura.

— Lizzie. Por que nunca posso passar um tempo com os integrantes legais da sua família? — perguntou Ripred. — E o saco?

— É da Sra. Cormaci — disse Gregor.

— Ah, La Bella Cormaci — suspirou Ripred. — E o que a maga da cozinha me mandou hoje?

— Veja você mesmo — disse Gregor.

Já estava para atirar a salada de macarrão logo atrás do donut quando ouviu um barulho no túnel adjacente. O som o assustou. Ninguém nunca descia ali, a não ser ele e Ripred.

— Eu te pedi para ficar quieto! — gritou Ripred em direção ao túnel.

Houve uma breve pausa, como se a criatura estivesse pensando em fugir. Então pode-se ouvir um comentário tristonho:

— Senti cheiro de comida. — A voz grave se transformou num guincho ao chegar à palavra "comida".

Gregor se lembrou do primo Rodney, que todos provocavam quando havia se tornado adolescente e sua voz ficava falhando entre a voz de criança e a que teria quando se tornasse um homem.

— Quem é? — perguntou Gregor.

— É seu amiguinho Bane — disse Ripred. — Depois que ele aleijou as últimas duas babás, o trabalho sobrou para mim.

— Bane? — indagou Gregor, surpreso.

Ele não via Bane havia meses. Lembrava do embrulhinho de pelo branco que tinha se aconchegado em seus braços com medo. Em dezembro passado, Gregor havia sido enviado em uma missão para matá-lo, mas, quando descobriu que Bane era apenas um bebê, simplesmente não conseguiu ir adiante. Em vez disso, tinha deixado o filhote com Ripred.

— Posso entrar? — perguntou a voz vindo do túnel.

— Ah, por que não? — disse Ripred. — Venha e poderá agradecer pessoalmente ao guerreiro por ter salvado sua vida.

Gregor virou o facho de luz para a entrada do túnel, esperando ver uma versão ligeiramente maior do rato bebê. Em vez disso, encontrou diante de si uma montanha de pelo branco de dois metros e meio de altura.

CAPÍTULO 2

Gregor ficou de boca aberta.

— Nossa!

Em questão de meses, Bane tinha deixado de ser o filhote que Gregor podia carregar e se transformado no imenso rato à sua frente.

— E ele ainda não atingiu seu tamanho definitivo — disse Ripred. — Estamos esperando um crescimento aproximado de cinquenta centímetros a um metro até o Natal.

"Como a neve", pensou Gregor. "*Estamos esperando um acúmulo de cinquenta centímetros a um metro sobre aquela grande montanha branca.*"

— Vocês já se conhecem, mas deixe-me apresentá-los novamente. — Ripred apontou para Gregor com o rabo. — Este é Gregor, o Habitante da Superfície, o guerreiro que se recusou a matá-lo quando teve a chance. — Então Ripred indicou Bane. — E este é o rato que chamamos de Bane, embora a mãe dele tenha lhe dado um nome muito mais doce... Pearlpelt.

Porque seus pelos eram brancos como pérola. E também tinham a mesma estranha qualidade iridescente. Quando partes dele recebiam luz, Gregor via reflexos de cor-de-rosa, azul e verde. No Subterrâneo, não era incomum que camundongos e até mesmo morcegos tivessem pelos brancos. Mas só havia um rato branco. E era por isso que todos sabiam que Pearlpelt era o rato da neve mencionado na "Profecia da Perdição".

— Ei — disse Gregor para a montanha.

O rato branco se mexeu, apreensivo, mas não respondeu.

— E aí, como você gosta de ser chamado? — perguntou Gregor.

— Não importa como eu *gosto* de ser chamado. Todos só me chamam de Bane, exceto Ripred. Ele debocha do meu nome — disse Bane. — Fica me chamando de Pearlpet ou Pearliegirlie.

Ripred apenas deu de ombros.

— Pearlpelt é um nome difícil de se dizer. É praticamente um trava-língua. Tente dizer rapidamente três vezes. Vai. Pearlpelt, Pullpet, Purput. Vê só? É impossível.

— Pearlpelt, Pearlpelt, Pearlpelt — disse Bane rapidamente, então olhou fixamente nos olhos de Ripred. — Ele consegue dizer. Só está querendo me humilhar.

Gregor sabia que Bane estava certo: Ripred era o mestre da humilhação. Ele não tinha sido tão mau com Gregor até aquela viagem pela selva, mas foi terrível na ocasião e tinha continuado assim durante as aulas de ecolocalização. Se Bane estava com Ripred em tempo integral, provavelmente era um alvo constante. Gregor sentiu uma pontada de compaixão.

— Tente ignorá-lo. É o que eu faço — disse Gregor.

— É diferente. Você é um colérico — disse Bane. — Quem me dera ser um colérico. Ou pelo menos adulto. As coisas seriam diferentes.

— Diga-nos, por favor, como as coisas serão quando você for um adulto — disse Ripred, bocejando.

— Para começar, serei rei — disparou Bane de volta.

Gregor sentiu uma inquietação repentina ao ouvir essas palavras. A razão pela qual devia ter matado Bane era evitar que o rato branco assumisse o poder. Uma profecia havia alertado sobre o potencial de Bane para o mal. E lá estava ele já falando em se tornar rei. Isso não era nada bom.

— Ah! E quem lhe disse isso? — perguntou Ripred. — Twirltongue?

Bane desviou o olhar para o chão.

— Talvez.

— Ela é muito persuasiva, não é? Mas eu não acreditaria muito no que Twirltongue diz. Uma vez ela me convenceu de que eu era muito querido — disse Ripred.

— E meus outros amigos — completou Bane.

— Seus amigos — disse Ripred com aversão. — Qualquer um pode ser seu amigo se lhe der alguns peixes. E então sussurram algumas palavras nos seus ouvidos... dizendo como você é forte e corajoso... que um dia se tornará rei... E cobiçosamente você engole os peixes e as mentiras... seu grande tolo branco... Você não tem ideia de quem são seus verdadeiros inimigos.

— Eu sei que você é meu inimigo! — disparou Bane. — Você é inimigo de todos os roedores. Fazendo acordos com voadores, mordiscadores e humanos desprezíveis quando devia estar pensando em meios de exterminá-los! Twirltongue me contou como você se voltou contra Gorger porque pensou que podia nos governar. Como se algum roedor decente fosse seguir você. Para o restante de nós, você não passa de uma piada! Eu deveria, deveria...

— Você deveria o quê? Me matar? Você sabe que sempre pode tentar, Pearliegirlie — disse Ripred.

E então, para surpresa de Gregor, Bane emitiu um rugido e atacou Ripred. Havia poucos ratos com coragem para fazer aquilo. Ele era perigoso demais. Bane podia ser alguns centímetros maior e alguns quilos mais pesado do que Ripred, mas como podia imaginar que conseguiria enfrentar o rato mais velho?

Gregor pulou correndo para as escadas para fugir dos dentes e das garras voadoras. Bane lutava furiosamente, mas não conseguia nem tocar em Ripred, que o golpeava por toda a caverna sem qualquer esforço aparente. Ainda assim, vendo os dois lutando daquele jeito, Gregor sentiu medo de Bane pela primeira vez. Não era pelo tamanho ou o que qualquer profecia tivesse dito a respeito dele, mas pela sua disposição para combater Ripred. Ou ele era muito corajoso ou muito estúpido ou estava apenas muito enganado sobre a própria força. Qualquer uma dessas qualidades era assustadora em um animal que as pessoas acreditavam poder um dia ser responsável pela destruição do Subterrâneo.

— Tudo bem, tudo bem, acalme-se — disse Ripred. — Estou ficando entediado e, quando estou entediado, fico perigoso.

Mas Bane urrou e se arremessou contra ele novamente.

— Eu mandei parar com isso — falou Ripred, desviando de Bane de modo que a cabeça dele bateu na parede com uma pancada alta. Foi o suficiente para atordoar o rato branco por um tempo. — Você nunca para até se machucar.

Aparentemente, bater a cabeça em uma parede de pedra tinha doído, porque Bane desistiu. Ele se sentou curvado, passando as patas pelos olhos. Então, para espanto de Gregor, o rato branco começou a chorar. E não apenas fungava, mas soluçava forte, sacudindo todo o corpo.

— Ah, maravilha. Lá vem o dilúvio — disse Ripred.

Ver Bane chorar era algo terrível. Todos os traços do feroz rato gigante tinham desaparecido. Ele parecia uma criança acuada e superdesenvolvida.

— Por que você não o deixa em paz, Ripred? — disse Gregor.

— Porque ele me odeia! — choramingou Bane. — Sempre me odiou. E me fez vir com ele. E deixar meus amigos. Passei a vida inteira como prisioneiro dele.

— É isso que eles dizem? Seus amigos maravilhosos? — perguntou Ripred. — E eles também disseram que poupei sua vida e criei você desde filhote? Você foi alimentado? Pegou a peste? E está aqui agora para reclamar de mim?

— Você não me criou — disse Bane. — Foi Razor. Ele é que tomou conta de mim.

— É, foi ele quem cuidou de você, e como você o recompensou? Diga ao guerreiro aqui, antes que ele sinta pena demais de você. Vá logo, diga a ele! — gritou Ripred.

Mas Bane não continuou. Em vez disso, prendeu o longo rabo rosado entre as patas da frente e começou a sugar a ponta dele.

— Ah, buá, buá, coitadinho do Bane. Mas Razor o tratou como seu próprio filhote. Passou fome para que ele pudesse ter o que comer, protegeu-o, tentou ensiná-lo a sobreviver. E onde está Razor agora? Morto. E por quê? Porque Pearlpelt aqui o matou por causa de uma carcaça de rastejante — disse Ripred.

— Não era minha intenção — choramingou Bane. — Eu estava com fome. Não achei que aquilo pudesse matar Razor.

— O quê? Atirá-lo de um penhasco? Bem, é o que costuma acontecer.

— Não achei que ele fosse cair do penhasco. Não o acertei com tanta força — disse Bane, as palavras saindo distorcidas em função do rabo.

— E depois você tentou comer o corpo dele para esconder as provas. — Ripred se virou para Gregor, enojado. — Foi assim que o achamos. Ensopado com o sangue de Razor, comendo o fígado dele.

Gregor sentiu o estômago se contrair em reação àquela imagem horrível. Olhou para Bane com uma nova inquietação.

— Não, não, não, não — disse Bane. Além de sugar, ele começou a roer o rabo, tirando sangue.

— Sim, sim, sim, sim. Só na semana passada você cegou Clawsin de um olho e arrancou uma das pernas da frente de Ratriff. Por quê? Você não consegue nem ao menos me dizer por quê! Então agora preciso arrastá-lo comigo por aí, porque ninguém mais aguenta você. Pare de sugar o rabo! — explodiu de frustração. — Rei, é claro! Você acha mesmo que alguém vai seguir ordens de quem suga o próprio rabo?

— Talvez já sigam — sibilou Bane de volta. — Você não sabe de nada! Talvez eles sigam! — E com isso, o rato branco disparou para fora da caverna e desapareceu.

— Espere onde eu disse para você esperar! — gritou Ripred para ele. Mas não houve nenhuma resposta a não ser o fraco arranhar das garras de Bane enquanto ele ia embora. — Se conseguir encontrar — suspirou o rato. — Ele se perde só de piscar.

Ripred se apoiou contra a parede da caverna a alguns metros de Gregor e esperou um pouco antes de falar.

— Pronto, ele não consegue mais nos ouvir de onde está. Bem, você já o viu, Habitante da Superfície. Qual é sua opinião?

Gregor demorou um pouco para responder. Em poucos minutos, ele tinha ficado surpreso ao ver Bane, sentira um certo desconforto diante das ambições dele de se tornar rei, medo em virtude de sua audácia, pena de sua clara instabilidade emocional e repugnância pelo assassinato de seu tutor.

— Ele é um desastre — disse Gregor por fim.

— Um desastre perigoso, e nós o deixamos viver — disse Ripred. — Você porque não conseguiu matar um filhote. Eu porque pensei que matá-lo fecharia para sempre a porta de qualquer esperança de paz. Quando você disse que ninguém me seguiria se eu o matasse, estava certo.

De repente ocorreu a Gregor que não sabia exatamente quais eram os planos de Ripred. Quando se conheceram, o rato tinha deixado claro que queria derrubar o rei rato que estava no poder, Gorger. E Gregor ajudara Ripred. Mas o que ele pretendia fazer agora?

— Você quer ser rei, Ripred? — perguntou Gregor.

— Não exatamente — respondeu o rato, quase suspirando. — Mas queria que os conflitos acabassem para sempre. E você acha que é Bane que vai acabar com tudo isso?

— Não — respondeu Gregor.

— Bem, ele quer aquela coroa e não há razão para pensar que não vai consegui-la. Então, o que você acha que devemos fazer? — perguntou Ripred.

— O que devemos fazer? — Gregor não tinha ideia do que fazer com Bane.

A voz do rato estava cheia de urgência quando se inclinou em direção a Gregor.

— Achei que você talvez estivesse certo. E que eu pudesse ensiná-lo a ser algo diferente do que ele estava destinado a ser. Mas cheguei tarde demais. O pai dele já tinha deixado sua marca.

— O pai dele? — perguntou Gregor.

— Snare. Você o conheceu. Viu a mãe de Bane e ele lutarem até a morte — disse Ripred.

— Ah, sim... — Gregor se lembrou da terrível luta no labirinto entre Goldshard, a mãe de Bane, e o rato cinzento, Snare. Mas nunca tinha ocorrido a Gregor que Snare fosse pai de Bane. Não havia nada de paternal nele.

— Snare era uma criatura vil, na opinião de todos. O motivo por que Goldshard aceitou unir-se a ele é um mistério. Eu a alertei sobre isso. Ela não deu ouvidos. Mas então se arrependeu. Você nunca se perguntou onde estaria o restante da ninhada de Bane? — quis saber Ripred.

— Não — respondeu Gregor. Mas agora que pensava sobre o assunto, era estranho que Bane fosse o único filhote.

— Snare os matou. Bem na frente de Goldshard e de Bane. Ele não queria que disputassem o leite de Bane — disse Ripred. — Foi totalmente desnecessário. Várias famílias teriam ficado com os filhotes.

— Isso é horrível — disse Gregor.

— Bane também se lembra disso. E de que Snare bateu nele. E de que seus pais se mataram — disse Ripred. — Você poderia achar que ele era muito pequeno, mas basta mencionar o nome de Snare para vê-lo tremer.

— Você acha mesmo que ele pode acabar se tornando rei? — perguntou Gregor.

— Ele encontrará seguidores, porque é Bane. Ele tem o pelo branco, e aquele tamanho, e ódio suficiente fermentando dentro dele para acabar com o Subterrâneo como o conhecemos. A maioria dos ratos fará vista grossa para o fato de que ele é desequilibrado, porque ele lhes dirá exatamente o que querem ouvir. Eles têm passado fome por muito tempo, e muitos morreram por causa da peste... principalmente os filhotes. Não, os roedores não se importarão com quem ele é ou com o que faz se ele lhes trouxer vingança — disse Ripred.

Um calafrio subia pela espinha de Gregor enquanto Ripred falava. Gregor tentava fazer a ligação entre o rato branco gigante — melancólico, cruel, violento, patético — e o bebê que havia poupado. Lembrou-se de Bane tocando na mãe morta com o focinho, tentando fazer com que ela reagisse.

— Talvez, se Goldshard tivesse sobrevivido — disse Gregor —, ele ficasse bem.

— Mas ela não sobreviveu, então nunca saberemos — continuou Ripred. Ele balançou a cabeça e afundou de novo contra a parede da caverna. — Razor tomou conta dele bem, no entanto. E apesar de qualquer conclusão que você possa tirar a partir do pequeno drama de hoje, não fui mau com ele enquanto era filhote. — Os olhos de Ripred arderam na escuridão. As garras arrumavam agitadamente o pelo no peito, alisando-o em volta das pontas da grande cicatriz que adquiriu na jornada para salvar o pai de Gregor. Os ombros de Ripred se curvaram como se ele carregasse um fardo pesado. Parecia arrasado.

Gregor pensou no que a Sra. Cormaci tinha dito sobre todo mundo precisar de alguma alegria na vida. Estendeu o saco de salada de macarrão.

— Pegue aqui.

Ripred pegou o saco e enfiou o focinho dentro dele. Depois de algumas mordidas, amassou o saco de papel e o comeu também. A comida pareceu mudar seu humor. Os músculos relaxaram, e ele fez um som de resignação.

— Hum. Bem, acho que não há mais nada a fazer. Esperar não tornará as coisas mais fáceis. Podemos acabar logo com isso.

— O quê? — perguntou Gregor. — O que devemos fazer?

— Você não estava me ouvindo? — indagou Ripred.

Gregor estava, mas continuava confuso.

— Sei que Bane é um problema... — começou.

Ripred colocou uma pata sobre o ombro de Gregor, interrompendo-o. Gregor viu seu reflexo nos olhos pretos e brilhantes do rato. Minúsculo e distorcido.

— Precisamos matá-lo, Guerreiro — sussurrou Ripred. — E quanto antes, melhor.

CAPÍTULO 3

— Matá-lo? — perguntou Gregor, em choque.

Ele estava pensando mais que Bane precisaria de uma orientação ou ser colocado sob algum tipo de vigilância. Está certo, ele era um desastre, talvez até um pouco maluco, mas veja pelo que passou. E Gregor não acreditava que Bane tivesse a intenção de empurrar Razor do penhasco. Não depois de chorar tanto e ficar sugando o rabo. É claro que a parte do canibalismo era repugnante, mas segundo o que Gregor sabia, ratos comiam ratos. Em sua primeira expedição, eles tinham visto uma aranha comer outra, e Ripred não achou que isso fosse um problema. E quanto a Bane machucar os outros ratos... Bem, os ratos brigavam o tempo todo. Bane apenas precisava de alguém para ajudá-lo a se controlar. Para Gregor, o qual era um colérico que ainda não tinha "aprendido a controlar seus poderes", condenar o rato branco à morte parecia duro demais.

— Sim, matá-lo. E não podemos arriscar esperar muito — disse Ripred.

— Mas... já tive a chance de matá-lo. E não matei, lembra? — perguntou Gregor.

— A situação era diferente naquela época — disse Ripred.

O cérebro de Gregor não conseguia processar tão rapidamente o que Ripred estava dizendo. Ele tentou se esquivar.

— Se quer tanto que ele morra, por que você mesmo não o mata?

— Por causa da profecia — disse Ripred.

Profecia? Até onde Gregor sabia, não havia nenhuma profecia. Na verdade, se tinha algo que tinha tornado a vida dele mais fácil ultimamente era isso: não havia nenhuma profecia pairando sobre sua cabeça. Nenhum aviso de Bartholomew de Sandwich, fundador de Regália, que havia entalhado uma sala cheia de terríveis profecias no palácio há centenas de anos. Como guerreiro, Gregor havia sido mencionado em três profecias até agora. Não era impossível que houvesse mais. Entretanto...

— Não ouvi falar de nenhuma profecia — disse Gregor.

Talvez essa fosse apenas mais uma das meias verdades de Ripred, como a que ele havia usado para atrair Gregor ao Subterrâneo para procurar a cura da peste.

— Todos pensamos que você poderia descansar um pouco depois de ter sido afetado pelas duas últimas profecias, uma seguida da outra. Mas confie em mim, está lá — disse Ripred. — É chamada de "A Profecia do Tempo".

— E diz que eu mato Bane? — perguntou Gregor.

— Essa é a minha interpretação. Mas não se preocupe, vou ajudá-lo — disse Ripred. O rato começou a andar para um lado e para outro enquanto elaborava o plano. — Escute, faremos isso amanhã durante a aula. Traga sua espada — disse ele. — E não fale com ninguém sobre isso!

Gregor não estava gostando nada daquilo.

— Nem mesmo com Vikus?

O velho homem era o líder do conselho regaliano, avô de sua amiga Luxa, a atual rainha de Regália. E o mais importante: ele era um dos poucos subterrâneos que Gregor tinha certeza de que se preocupava com ele.

— Principalmente Vikus. Ele ficaria fora de si se soubesse que eu trouxe Bane aqui para baixo. O conselho nem mesmo quer que *eu* fique aqui embaixo. Vikus se sentirá obrigado a relatar ao conselho qualquer coisa que lhe conte agora. Ele praticamente não nos serve de nada no momento porque está se sentindo muito culpado pelo envolvimento da esposa dele com a peste — disse Ripred. — Então, amanhã à mesma hora, no mesmo lugar. Traga sua espada e cuidaremos dele.

Gregor apertou os lábios. Discutir com Ripred agora seria inútil. O rato obviamente tinha pensado muito sobre a necessidade de matar Bane. Era melhor não oferecer nenhuma resistência até decidir o que fazer. Porque, se havia algo sobre o qual não tinha muita certeza, era juntar-se a Ripred em uma caverna e basicamente assassinar Bane.

— Vejo você depois — foi tudo que Gregor disse.

— Fico feliz que você entenda, Gregor. Simplesmente não temos escolha. — E, com isso, Ripred sumiu nas sombras.

Lentamente, Gregor fez o caminho de volta para a cidade, a cabeça dando voltas e mais voltas.

— Habitante da Superfície!

A voz trouxe Gregor de volta de seus pensamentos, tinha ido automaticamente ao andar do hospital. Viu Howard do lado de fora do quarto da mãe. Gregor nunca conseguia ver o amigo sem compará-lo ao Howard de antes da peste, que era saudável e forte e tinha uma pele sem manchas. Vários meses depois de mal ter escapado da morte, ainda estava uns nove quilos abaixo do peso normal. As marcas púrpura que cobriam sua pele jamais sairiam, ainda que os médicos achassem, otimistas, que se suavizariam com o tempo.

A doença tinha dado a Howard um novo rumo na vida. Os regalianos colocaram-no para trabalhar no hospital, que ainda estava transbordando de pacientes com a peste, e ele se preparava para se tornar médico. Howard era jovem e forte e havia se recuperado mais rápido do que a maioria das vítimas. Mas muitos ainda lutavam, como a mãe de Gregor, e Howard estava empenhado em ajudá-los.

— Habitante da Superfície, temos uma surpresa para você! — disse Howard.

— Espero que seja boa — comentou Gregor, pensando que não podia aguentar outra surpresa horrível como a de Ripred naquele dia.

— Venha e veja você mesmo — disse Howard, acenando para que entrasse no quarto.

Gregor encontrou a mãe sentada em uma cadeira. Seu rosto se desmanchou em um sorriso.

— O que você acha que está fazendo fora da cama?

— Eu? Estou acordada desde as seis. Preparei um grande café da manhã, saí para dar uma volta num morcego e agora acho que vou mudar a arrumação dos móveis deste quarto. Estou ficando cansada dessa decoração — disse ela.

Gregor riu. É claro que ela não tinha feito nenhuma dessas coisas. Essa era a primeira vez que ela havia saído da cama desde que ficara doente.

— Talvez devesse deixar a arrumação para amanhã.

— Sim, na verdade, devemos levá-la de volta para a cama — aconselhou Howard. — Não queremos exagerar no primeiro dia. — Ele estendeu a mão para ajudá-la a subir.

— Não, Howard, deixe-me tentar sozinha primeiro — disse ela.

Com grande determinação, a mãe de Gregor conseguiu ficar de pé. A cama estava a apenas cinco passos, mas ela mal conseguiu chegar até lá, caindo por cima das cobertas no último instante.

Howard e Gregor correram para ajudá-la a se ajeitar na cama.

— Isso é excelente — disse Howard, de maneira encorajadora. — Cada dia um pouco mais, e logo, logo você recuperará sua força. Agora preciso levar o remédio para os outros.

— É um bom rapaz, esse Howard — disse a mãe de Gregor depois que ele saiu.

— Ele é o melhor — concluiu Gregor.

— Será um bom médico — disse a mãe de Gregor. — Talvez você se torne médico um dia.

Gregor assentiu, mas nunca nem tinha pensado em ser médico. Na verdade, ele não tinha nem ideia do que queria ser. Desde que caíra no Subterrâneo, parecia que já tinha um emprego. Guerreiro. Mas não era um emprego de que gostasse ou que quisesse, e com certeza não era um emprego que a mãe aprovasse para o filho de 12 anos. Ela sabia que os subterrâneos achavam que ele era o guerreiro de suas profecias, mas parecia preocupada sempre que alguém mencionava isso.

— Onde está Boots? — perguntou ele, para mudar de assunto.

— Ah, ela veio me visitar e depois Luxa a levou até o campo para fazer exercícios — respondeu a mãe. — Lizzie partiu direitinho?

Gregor atualizou a mãe com as novidades de casa. Lizzie tinha ido para o acampamento. Os planos de vender o violino. A onda de calor. Ela assentia, ansiosa por cada migalha de informação. Ele tentava se lembrar de mais detalhes para estender o assunto, mas sua mente estava em grande parte ocupada pelo encontro com Ripred e Bane.

— Sua mente está em outro lugar hoje — disse a mãe. Suas mãos foram ao encontro de uma marca púrpura na bochecha. Era algo que ela fazia quando começava a ficar preocupada. Esfregar a marca. — Qual é o problema, Gregor?

— Nada — respondeu ele.

O olhar da mãe dizia que não acreditava nele, mas, por sorte, Howard entrou naquele momento com o remédio e dizendo que ela deveria descansar.

— Vejo você em breve — disse Gregor, grato por ter conseguido uma desculpa para ir embora.

E saiu para encontrar os amigos. Se Luxa tinha levado Boots para o campo na arena, devia haver algum jogo ou treinamento agendado. Esperava que não estivessem usando as bolas de sangue para exercícios de acertar o alvo. Mesmo nos dias bons, ele não gostava de ver as bolas de cera explodirem, espalhando líquido vermelho-sangue quando as lâminas das espadas as atingiam. Naquele momento, era um pouco mais de violência do que podia suportar.

Quando Gregor chegou, encontrou um tipo de treinamento muito mais inofensivo em andamento. As crianças pequenas estavam aprendendo a voar em morcegos. À primeira vista, parecia que criancinhas choviam do teto. Mas nenhuma das gotas de chuva tocava o chão. Os morcegos voavam com as crianças para o alto da arena e viravam de cabeça para baixo, deixando-as cair no ar. As crianças deviam cair por cerca de um metro e meio ou até mesmo 18 metros antes de serem pegas por outro morcego e saírem voando novamente.

Mareth estava supervisionando o exercício. O soldado estava parado no centro do campo, apoiado em uma muleta. Os médicos tinham criado um aparelho protético feito de espinha de peixe e couro para ser usado no lugar da perna que não tinha, mas ele ainda estava aprendendo a utilizá-lo. A rainha de Regália, Luxa, o estava ajudando, se é que se pode chamar assim, porque naquele momento os dois estavam rindo descontroladamente da cena que se desenrolava acima deles. Mareth apontava para Boots, no alto, que tentava dar o salto mortal que Luxa havia ensinado. Quando um morcego a deixasse cair, ela devia se curvar como uma bola e girar algumas vezes no ar. Mas Boots acabava perdendo o controle do movimento e seguia adernando para o chão, batendo os braços desenfreadamente como se fossem asas.

— Eu! — gritava ela, como se quisesse lembrar aos morcegos que precisava de ajuda.

— Fique encolhida, Boots! — gritava Luxa em meio às risadas. — Segure os joelhos!

— Eu seguro os joelhos! — confirmou Boots. E disparou para outro salto mortal que rapidamente degringolou para o velho número do bebê pássaro. — Eu!

— Quase, Boots! Tente mais uma vez! — gritou Luxa, de forma encorajadora.

Gregor parou de observar as crianças e os morcegos por um instante e se concentrou nela. Ainda não havia se acostumado a ver Luxa feliz.

Ela tinha mudado depois de ficar presa na selva por três meses com sua morcega ferida, Aurora, e uma colônia de camundongos. Ficou muito feliz por estar de novo em casa, e seu povo quase entrou em êxtase ao vê-la. Foi como se, pela primeira vez, eles reconhecessem como eram sortudos por ter essa garota de 12 anos de volta como governante. Luxa não teria plenos poderes de rainha até completar 16 anos, mas aos 12 tinha grande influência e agora podia votar nas reuniões do conselho onde as decisões políticas eram tomadas. Apesar de ser teimosa e fazer o conselho enlouquecer com sua forma de pensar e agir, Luxa era inteligente, forte e inquestionavelmente corajosa. Uma admiração mútua floresceu entre a jovem rainha e seus súditos.

Isso tudo contribuía para a felicidade de Luxa, mas Gregor sabia que a verdadeira fonte de sua alegria era Hazard, seu primo meio-mundo de 6 anos, com olhos verde-limão e cachos negros, que tinha sido descoberto vivendo na selva. Quando o pai dele, Hamnet, foi morto por um exército de formigas, Hazard ficou órfão. Luxa o trouxe de volta para Regália e, leal à sua palavra, era como se agora fossem irmãos. Ele vivia com ela nos aposentos reais, fazia as refeições com ela e a seguia como um cachorrinho. E Luxa tinha se permitido amá-lo.

Gregor avistou Hazard caindo de um morcego bem acima de sua cabeça. Ele era mais velho do que a maioria das crianças, mas andar em morcegos ainda era uma novidade para ele. Apesar de o menino poder participar dos exercícios de voo, Luxa tinha proibido terminantemente que qualquer um o ensinasse a usar armas. O último desejo do pai dele tinha sido que Hazard fosse qualquer coisa, menos um guerreiro, e Luxa havia prometido que cumpriria. Enquanto os outros meninos da idade dele estudavam treinamento de combate, Hazard desenvolvia seu talento já extraordinário em relação a novas línguas. A princípio, os regalianos não faziam nenhum esforço para aprender as línguas de outras criaturas, mas Hazard havia sido criado na selva, onde tentava falar com qualquer coisa que falasse com ele. Tinha chegado a Regália fluente em Lagartês e com aptidão para se comunicar em várias outras línguas animais. Vikus, que era avô de Hazard e de Luxa, tinha providenciado um grupo de tutores para ele. Ripred ensinava o menino, sempre sagaz e interessado, a guinchar em Ratês, com muito mais paciência do que jamais tinha tido com Gregor. Temp, a barata que já havia resgatado Boots de várias confusões, ensinou tanto a Hazard quanto à "princesa" o dialeto estalado dos rastejantes. E Purvox, uma bonita aranha vermelha, tinha sido trazida para ensinar a ele seus estranhos meios vibrantes de comunicação. Nos momentos de folga, Hazard tentava falar com os morcegos, embora alguns de seus sons fossem simplesmente agudos demais para os ouvidos humanos.

Enquanto caminhava em direção aos amigos, uma voz atrás de Gregor ronronou:

— Pule.

Ele deu um passo e pulou o mais alto que pôde, esticando as pernas para os lados. No segundo seguinte, estava montando nas costas de Ares. Gregor sempre se sentia seguro com Ares. Eles eram vinculados, uma equipe humano-morcego que tinha feito um juramento de defender um ao outro até a morte. E, depois de enfrentar uma sequência de dificuldades impossíveis juntos, haviam se tornado grandes amigos também.

— Como estão as coisas, rapaz? — perguntou Gregor.

— Bem. Estão indo bem — disse Ares.

Gregor passou a mão pelo pescoço o morcego. Uma camada novinha em folha de pelagem preta e brilhante começava a esconder as marcas púrpura da peste. O morcego de Gregor, que tinha sido a primeira vítima da peste, não só havia conseguido sobreviver a ela como também tivera uma recuperação extraordinária. Após algumas semanas recebendo tratamento, ele começou a pedir aos médicos para lhe darem alta. Por medo de que ele voasse de volta para a distante caverna fora de Regália antes de estar completamente curado, os médicos o deixaram aos cuidados de Luxa. Então agora ele morava com ela, Hazard e Aurora na ala real do palácio. De qualquer maneira, Gregor achava que Ares provavelmente preferia ficar com os amigos a viver naquela caverna solitária.

— Quando vamos comer? — perguntou Gregor ao ouvir o estômago fazer barulho.

Mareth assobiou, chamando os morcegos e suas pequenas cargas de volta ao campo.

— Deve ser agora, já que o treino acabou — disse Ares.

Dez minutos depois, eles estavam sentados em volta de uma grande mesa repleta de comida. Além de Gregor, Luxa, Hazard, Boots, Ares e Aurora, havia uma jovem morcega de quem Hazard gostava. Thalia. Ela era cor de pêssego com listras brancas, como um gato tigrado, ainda tinha apenas a metade do tamanho de que devia ficar e gostava de piadas de um jeito que Gregor achava desconcertante. Ele havia adaptado algumas piadas da Superfície para ela.

— Por que o morcego atravessou o rio? Para chegar do outro lado.

Algo assim podia, sem brincadeira, fazer com que ela risse por uns dez minutos.

Naquele dia, ele contou a velha piada guardada na manga:

— Por que a comida foi presa? Porque matou a fome.

Infelizmente, ela estava com a boca cheia de comida quando ouviu a resposta e quase sufocou quando caiu na gargalhada.

— Você acha que ela vai amadurecer algum dia? — sussurrou Gregor para Luxa.

— Espero que sim. Hazard está decidido a se vincular a ela — sussurrou Luxa de volta.

Gregor comeu uma refeição saudável: peixe grelhado, cogumelos marinados e pão fresco. Participou pouco da conversa, no entanto, porque continuava pensando em Ripred e Bane. Depois do jantar, quando os outros voltaram para o apartamento de Luxa para jogar um pouco, Gregor disse que precisava ir ao museu. Na verdade, ele precisava apenas de tempo para pensar. Apesar do aviso de Ripred, sua vontade era procurar Vikus e lhe contar tudo. Mas era verdade que Vikus poderia ir ao conselho. E os integrantes do conselho eram, na maioria, idiotas. Se ao menos ele conseguisse descobrir o que havia na profecia que Ripred mencionou...

Nerissa! Gregor se virou rapidamente, se afastando do museu e indo em direção à sala de pedra que guardava as profecias de Sandwich. Nerissa passava boa parte do tempo lá. Se havia alguém que poderia dizer a Gregor o que esperava por ele, era aquela garota. Ela fazia parte da família real, era prima de Luxa, e tinha até mesmo chegado a usar a coroa por alguns meses, quando todos achavam que os ratos tinham matado Luxa. Mas, ao contrário da prima resiliente, Nerissa era magra ao extremo, psicologicamente frágil e tinha o dom de ver o futuro... às vezes. Ela não conseguia controlar suas visões mais do que Gregor conseguia controlar seu poder de lutar como um colérico. Por vezes ela não tinha ideia se algo que viu aconteceria dentro de uma hora ou tinha acontecido um século atrás. Ainda assim, quando estava certa, estava mesmo.

Como esperava, Gregor encontrou Nerissa sentada sozinha na sala das profecias. Seu estado físico tinha deteriorado de volta a como era antes de ela ter sido rainha. Os cabelos longos e embolados chegavam à cintura, e ela estava envolta em camadas de roupas que não combinavam.

— Saudações, Guerreiro — disse ela, com seu sorriso fantasmagórico.

— Oi, Nerissa — disse ele e decidiu ir direto ao assunto. — Eu estava pensando nas profecias. As que falam de mim. Existe mais alguma?

— Sim — disse Nerissa. — Uma em particular.

— Devo matar Bane de novo? — perguntou Gregor.

Ela olhou para ele de forma enigmática.

— Não está claro. Ele provavelmente vai morrer — disse Nerissa. — Por que está perguntando isso, Gregor? — Ele não respondeu, porque isso significaria expor Ripred. — Alguém anda colocando ideias na sua cabeça sobre Bane de novo.

Mas você pode dizer a esse “alguém” que a profecia sobre a qual você fala está no futuro, e não no presente.

— Como você sabe? — perguntou Gregor.

— Porque os eventos de que ela fala ainda não aconteceram. É possível que nunca aconteçam. Como suspeito que esse “alguém” bem saiba. Talvez ele acredite que possa controlar o destino, mas não pode — disse Nerissa.

“Ela sabe que foi Ripred”, pensou Gregor.

— Você vai me mostrar a profecia? — perguntou em voz alta.

— Não. Ela não serve de nada para você agora. Na verdade, acredito que seria um tanto prejudicial. Para sua própria segurança e a daqueles que você ama, acredito que deva evitar a todo custo saber dela. É claro que, se quiser perguntar a Vikus, não há nada que eu possa fazer para impedi-lo — disse Nerissa.

Depois de um aviso como aquele, o que ele poderia dizer? Além disso, Gregor já tinha descartado perguntar a Vikus, então apenas deu de ombros, como se não se importasse.

— Não, se você acha que só me confundiria, deixa para lá.

Por um lado, estava aliviado com a ideia de que pelo menos temporariamente ele não teria de lidar com a questão de matar Bane. Pelo que Nerissa tinha dito, aquilo poderia nunca acontecer. Por outro, Gregor percebeu que a opinião de Nerissa não teria grande influência sobre Ripred. O rato, como muitos outros, fazia pouco caso das habilidades proféticas dela.

Embora tivesse quebrado a cabeça, Gregor ainda não tinha encontrado uma solução até a hora da aula no dia seguinte. Enquanto abria a porta de pedra, pensava de novo no plano. Encontraria Ripred e tentaria convencê-lo a desistir de matar Bane. No entanto, Gregor não estava muito confiante de sua capacidade de fazer isso, então, só para garantir, prendeu uma espada no cinto para o caso de precisar tentar proteger a vida do rato branco. A ideia de enfrentar Ripred era ridícula, mas talvez pudesse distraí-lo por tempo suficiente para Bane fugir.

Sabendo que, se eles lutassem, Ripred tentaria tirar sua luz imediatamente, Gregor tinha prendido uma lanterna com fita adesiva no antebraço. Em vez de uma tocha, que precisaria segurar com a mão, tinha escolhido um lampião grande de vidro parecido com os que tinham carregado na selva, assim poderia colocá-lo no chão, se necessário.

Ao se aproximar da caverna circular, ele se preparou mentalmente, tentando pensar nos argumentos para manter Bane vivo. Mas, quando chegou ao local do encontro, estava vazio. Nada de Ripred. Nada de Bane. Não havia ninguém. Esperou dez, talvez 15 minutos. Ripred não costumava se atrasar. Na verdade, costumava aparecer de repente antes que se esperasse por ele. Bem quando já estava para voltar a Regália, Gregor ouviu um barulho fraco de algo arranhando no túnel de onde Bane tinha surgido no dia anterior.

— Ripred? — perguntou, com cuidado. Não houve resposta. — Pearlpelt? — Ouviu o arranhar fraco de novo. — Tem alguém aí? — Gregor colocou o lampião no chão e ajustou a lanterna no braço. Enquanto rastejava por um longo túnel em direção ao som, teve a sensação de que o ruído se afastava, levando-o para longe do lampião, das escadas e da cidade acima. — Olá?

Ele entrou em uma pequena caverna. Outro som, como uma risada abafada, veio da esquerda. Um formigamento desagradável correu pela nuca de Gregor. De repente, percebeu que tinha cometido um erro terrível.

Ele se virou, preparando-se para correr para a porta. Três ratos surgiram das sombras, bloqueando seu caminho. Gregor não reconheceu nenhum deles.

CAPÍTULO 4

Num instante, a espada de Gregor estava em sua mão. Os ratos se espalharam, tornando qualquer movimento de volta ao palácio impossível. Mas não assumiram posições de ataque. Em vez disso, deixaram-se cair preguiçosamente no chão como se estivessem para aproveitar um dia divertido na praia.

Dois dos ratos tinham o pelo cinza-claro nada excepcional; era o mais comum na espécie. Mas o pelo do que estava em frente a Gregor era de um bonito tom prateado. Ele falou primeiro.

— Então, finalmente conhecemos o guerreiro. Ripred é tão possessivo, o restante de nós não consegue chegar perto de você. — Gregor sabia que era uma fêmea pelo tom da voz. E que voz! Baixa e suave, com uma afabilidade inconfundível. Encantadora, essa era a palavra. — Pode abaixar a espada, Gregor; como pode ver, nenhum de nós está inclinado a lutar.

Gregor não se moveu.

— Quem é você?

— Esses são Gushgore e Reekwell — disse a rata prateada. Os ratos assentiram educadamente ao ouvirem seus nomes. — E eu me chamo Twirltongue.

Twirltongue. Então era essa a rata que vinha dizendo a Bane que ele deveria ser rei. O que Ripred tinha dito sobre ela? Muito persuasiva.

— Vocês são os amigos de Bane — disse Gregor.

— Você conheceu Bane? — perguntou Twirltongue.

— Sim, eu o conheci quando... — Gregor interrompeu a frase. Por que estava dizendo qualquer coisa àquela rata? Ele sabia que Ripred não confiava nela. A pergunta havia sido tão casual que Gregor quase tinha lhe dito que Bane estivera ali. — Quando ele era um filhote.

Twirltongue riu.

— Está tudo bem, Gregor. Já sabemos que ele esteve aqui. O cheiro dele está por toda a parte. Sem falar de seu sangue.

Por um instante, Gregor achou que Ripred tivesse matado Bane sem ele.

— Ele está morto?

— Provavelmente preferiria estar. Eu preferiria, se estivesse viajando com Ripred — disse Twirltongue. Os ratos riram. — Não, achamos algumas gotas de sangue. Deve ter andado roendo o rabo. Por que você achou que ele poderia estar morto?

— Porque... você falou sobre o sangue — disse Gregor. Alguma coisa naquela rata o deixava confuso.

— É claro. Então você não o viu? — perguntou Twirltongue.

— Não recentemente — disse Gregor.

— Bem, se você o vir, diga que os amigos dele o estão procurando. Francamente, estamos preocupados. Bane é pouco mais que um filhote, e Ripred é, para ser educada, delirante — disse Twirltongue. — Sem mencionar uma companhia terrível, mas não preciso lhe dizer isso depois de sua viagem pela selva, preciso?

— Não, não precisa — disse Gregor.

Os ratos desataram a rir, e Gregor se permitiu um sorriso. Depois de todos os insultos que tinha ouvido, era realmente um alívio alguém reconhecer como Ripred podia ser detestável.

— Uma vez passei quatro dias em uma caverna com ele, nos escondendo de um exército de cortadores. No terceiro dia, comecei a considerar sair escondida dali. Pensei: "Sim, vou ser cortada em pedaços por mandíbulas. Mas seria mesmo pior do que ouvir Ripred criar poemas sobre mim?" — Então Twirltongue começou a recitar:

"TWIRLTONGUE, A ROEDORA, AQUI VEM
E ACREDITA SABER USAR AS GARRAS
COMO NINGUÉM,
MAS TWIRLTONGUE ESTÁ MAIS PARA
UM FILHOTE, UM NENÉM

PORQUE UM CORTADOR ELA NÃO PODE ENFRENTAR,
EMBORA SE UM POUCO DE MANTEIGA PASSAR
ALEGREMENTE COMERIA UM NO JANTAR."

Gregor não pôde evitar rir junto aos ratos.

— Não era muito brilhante, mas serviu ao seu propósito — disse Twirltongue. — Eu me senti humilhada tanto pelo conteúdo do poema quanto pela qualidade inferior.

Gregor percebeu que assentia positivamente. Twirltongue tinha entendido direitinho o modo como Ripred agia.

— Como se você fosse tão imprestável que não servisse nem para alguém criar um insulto decente a seu respeito.

— Isso! Isso! — falou Twirltongue. Os ratos alegremente começaram a trocar histórias sobre os insultos de Ripred, uma pior do que a outra.

O braço de Gregor que segurava a espada relaxou, e ele apoiou a ponta dela sobre a pedra. Às vezes, ficava curioso em relação a Ripred. Até que ponto Gregor o conhecia? Talvez Ripred estivesse mesmo delirando sobre liderar os outros ratos, sobre a ameaça que Bane representava e sobre Twirltongue e seus amigos. Talvez Ripred fosse louco.

A ideia atingiu Gregor como um solavanco. Se Ripred era maluco, por que Gregor estava fazendo o que ele dizia?

Naquele instante, Twirltongue rolou de costas, esticando-se de um jeito exuberante.

— Ah, Habitante da Superfície, ah, Guerreiro. Como eu queria tê-lo conhecido antes de Ripred — disse ela. — Mas, como não conheci, acho que *agora* é uma boa ocasião.

Gregor estava completamente despreparado para o ataque. Só teve tempo de mergulhar para a direita, desviando do bote de Reekwell antes que as garras do rato arranhassem o chão onde ele tinha estado.

— Sem as garras, Reekwell. E nada de sangue. Precisamos que ele desapareça sem deixar rastro — disse Twirltongue, de forma agradável. — Quebre o pescoço dele.

Não havia tempo para perguntar por que o queriam morto. Provavelmente porque era o guerreiro. E só o fato de ser humano já era uma boa razão para a maioria dos ratos.

Gregor conseguiu ficar de pé enquanto Reekwell e Gushgore vinham em sua direção, chicoteando os rabos grossos em seu pescoço. Ele se encostou à parede da caverna, defendendo-se dos golpes com a espada. Começou a se esquivar junto à parede, indo em direção à abertura que levava de volta à cidade. Quando a lâmina atingia os rabos dos ratos, eles os encolhiam automaticamente antes que pudessem ser cortados. Gregor não conseguia dar um golpe completo e cortar um rabo porque sempre tinha que se defender de outro.

Quando a sensação colérica surgiu, Gregor sentiu seu ânimo melhorar. Agora pelo menos teria uma chance de lutar. Sua visão se alterou, dando zoom nos pontos de ataque; seu braço se tornou indistinguível da espada. Ele sentiu os ratos começarem a hesitar e estava para continuar o ataque quando aconteceu.

O rabo de Gushgore quebrou o vidro da lanterna de Gregor e tudo ficou escuro de repente. Ele imediatamente se sentiu desorientado. Para cima, para baixo, para a direita e para a esquerda não fazia a menor diferença. Só havia escuridão e o som de risadas cruéis, tão diferente das que se seguiram ao poema de Twirltongue.

Os sentidos de colérico tinham evaporado. Os joelhos de Gregor ficaram fracos e seu coração disparou. Então era isso! O momento sobre o qual Ripred sempre o alertara: ficar preso em uma caverna sem luz com ratos. Ripred não tinha exagerado. Era essa a razão pela qual tinha sido tão implacável nas aulas de ecolocalização. Gregor estava tão indefeso quanto um bebê sem poder usar os olhos.

Ele balançava a lâmina à frente como um louco, mas não acertou nada. Ouviu o assobio um pouco antes de um rabo atingi-lo na cabeça e arremessá-lo de qualquer jeito para o lado. Aterrissou com as mãos e os joelhos no chão e começou a rastejar freneticamente pela escuridão, a espada tinindo na pedra.

— Ripred! Ripred! — gritava desesperadamente. Onde o rato estava?

Outro golpe atingiu Gregor no traseiro e o lançou por vários metros no ar antes de cair de barriga.

"É o fim", pensou Gregor. "Está tudo acabado."

Mas, quando levantou a cabeça, um brilho fraco de luz chamou sua atenção. Desta vez, tinha sido jogado na abertura do túnel, de onde conseguia ver o brilho do lampião de vidro que tinha deixado no chão da caverna circular. Ficou de pé num instante, correndo em direção à luz tão rápido quanto suas pernas permitiam. Os ratos levaram um tempo para se reagrupar, ele conseguia ouvi-los atrás. Gregor tinha uma vantagem inicial, mas seria o bastante?

A luz brilhante lhe dava esperança, mesmo com os ratos se aproximando. Ele atirou a espada para trás e um dos ratos gritou. Com as mãos livres, Gregor correu os últimos nove metros até o lampião. Em um único impulso, ele o ergueu e o girou rapidamente. Bem na hora em que Twirltongue saltou para dentro da caverna, Gregor quebrou o lampião no chão na frente dela. O óleo derramado inflamou, e uma estreita parede de fogo surgiu no ar, escurecendo o pelo de seu focinho. Ele não esperou para ver o que houve depois. Apenas disparou escada acima para o palácio.

Gregor irrompeu através da porta de pedra, batendo-a atrás dele. Suas mãos tremiam tanto que mal conseguia colocar as barras no lugar. Quando terminou, seus joelhos cederam e ele sentou no chão, encostando-se na porta para se apoiar.

Nenhum som veio de trás da porta. Os ratos não o haviam seguido. Lentamente, ele se acalmou. À medida que o medo diminuía, ia sendo substituído por uma sensação avassaladora de vergonha. Lembrou-se de quando rastejava pelo chão de pedra. Chamando por Ripred. Pronto para desistir. O guerreiro. Em toda a sua glória.

Gregor não acreditava que Twirltongue tinha conseguido fazer com que ele duvidasse de Ripred tão rapidamente! Claro, ele discutia muito com o rato grande. Mas Ripred tinha salvado sua vida várias vezes, e ele só conhecia Twirltongue havia alguns minutos. Ripred não estava brincando quando falava sobre os poderes de persuasão dela. E se Twirltongue conseguia manipular Gregor tão facilmente, o que poderia fazer com Bane?

Quando Vikus tocou no ombro de Gregor, ele quase morreu de susto.

— Desculpe, não quis assustá-lo.

Gregor ficou de pé num pulo.

— Tudo bem, sem problema. O que houve?

— Estive procurando você. Tenho um recado de Ripred. Sua aula de hoje foi cancelada — disse Vikus.

— Cancelada? — disse Gregor. — Ah, sim, desci para encontrá-lo, mas ele não estava lá. Ele disse por quê?

— Disse que tinha perdido alguma coisa e precisava encontrá-la. Você vai retomar as aulas quando ele voltar — disse Vikus.

Perdido alguma coisa. A única coisa que Ripred poderia ter perdido era Bane. Será que o rato branco tinha fugido? Ele com certeza estava chateado quando deixou a caverna. Provavelmente havia fugido, e agora Ripred o estava procurando. Twirltongue e seus amigos deviam tê-los perdido por pouco.

— Sabe, Vikus, se Ripred consegue chegar lá embaixo da cidade, outros ratos provavelmente também conseguem. Tudo que precisam fazer é seguir o cheiro dele — disse Gregor. — Você tem certeza de que essa porta é forte o bastante?

— Ela tem resistido a ataques por quatrocentos anos — disse Vikus.

Gregor lhe deu alguns tapinhas de aprovação.

— Que bom.

— Por que você está preocupado com isso de repente? — perguntou Vikus.

Se Gregor fosse contar a Vikus sobre os ratos, aquela era a hora. Mas Ripred tinha pedido que ele não falasse sobre Bane, e duvidar de Ripred havia lhe trazido problemas suficientes por um dia. Era melhor guardar segredo.

— Foi só uma coisa que me passou pela cabeça — disse Gregor.

Pelo menos por enquanto, tinha evitado a questão sobre ter de matar Bane. Afinal de contas, o rato branco ainda podia escapar. E se Ripred o encontrasse mesmo em algum lugar nos túneis, não seguiria em frente e o mataria? Ou talvez Ripred mudasse de ideia e tentasse ajudá-lo. Esse parecia ser o resultado mais improvável de todos.

Gregor conseguia imaginar vários cenários parecidos, mas, deitado naquela noite, sem conseguir dormir, sabia que não acreditava em nenhum deles. Havia uma profecia que ninguém queria lhe contar. E aquela profecia era sobre Gregor e Bane.

[illegible]
[illegible]
o resultado mais impetuoso de todos.

[illegible]
[illegible]
[illegible]
[illegible]

CAPÍTULO 5

Durante as semanas seguintes, Gregor viajou para o Subterrâneo quase todos os dias, mas não havia nenhuma notícia de Ripred. Gregor não sabia como interpretar isso. Será que Ripred tinha simplesmente matado Bane e continuado sua vida? Ou será que tinha se metido em apuros? O rato era o animal mais resistente do Subterrâneo, mas, à medida que a falta de notícias perdurava, Gregor começava a se perguntar se alguma coisa tinha acontecido a ele.

Gregor percebia que Vikus também estava preocupado.

— Ripred não costuma me deixar sem notícia por tanto tempo — confidenciou a Gregor, que lutava constantemente contra a tentação de contar a Vikus tudo que sabia.

Não só porque Ripred tinha recomendado que não falasse nada, mas também porque o velho homem estava tão sobrecarregado pelo iminente julgamento de sua esposa Solovet que Gregor não queria lhe dar mais preocupações. A princípio, parecia que ela seria apenas repreendida e talvez destituída do cargo, no entanto, quando se soube o verdadeiro número de vítimas da peste, houve uma pressão crescente não só por parte dos ratos, mas também dos humanos, para que ela fosse levada a julgamento. As pessoas diziam que a Dra. Neveeve, que tinha conduzido as pesquisas e fora executada por sua participação na epidemia, era apenas um bode expiatório. E que era Solovet, como líder das forças armadas regalianas e a pessoa que ordenou o desenvolvimento da peste como possível arma, que deveria assumir a responsabilidade final pela doença.

Gregor guardou os pensamentos para si e tentou se concentrar nas coisas boas de suas férias de verão. Em como a mãe melhorava a cada dia, em como as cartas de Lizzie mostravam que ela parecia mesmo estar se divertindo no acampamento, em como realmente havia várias coisas divertidas para se fazer no Subterrâneo se você não estivesse sendo atacado. Nadar, explorar cavernas, participar de jogos de bola montado em morcegos. Às vezes havia até festas.

Certa manhã, bem quando ele e Boots chegaram ao Salão Alto, Hazard veio correndo animadamente em direção a Gregor com um pequeno rolo de papel nas mãos.

— É um convite! Para minha festa de aniversário! Vou fazer 7 anos! Você vai, não vai? — disparou ele antes mesmo que Gregor tivesse a chance de abrir.

— Claro, nós vamos — disse Gregor. — Então, o que você quer ganhar de aniversário?

— Não sei — disse Hazard. Ele olhou para Luxa em busca de orientação.

— Talvez ele gostasse de alguma coisa da Superfície. Algo que a gente não tenha por aqui — sugeriu ela.

Hazard assentiu entusiasticamente.

— Sim, algo que eu nunca tenha visto!

— Hummm, vou ter que pensar sobre isso... — disse Gregor. Mas ele já sabia o que queria dar a Hazard.

Tinham conseguido uma boa grana com o violino do museu. O suficiente para se manterem por seis meses. Naquele momento, não precisavam contar todos os centavos. Então, na manhã da festa, Gregor e Boots pegaram o metrô para a grande loja de brinquedos no centro da cidade para comprar o presente de Hazard. Gregor logo achou o que queria: era um disco de plástico com animais ao redor da parte de fora do círculo. Você girava uma seta e apontava para um animal, então puxava uma alavanca e o brinquedo tocava o som que o animal fazia. Como Hazard era um grande prodígio imitando as criaturas do Subterrâneo, Gregor tinha certeza que ele adoraria o presente. Boots achou um pequeno conjunto de animais selvagens para combinar, e, como a irmã não tinha perturbado, Gregor lhe disse que poderia escolher algo para ela também.

Era uma grande surpresa, e Boots levou aquilo bem a sério. Ela testou quase todos os brinquedos da seção pré-escolar antes de encontrar o que queria: um kit de acessórios de princesa. Tinha três itens, uma tiara de plástico enfeitada de joias, uma saia cor-de-rosa de tecido transparente com elástico na cintura e um cetro que acendia quando se apertava um botão. Boots ficou encantada com a beleza da fantasia.

— Posso esse, Gré-go? Porque eu sou pincesa? — perguntou, cheia de esperança.

— Está bem, Pincesa. Coloque na cesta.

Mas ela não conseguia se separar do kit. Ela o carregou por todo o caminho de volta para casa, apertando-o com força contra o peito e murmurando ocasionalmente:

— *P* de pincesa.

Assim que chegaram ao apartamento, Boots teve de colocar a fantasia de princesa, que era, de fato, fabulosa, e só depois seguiram para a festa no Subterrâneo.

A Sra. Cormaci tinha uma daquelas câmeras instantâneas que revelam a foto na hora. Ela fez Gregor parar no apartamento para pegá-la.

— Eu quero fotos. E tire algumas para o aniversariante para que ele possa se lembrar desse dia especial.

Luxa tinha se dedicado ao máximo aos preparativos: a arena estava enfeitada com faixas de tecido brilhante. Longas mesas de festa estavam abarrotadas de comida. Um enorme bolo, decorado com morcegos, baratas e outros animais, ocupava um lugar de destaque. E havia aproximadamente 15 músicos tocando canções alegres.

Hazard lançou-se em direção a eles logo que chegaram, e Gregor lhe entregou os presentes imediatamente. Ele ficou tão fascinado com o presente de Gregor que se sentou lá mesmo no musgo para brincar, puxando a alavanca toda hora para ouvir o cavalo relinchar, o peru gorgolejar e o cachorro latir. Depois de vários minutos, Luxa o lembrou gentilmente de que tinha convidados para dar atenção.

O lugar estava cheio de crianças agitadas, morcegos rodopiantes e até uma dúzia de baratas. Os insetos cercaram Boots na mesma hora, admirando, sem fala, seu traje de princesa. Boots subiu na casca preta e larga de seu amigo Temp e deu uma demonstração de como o cetro funcionava, acendendo-o e apagando-o.

— Mas o que é que essa criança está usando? — Gregor se virou e viu a mãe, enrolada em cobertores, sentada numa cadeira perto da mesa da festa. Ela balançava a cabeça, se divertindo com Boots.

— Ela é uma princesa, mãe — disse Gregor. — Você não pode esperar que ela apareça em uma festa com roupas de segunda mão. — Ele deu um abraço demorado na mãe. — Como é estar fora do hospital?

— É o paraíso — respondeu a mãe.

Gregor pegou a câmera da Sra. Cormaci para tirar algumas fotos. Ninguém entendeu o que estava fazendo até ele conseguir que Hazard e Thalia parassem de correr por um minuto e tirasse uma ótima foto dos dois com os braços e as asas entrelaçados em volta um do outro. Quando a imagem lentamente entrou em foco, os subterrâneos ficaram impressionados. Nunca tinham visto fotografias de si mesmos. Aquilo tudo parecia mágica para eles. Quando ele reuniu um grupo de crianças pequenas para uma foto, elas ficaram de pé bem aprumadas, com os braços duros ao longo do corpo, os rostos sérios. Gregor pediu para dizerem "xis" uma dezena de vezes, até que começaram a rir e se esqueceram de como era importante estar numa foto.

Luxa anunciou que o baile estava para começar, e Gregor rapidamente se sentou ao lado da mãe. Ele não era um grande dançarino nem na Superfície, e a última coisa que queria era se exibir em frente a um bando de pessoas... fazendo o quê? Minuetos ou algo parecido? Alguma coisa com passos.

Mas todas as crianças do Subterrâneo e vários adultos correram para o centro do campo para participar. A primeira dança se chamava "Morcego, Morcego" e exigia um parceiro. Um pequeno coral de pessoas cantava com os músicos, mas muitas das crianças também sabiam a letra. Boots, que devia ter aprendido os passos na creche, estava bem no meio de tudo, dançando com Hazard e cantando:

"MORCEGO, MORCEGO,
VENHA PARA MEU ACONCHEGO,
VOU LHE DAR UM PEDAÇO DE BACON FATIADO,
E, QUANDO EU ASSAR, UM BOLO VOU LHE DAR,
SE NÃO TIVER ME ENGANADO."

Uma pessoa voava em volta como um morcego e seu parceiro tinha que atraí-la, fingindo lhe oferecer comida. Havia passos específicos e gestos que combinavam com as palavras, como Gregor suspeitara.

— Que estranho. Acho que conheço a letra dessa canção — disse à mãe.

— Está no livro de rimas infantis que Boots tem em casa — disse ela. — Eu costumava ler para você também quando era pequeno. É de centenas de anos atrás.

— Ah, claro — disse Gregor.

Ele já tinha lido o livro para Boots também, mas não havia feito a ligação. Era estranho pensar que ele e Luxa podiam ter ouvido as mesmas rimas infantis quando tinham a idade de Boots.

Os músicos tocaram mais algumas canções, uma sobre fiandeiros fazendo uma teia, outra sobre estar em um barco, então fizeram um pequeno intervalo.

Corados e ofegantes, Luxa, Howard, Hazard e Boots vieram se juntar a Gregor e sua mãe.

— Por que você não está dançando, Gregor? — perguntou Hazard.

— Não sei nenhuma dança, Hazard — disse Gregor.

— Claro que sabe — disse a mãe. — Você sabe o Hokey Pokey.

— O Hokey Pokey? O que é isso? Você vai nos mostrar? — implorou Hazard.

Gregor levantou a câmera.

— Desculpe-me, estou tirando as fot... — começou ele.

— É claro que ele vai! — disse a mãe, pegando a câmera.

E então, para horror de Gregor, ele estava sendo arrastado para o meio do campo para ensinar o Hokey Pokey a aproximadamente duzentas pessoas. Ele não só teve de fazer os movimentos, como também precisou cantar a música até que os músicos tivessem entendido a melodia e a ideia geral da letra. Felizmente, Boots estava ao seu lado se sacudindo animadamente, porque Gregor queria apenas se afundar no musgo e desaparecer. Não ajudava ver Luxa e Howard um pouco afastados, rindo descontroladamente de seu evidente constrangimento. O Hokey Pokey não contribuía em nada para sua imagem de guerreiro.

No entanto, a música fez muito sucesso com as crianças do Subterrâneo, e elas aprenderam tão rápido que, quando repetiram o número, Gregor conseguiu escapar de volta para a cadeira.

— Muito obrigado, mãe — disse ele.

— O prazer é todo meu — disse ela.

Quando o próximo número foi anunciado, as crianças começaram a gritar:

— Quem vai ser a rainha?

— Luxa, é claro! — disse Hazard, e correu para buscá-la.

Ela protestou enquanto ele a levava para o meio de uma grande roda de crianças, mas não parecia se importar de verdade. Por que deveria? Luxa dançava tão naturalmente quanto um pássaro voava. Quando as crianças se deram as mãos e rodaram em uma direção, Luxa começou a girar para a outra.

"Dançando à luz do fogo flamejante,
Veja a rainha que conquista
a noite num instante.
O ouro escorre dela, quente e brilhante.
Pai, mãe, irmã, irmão, vejam vocês,
Lá se vão eles. E eu não sei, não,
Se veremos algum outro mais uma vez."

Umas dez crianças se juntaram a ela no meio da roda e fingiram ser mordiscadores, que era como os subterrâneos chamavam os camundongos.

"Pegue os mordiscadores numa
armadilha rapidinho.
Observe-os girando e roendo, escondidinho,
Silenciosamente enquanto
dormem um pouquinho.
Pai, mãe, irmã, irmão, vejam vocês,
Lá se vão eles. E eu não sei, não,
Se veremos algum outro mais uma vez."

Para o verso final, pelo que Gregor podia observar, todos andavam de um lado para o outro fingindo servir bolo e chá uns para os outros.

"AGORA OS CONVIDADOS ESTÃO
À NOSSA PORTA, OLHE LÁ,
CUMPRIMENTEMO-NOS COMO FIZEMOS
ANTES, SEM PESTANEJAR.
ALGUNS CORTARÃO EM FATIAS E OUTROS
SERVIRÃO CHÁ ATÉ DERRAMAR.
PAI, MÃE, IRMÃ, IRMÃO, VEJAM VOCÊS,
LÁ SE VÃO ELES. E EU NÃO SEI, NÃO,
SE VEREMOS ALGUM OUTRO MAIS UMA VEZ."

As palavras não faziam muito sentido para Gregor, mas todos os dançarinos pareciam saber muito bem o que estavam fazendo. Ele achava que várias músicas infantis da Superfície eram um pouco confusas também. Principalmente as antigas: "Escravos de Jó"... "Atirei o Pau no Gato"... "Ciranda Cirandinha". O que elas queriam dizer?

Pouco depois, Gregor estava junto à mesa do bufê, pronto para encher o prato, quando Luxa apareceu e o pegou pela mão.

— Venha, Gregor. Hazard quer que você seja meu par nesta dança.

— Luxa, eu não sei dançar, está bem? Acho que já deixei isso claro — disse Gregor.

— Mas é uma dança simples, e as palavras lhe dizem exatamente o que fazer. Venha, ou Hazard vai achar que você não está gostando da festa dele — implorou ela.

Gregor suspirou e largou o prato com relutância.

— Tudo bem, mas só esta. — Ele deixou Luxa guiá-lo até o campo. Outro círculo estava se formando, mas desta vez todos tinham um par.

— Comece fazendo uma reverência para mim, depois é só seguir as palavras — disse Luxa. De repente, a música começou, e Gregor se viu fazendo uma reverência como um personagem de desenho.

"JUNTE-SE À DANÇA E VENHA SER FELIZ
A QUALQUER HORA.
PEGUE MINHA MÃO, ANDE, SEM DEMORA.
UM, DOIS, TRÊS PASSOS PARA A FRENTE,
UM, DOIS, TRÊS PASSOS PARA TRÁS.
GIRE COM EMOÇÃO
TIRE DO CHÃO
E COLOQUE DE VOLTA O QUE
CARREGA AGORA."

Ele não foi tão mal. A última parte que dizia "tire do chão e coloque de volta o que carrega agora" era um pouco difícil. Ele devia levantar Luxa, girá-la e colocá-la de volta no chão. Ele conseguiu, ainda que um pouco atrasado, e de repente Luxa sumiu e ele estava trançando pelo círculo, pegando a mão de uma pessoa e depois da próxima, até ficar novamente cara a cara com Luxa e reverenciá-la outra vez.

"JUNTE-SE À DANÇA E VENÇA A TRISTEZA
SEM FAZER ALARDE.
PEGUE MINHA MÃO E ACABE COM
A RAIVA ANTES QUE SEJA TARDE.
UM, DOIS, TRÊS PASSOS PARA A FRENTE,
UM, DOIS, TRÊS PASSOS PARA TRÁS.
GIRE COM EMOÇÃO
TIRE DO CHÃO
E SE ENTREGUE À FELICIDADE."

E lá foi ele de novo, seguindo seu caminho pelo círculo. No terceiro verso, embora nunca fosse admitir, Gregor estava começando a se divertir.

"Junte-se à dança e fique contente.
Pegue minha mão para que
ninguém separe a gente.
Um, dois, três passos para a frente,
Um, dois, três passos para trás.
Gire com emoção
Tire do chão
E termine o que começou
gentilmente."

Nesse momento, as pessoas se afastaram de seus pares para uma reverência final. Quando Gregor se aprumou, ele se pegou olhando para os olhos violeta de Luxa. As bochechas dela estavam rosadas por causa da dança. Ela estava rindo, mas não dele.

— Você foi muito bem — disse ela.

— Sim, claro — disse Gregor.

E então duas coisas inesperadas aconteceram. Gregor percebeu que achava Luxa bonita. E uma coroa dourada veio do alto e caiu no chão, bem no meio deles.

CAPÍTULO 6

Gregor automaticamente levantou a cabeça para ver de onde a coroa tinha caído. Um grande morcego manchado de preto e laranja estava circulando sobre eles. Gregor reconheceu-o como sendo um dos morcegos que frequentemente entregava mensagens.

— Para você, Vossa Alteza — disse o morcego. — Enviado por uma mordiscadora que encontrei em Queenshead. Ela disse que você saberia o que quer dizer.

Luxa riu.

— Quer dizer que mais uma vez me esqueci onde deixei minha coroa, Hermes. Obrigada e desculpe o transtorno.

O morcego saiu voando. Luxa pegou a coroa e começou a sair do campo, levantando a mão no ar para chamar Aurora.

Intrigado, Gregor correu alguns passos para alcançá-la.

— Ei, essa não é a coroa que você deu aos camundongos para o caso de eles...

Luxa apertou o braço dele e sussurrou:

— Por favor, Gregor, não diga a ninguém o que falei naquele dia. E não deixe que Hazard ou Nike saibam como a coroa foi devolvida. Eles podem se lembrar também do que significa e falar sobre isso.

Ela olhou ansiosa em volta da arena. Hazard estava todo alegre mostrando os animais do bolo a Howard. Nike estivera ali por perto mais cedo, mas agora não a via em nenhum lugar.

— Então? Por que ninguém pode saber? — perguntou Gregor.

— Explicarei depois da festa. Por favor, não fale nada até eu ter uma chance de conversar a sós com você — pediu Luxa.

— Está bem — disse Gregor, confuso.

Ela deu alguns passos e pulou no ar para as costas de Aurora.

Gregor deu uma olhada nas pessoas para ver se alguém tinha notado a estranha sequência de eventos. Mesmo se tivessem, somente Gregor, Aurora, Nike, Hazard e Boots estiveram presentes quando Luxa deu a coroa aos camundongos. Eles estavam na selva, se preparando para voltar para casa. Para agradecer aos camundongos a gentileza em manter tanto ela quanto Aurora vivas, Luxa tinha lhes dado a coroa e falado... O que foi mesmo? Ele se lembrou: "Se vocês algum dia precisarem da minha ajuda, apresentem minha coroa a um de nossos batedores, e eu farei tudo que puder para vir em seu auxílio."

Bem, a coroa estava ali, então os camundongos deviam estar com problemas. Mas por que Luxa tinha insistido tanto em manter segredo? Se os camundongos estivessem mesmo em perigo, ela não devia estar alertando os guardas ou coisa assim?

Ela voltou em menos de um minuto, pulando das costas de Aurora e aterrissando ao lado de Hazard, toda animada.

— Não está na hora de partir o bolo?

Gregor olhou para cima e viu Aurora e Ares pousando lado a lado nas arquibancadas. Eles ficaram bem juntinhos, as cabeças se tocando enquanto trocavam informações. O que estava acontecendo?

Poucos minutos depois, Boots correu para Gregor trinando:

— Gré-go! Mamãe disse que a gente pode ficar para dormir! — Então, aparentemente, iam passar a noite ali.

— Que ótimo, Boots! — disse ele, pendurando-a no quadril. Então foi confirmar a história com a mãe.

— Luxa que deu a ideia. Acho que vai haver um jantar especial de família esta noite para Hazard, e ele quer que os dois estejam lá. E vocês podiam passar a noite aqui. Mandamos um morcego até a lavanderia com um recado para o seu pai — disse a mãe.

— Parece bom — disse Gregor, mas sabia que estava acontecendo alguma coisa. Tentou fazer Luxa olhar para ele, mas ela parecia determinada a evitá-lo. Por horas. Durante todo o restante da festa e o jantar de família, ele não conseguiu a atenção dela.

Ares também não ajudou.

— O que está havendo com essa história de Luxa e a coroa? — perguntou Gregor enquanto voavam para o jantar.

— Não teria como responder — disse o morcego. O que poderia significar tanto "Eu não sei" como "Não posso falar sobre isso aqui". Gregor achava que era a última opção.

Luxa só se abriu depois que Hazard e Boots já tinham sido colocados na cama, nos aposentos reais, e dormiam profundamente. Eles se reuniram em volta da lareira na sala de estar dela, somente Gregor, Luxa, Ares e Aurora. Apesar de os guardas que ficavam do lado de fora do apartamento estarem a uma boa distância, Luxa fez todos sussurrarem.

— Os mordiscadores estão enfrentando algum tipo de perigo. E deve ser importante para mandarem de volta a minha coroa. São criaturas bem astuciosas e já lidaram com muitas dificuldades sozinhos — começou ela.

— Então vamos contar logo a Vikus e conseguir ajuda — disse Gregor.

— Não! — responderam os outros três em uníssono.

— Ele teria de contar ao conselho, Habitante da Superfície — disse Ares. — Com tão poucas provas, e com todo esse caos que se seguiu à peste, eles não sancionariam nenhuma ação.

— Mas eu passaria a ser vigiada — disse Luxa, com tristeza. — Sabendo que essa resposta não me convenceria, sabendo da minha afeição pelos mordiscadores e que acredito estar em dívida com eles, eu seria constantemente vigiada para terem certeza de que eu não deixaria Regália.

— Mesmo você sendo a rainha? — perguntou Gregor.

— Principalmente por ela ser a rainha. Eles não querem arriscar colocá-la em perigo de novo — disse Ares.

— É por isso que precisamos descobrir sozinhos o que está acontecendo com os mordiscadores — disse Aurora. — Talvez, sabendo de mais coisas, possamos justificar a ajuda.

— Espera aí! Só um minutinho. Então "nós", querendo dizer nós quatro, vamos fazer o quê? — perguntou Gregor.

— Voar esta noite para Queenshead — respondeu Luxa.

— É o lugar onde os camundongos vivem? Na selva? — perguntou Gregor. O nome parecia vagamente familiar, mas ele não conseguia se lembrar direito.

— Não, é apenas um marco no território a oeste daqui. Mas é onde Hermes disse ter encontrado a mordiscadora que lhe deu minha coroa — disse Luxa. — Tenho certeza de que ela ainda estará em Queenshead, esperando para me encontrar. Você vem, Gregor?

Por um lado, Gregor sabia que era uma má ideia. Não informar nada a Vikus e ao conselho. Fugir por aí sem sua mãe saber. Nossa, se ela soubesse que ele estava voando pelo Subterrâneo tarde da noite, ele ficaria de castigo pelo resto do verão. Não em Regália. Em seu apartamento.

Por outro lado, ninguém parecia achar seguro confiar em Vikus ultimamente. Talvez os camundongos estivessem mesmo em apuros. Os outros três iam. Ele estaria desapontando não apenas seus amigos, mas também seu vínculo. E se eles se envolvessem em algum perigo e Ares precisasse dele? Se saíssem naquele, só para falar com a mordiscadora que enviou a coroa, será que conseguiriam voltar antes que sua mãe acordasse?

— A que distância fica Queenshead? — perguntou ele.

— Um voo curto. Podemos ir lá e voltar antes de darem pela nossa falta — disse Luxa rapidamente.

— Acho que pode dar certo. Mas como vocês planejam sair do palácio sem sermos notados? — perguntou Gregor.

Luxa e Ares trocaram um olhar.

— Henry conhecia um caminho — disse o morcego. — Aurora e eu os encontraremos na descida.

— Sim. Dê-nos apenas alguns minutos para nos prepararmos — pediu Luxa.

Eles se vestiram com roupas escuras. Luxa tinha tochas, mas eles fizeram uma pequena viagem ao museu para que Gregor pudesse prender uma lanterna no antebraço com uma fita adesiva. Não devia ser uma viagem perigosa, mas, depois do encontro com Twirltongue e seus amigos, ele tinha tanto medo de ficar sem luz que tomava todas as precauções que podia. Eles pararam em um dos muitos depósitos de armas do palácio para pegar algumas espadas. Luxa escolheu uma arma leve, com uma lâmina longa, fina e de três lados que terminava em uma ponta mortal. Ela dissera a Gregor uma vez que preferia esse tipo de espada porque funcionava bem no tipo de luta acrobática em que se sobressaía. Gregor escolheu uma versão da espada mais pesada que Mareth o vinha encorajando a usar durante o treinamento. A lâmina era plana, de aproximadamente 2,5cm de largura, e afiada como uma navalha. Depois os dois seguiram na ponta dos pés pelos salões, evitando os guardas que passavam eventualmente por eles, até chegarem a uma parte do palácio que Gregor nunca tinha visto.

A entrada para a passagem secreta ficava dentro de uma creche que tinha sido desativada desde que aquela outra grande e alegre em que Boots brincava fora construída. O lugar antigo era um pouco assustador, na verdade. Sandwich tinha passado algum tempo ali, assim como na sala das profecias, entalhando uma coleção de animais nas paredes. Devia ser acolhedor. Mas, à luz bruxuleante das tochas, as criaturas de pedra pareciam ameaçadoras, os olhos salientes demais, os dentes muito proeminentes. Gregor se sentia encurralado, e não confortado. Mesmo que o lugar estivesse cheio de crianças e brinquedos, não seria um ambiente feliz.

— Eu nunca gostei deste lugar — disse Luxa, franzindo as sobrancelhas. — Por sorte, eles construíram a nova creche na época em que eu nasci. Mas foi aqui que Henry passou os primeiros anos.

"Talvez por isso ele fosse tão confuso", pensou Gregor, mas não ousou dizer aquilo em voz alta. Luxa conseguia falar mais tranquilamente sobre Henry agora, as feridas da traição do primo estavam começando a cicatrizar. Mas o assunto ainda era muito doloroso e ela não conseguia fazer piada a respeito.

— Aqui está a entrada — disse Luxa.

Ela parou em frente a uma enorme tartaruga de pedra feita na parede dos fundos. Gregor se lembrou das grandes tartarugas de metal que Boots adorava escalar no Central Park. Exceto que esta tinha uma expressão furiosa e a boca aberta como se estivesse prestes a dar uma mordida terrível.

— Cruzes — disse Gregor. — Aposto que as crianças adoravam essa aí.

— Não, elas a evitavam. Menos Henry, que montava nas suas costas e inventava histórias apavorantes sobre ela. E, um dia, enquanto os outros cochilavam, ele encontrou coragem para fazer isto. — Luxa enfiou o braço na boca da tartaruga, tateou em volta e girou alguma coisa. Ouviu-se um clique, e um lado da carapaça da tartaruga se abriu um pouquinho. — Ele fechou a carapaça antes que alguém soubesse da descoberta, mas, naquela noite, ele voltou à creche e a abriu. — Luxa levantou a carapaça da tartaruga, revelando uma escada. — Ele me mostrou isso quando eu tinha 8 anos. Era nosso segredo especial, meu e do Henry. — A tristeza passou pelo rosto de Luxa e depois foi substituída pela determinação. — Vamos lá.

Gregor teve de virar de lado para conseguir avançar pela escada estreita. O ar parecia velho, como se tivesse sido preso na época de Sandwich e continuado lá desde então. Gregor vinha carregando a espada no cinto, mas, quando ela tiniu pela primeira vez contra as pedras, Luxa o fez desembainhá-la e carregá-la na mão.

— Estamos dentro de uma das paredes do palácio — sussurrou ela. — Não podemos ser descobertos.

Pareceu levar uma eternidade para chegarem até a base da escada, onde outra tartaruga esperava por eles. Esta parecia estar sorrindo. Mas o sorriso torto a deixava ainda mais perturbadora do que a tartaruga mal-encarada da creche. Luxa abriu sua carapaça da mesma maneira. Quando a levantou, uma rajada de ar frio e úmido atingiu o rosto de Gregor. Ele olhou para baixo através do buraco. Não dava para ver nada, mas ele percebeu que havia um amplo espaço aberto. Instintivamente, deu alguns passos para trás.

— O que tem lá embaixo? — perguntou.

— O Esguicho. É um lago alimentado por uma nascente. Fornece boa parte da água fria de Regália — disse Luxa. — Devemos pular aqui.

Antes que ele pudesse reagir, Luxa entrou no buraco e desapareceu.

— Ei! — disse ele, surpreso, e se inclinou sobre a abertura.

Não houve nenhum barulho de queda na água. Ele não conseguia ver Luxa, mas a luz da tocha dela refletia fora d'água, aproximadamente vinte metros abaixo de onde ele estava.

— Desça, Guerreiro — ouviu Ares ronronar.

Ah, que ótimo. Mais uma chance de se atirar em um espaço escuro e vazio. "Melhor acabar logo com isso", pensou

Gregor. Ele deslizou a espada de volta para o cinto e segurou a tocha com firmeza. Equilibrou-se por um instante na beirada, depois deu um pequeno salto e começou a cair. Ares o pegou em questão de segundos.

Levaram cerca de uma hora para chegar voando a Queenshead, que vinha a ser uma grande formação de rocha no meio de uma caverna. A rocha lembrava vagamente a cabeça de uma mulher com uma coroa, mas só se você não fosse muito detalhista.

Enquanto planavam até a base, ele ouviu Luxa gritar, animada:

— Veja, lá está Cevian, Aurora! Lá está ela!

Gregor identificou uma pequena forma peluda encolhida na base da rocha. Era um camundongo que aparentemente tinha adormecido enquanto esperava por eles. "É um lugar perigoso para uma soneca", pensou ele. "Qualquer um poderia encontrá-la."

— Cevian! — gritou Luxa. — Acorde! Nós chegamos!

Ares pousou antes de Aurora, então Gregor chegou primeiro perto de Cevian. Foi quase como se ele soubesse antes mesmo de tocar o corpo frio e rígido e notar o talho na cabeça onde um golpe a tinha atingido.

Gregor se virou e segurou Luxa pelos ombros quando ela se aproximou correndo. Detestava ter de contar, mas não queria que ela descobrisse sozinha.

— Ela não vai acordar, Luxa — disse Gregor. — Ela está morta.

CAPÍTULO 7

— O quê? — Luxa o empurrou para o lado e correu até a camundonga. — Cevian? — Mas, quando tocou o corpo, ficou imóvel. — Oh, Cevian... — disse ela e se ajoelhou, pousando a mão na pata da criatura.

— Foi Cevian que nos achou na selva — disse Aurora. — Estaríamos perdidas se não fosse ela.

Gregor sabia que, quando Aurora disse "perdidas", não queria dizer apenas perdidas na selva; queria dizer mortas. Luxa e Aurora tinham se separado dos amigos num labirinto de ratos durante a expedição para achar Bane. Em número muito menor, elas detiveram os ratos por tempo suficiente para que Temp fugisse com Boots e depois elas mesmas fugiram. Após várias horas presas em voltas e mais voltas do labirinto, conseguiram encontrar uma saída. Infelizmente, ela levava direto para uma selva sinistra, onde Aurora deslocou uma das asas e não conseguia voar. Os camundongos acolheram-nas e salvaram suas vidas.

— Quando minha dor era muito forte, ela se sentava ao meu lado e me contava histórias ou brincava de jogos de palavras para me distrair — disse Aurora. — Ela estava tão determinada a não me deixar perder a esperança...

— Eu confiava nela — disse Luxa suavemente.

As palavras pairaram no ar. Gregor pensou que esse devia ser o maior elogio que Luxa poderia fazer a alguém. A lista daqueles em que confiava, principalmente depois da traição de Henry, era muito pequena. Aurora. Ares. Talvez Nerissa. Gregor duvidava até que Vikus estivesse nessa lista e tinha certeza de que ele não estava. Luxa certamente não confiava nele alguns meses atrás na selva, quando quis deixá-lo afundar até a morte na areia movediça porque ele havia aparecido com alguns ratos.

Cevian devia ter sido alguém muito especial, para estar na lista de Luxa.

— Sinto muito por sua amiga — disse Gregor.

— Eu também — disse Ares.

Aurora agitou levemente as asas em resposta, mas Luxa não parecia tê-los ouvido.

— Quem matou você, Cevian? — perguntou Luxa, acariciando as orelhas macias da camundonga. — Por quê? E por que me mandou minha coroa? Você está tão cheia de segredos esta noite.

Luxa levantou e enterrou a cabeça no pelo dourado de Aurora. O morcego envolveu a menina com as asas. Não foi um abraço longo.

— Este não é o momento e nem o lugar para o luto — disse Luxa.

— Devemos ir para a selva — disse Aurora.

Gregor não estava preparado para isso.

— Agora?

— Cevian está morta. Não sabemos por quê. Só que ela veio a Queenshead porque os mordiscadores estão em grande perigo. Como ela não pode falar, precisamos ir à selva para encontrar aqueles que podem — disse Aurora num tom sombrio. — Precisamos descobrir o que ameaça os mordiscadores. Precisamos vingar a morte de Cevian.

Esse foi um discurso bem forte para Aurora. Ela não falava muito quando perto de Gregor, e mesmo assim dizia apenas frases curtas e comedidas. Apesar de ter participado de três jornadas com ela, Gregor não conhecia Aurora muito bem.

— Volte se não tiver estômago para isso. Aurora e eu enfrentaremos a selva sozinhas — disse Luxa.

Se ele não tivesse estômago para isso? Ela queria dizer se ele estivesse com medo? Gregor se enfureceu com o comentário, porque, de fato, quando estava preocupado, a primeira coisa que reagia era seu estômago.

— Você e Aurora na selva? Isso não deu muito certo da última vez — disse Gregor.

Luxa olhou fixamente para ele, com raiva.

— Vá para casa, Habitante da Superfície. Não queremos mais sua ajuda — disse ela. E subiu nas costas de Aurora. — Depois de levá-lo de volta, Ares, você sabe onde nos encontrar.

Aurora subiu no ar e saiu depressa, afastando-se de Regália.

Caramba, Luxa conseguia mesmo tirá-lo do sério! Ela sabia que ele a ajudaria na selva se pedisse. Por que precisava transformar a coisa toda num insulto? Num desafio?

Ares se mexeu, desconfortável.

— Há muitos perigos na selva.

— A-hã. Já estive lá — disse Gregor.

— Até as plantas atacam — disse Ares.

— Tenho cicatrizes que provam isso — disse Gregor.

— Luxa está falando desse jeito porque está sofrendo — disse Ares.

Gregor se virou irritado para o morcego.

— Olhe, Ares, nós dois sabemos aonde estamos indo! Vamos apenas esperar alguns minutos para parecer que foi difícil você me convencer, está bem?

Ares deu uma de suas raras risadas.

— Huh, huh, huh.

Gregor balançou a cabeça, mas depois riu também. Parou quando os olhos caíram sobre a camundonga.

— Devemos fazer alguma coisa com Cevian? Odeio a ideia de deixá-la aqui desse jeito. Alguma coisa vai acabar aparecendo para comê-la.

— É melhor deixarmos Luxa e Aurora decidirem. Era amiga delas — disse Ares.

— É, acho que você tem razão — disse Gregor. Ele notou uma rachadura na base da grande rocha. — Poderíamos pelo menos deixá-la naquela fenda. Escondê-la um pouco.

Juntos, arrastaram Cevian de volta para o buraco. Na verdade, deu para escondê-la bem.

Quando Gregor se afastou da camundonga, a luz da tocha iluminou uma marca no chão. Ele não a tinha visto antes porque Cevian estava bem em cima dela. Gregor se abaixou e examinou a marca mais de perto. Tinha sido arranhada de qualquer jeito na rocha calcária. E há pouco tempo também, julgando pela aparência. Havia uma linha reta. Na parte de cima, indo para o lado direito, havia um apêndice fino, levemente curvado. Lembrava um bico de flamingo.

— Veja só isso — disse para Ares.

— Você acha que Cevian fez essa marca? — perguntou o morcego.

— Não sei. Talvez. Talvez estivesse tentando escrever uma palavra. Os camundongos sabem escrever? Ripred disse alguma coisa sobre os ratos não conseguirem segurar uma caneta — disse Gregor.

— Tanto roedores quanto mordiscadores podem arranhar uma palavra se quiserem — disse Ares.

— Bem, parece que Cevian começou a fazer um *P*, mas não conseguiu terminar — disse Gregor, passando o indicador sobre a marca. "*P* de Pincesa", ouviu Boots dizer em sua cabeça.

— Talvez ela estivesse tentando escrever um nome. Um *P* pode bem se tornar um *R* ou um *B* — disse Ares.

Gregor sentiu uma pontada de culpa. *R* de Ripred. *B* de Bane. Os dois estavam andando por ali em algum lugar. Poderia um deles ter atacado Cevian?

— É estranho. Acredito que Cevian morreu instantaneamente quando sua cabeça foi atingida. Ela deve ter feito essa marca antes de ser atacada — disse Ares.

— Ela pode ter visto o assassino chegando e começou a escrever o nome dele — disse Gregor. — Se ela o reconheceu. — Tanto Ripred quanto Bane eram conhecidos no Subterrâneo.

— E então foi atacada, isso — concordou Ares.

Os dois ficaram olhando a marca por um tempo em silêncio, mas não conseguiram descobrir mais nada.

— Já se passou tempo suficiente para eu convencê-lo a ir até a selva? — perguntou Ares.

— Acho que sim — disse Gregor. Ele pulou nas costas de Ares e os dois partiram depressa.

Em cerca de trinta minutos, alcançaram Aurora e Luxa. Quando conseguiram, Gregor e Luxa trocaram olhares fulminantes e se ignoraram mutuamente pelo resto da viagem.

A primeira coisa que Gregor notou foi o calor. O ar úmido o atingiu como se tivesse batido num muro, e ele soube que o chão lá embaixo tinha mudado de rocha árida para uma vegetação densa. Depois sentiu o cheiro da vida vegetal em decomposição e ouviu o zumbido dos insetos. Gregor só tinha lembranças ruins daquele lugar, com rãs venenosas, plantas carnívoras e trechos de areia movediça. Ele esperava que conseguissem entrar e sair dali o mais rápido possível.

O destino era uma fonte bem no coração da selva. Gregor tinha chegado lá alguns meses atrás, seriamente desidratado e coberto de areia movediça. Um grupo de camundongos viveu no local e, sob a proteção deles, Luxa e Aurora também.

— Não desmonte ainda — disse Luxa quando os morcegos aterrissaram na fonte.

Eles ficaram sentados em silêncio, examinando a área. A única coisa boa da selva é que sempre tinha alguma luz proporcionada pelas pequenas erupções vulcânicas no fundo de uma série de riachos. Pelo menos Gregor não corria o risco de ficar na total escuridão ali.

Nada parecia estar errado.

— Mordiscadores! Aqui é a Rainha Luxa! Vocês podem aparecer? — gritou Luxa.

Houve uma onda de reação nos cipós ao som da voz dela, mas nenhum camundongo apareceu.

— Devemos checar as cavernas — disse Luxa, deslizando das costas de Aurora. Ela pegou a espada. — Vou na frente. Depois, Aurora e Ares. O Habitante da Superfície cobrirá a retaguarda.

O Habitante da Superfície, não Gregor. Ela ainda estava irritada com ele por... seja lá o que fosse. Não demonstrar entusiasmo imediato pela viagem à selva ou coisa parecida. E quem a colocou no comando? Ele estava ali fazendo um favor.

Gregor pensou se valia a pena argumentar. Um deles teria mesmo que ir na frente e o outro, cobrir a retaguarda, e, como ela conhecia melhor a região, aquela formação fazia sentido. Mas foi só quando lembrou que ela havia acabado de perder uma amiga que ele pegou a espada e seguiu atrás de Ares.

O caminho era familiar. Gregor sabia que seguia entre a fonte e a caverna onde tinha encontrado Aurora deitada e com muita dor em razão da asa deslocada. O lugar estava ainda mais coberto de plantas do que se lembrava, como se ninguém passasse por ali há um certo tempo.

Quando chegaram à caverna, Luxa chamou novamente os mordiscadores, mas ninguém respondeu. Com a espada, ela cortou a grossa camada de cipós que escondia a entrada da caverna e deu uma olhada lá dentro.

— Não estou vendo ninguém — disse ela, intrigada. — Está deserta.

Eles seguiram, se insinuando pelos caminhos e verificaram várias outras cavernas. Luxa chamava pelos mordiscadores toda hora, mas não havia sinal deles em nenhum lugar.

Ela se sentou em uma pedra grande e plana no meio de uma clareira, os olhos fixos na entrada de uma caverna abandonada.

— Eu me lembro que estávamos há vários dias sem dormir quando Cevian nos trouxe até essa colônia.

— E sem comer — disse Aurora.

— E sem comer — concordou Luxa. Ela olhou para cima para a cúpula de cipós que se fechava sobre eles. — Na melhor das hipóteses, eu esperava encontrar os mordiscadores como os deixamos. Na pior, sofrendo as consequências de uma batalha. Mas eles terem sumido sem nenhuma explicação é ainda mais perturbador.

— Talvez tenham se mudado para outro lugar — disse Gregor, sentando-se ao lado dela.

— Os roedores já os expulsaram de seu lar nos túneis de pedra. Eles mal conseguiam sobreviver aqui — disse Luxa.

— Talvez tenham decidido se juntar à colônia de mordiscadores perto da Fonte — disse Ares.

— Não, meu tio que governa a Fonte proibiu novas imigrações. Ele diz que a região não aguentaria. Além disso, é praticamente impossível fazer essa jornada a pé — disse Luxa.

— Há alguém aqui por perto a quem pudéssemos perguntar? — disse Gregor.

Luxa deu um sorriso irônico.

— Hazard poderia. Ele sabe falar a língua de várias criaturas da selva. Lamento que nenhum de nós tenha o mesmo dom.

Não havia nada para fazer a não ser voar de volta para casa. Quando se levantaram para sair, alguma coisa chamou a atenção de Gregor. Foi um pequeno movimento, quase um tremor, nos cipós acima dele. Mirou o facho da lanterna para cima, em direção às copas das árvores, mas não conseguiu identificar nada a não ser o emaranhado de cipós cinza-esverdeados.

De repente, Ares congelou ao seu lado.

— Tem alguma coisa aqui — disse o morcego. — À direita.

— À esquerda também — disse Aurora.

— O quê? Eu não vejo nada — disse Luxa, iluminando em volta com a lanterna.

— Olhe aqui — disse Gregor. Ele jogou a luz num tufo de cipós acima deles que tinha começado a ondular. — São os cipós. Eles estão se movendo.

— Mas conheço esses cipós — disse Luxa. — São inofensivos.

Na viagem anterior à selva, Gregor tinha sido atacado por vagens amarelas carnívoras, depois fora drogado e laçado por vinhas de cheiro doce que queriam seu sangue. Ele achava que qualquer coisa com raízes era perigosa.

— Temos que sair daqui. Agora.

Os quatro seguiram correndo pelo caminho que levava para fora da clareira e descobriram que os cipós tinham se entrelaçado para fechar a passagem.

— Use sua espada! — disse Luxa.

O braço de Gregor já estava em movimento, e as lâminas deles cortaram as plantas ao mesmo tempo.

Alguma coisa surgiu de repente bem em frente aos olhos de Gregor. A princípio, ele achou que fosse um cipó com uma folha grossa em forma de ponta de lança na extremidade. Mas então a boca se abriu e ele viu as presas terrivelmente afiadas.

Sua lâmina decepou a cabeça enquanto ele gritava para avisar aos amigos.

— Cobras!

CAPÍTULO 8

Gregor, Luxa, Ares e Aurora recuaram rapidamente até a pedra grande e plana. O ataque deles tinha despertado toda a copa das árvores. Era um aglomerado sinuoso e sibilante de cobras. De todos os tamanhos. Algumas finas como lápis. Outras grossas como tacos de beisebol. Pareciam tanto com os cipós que Gregor não conseguia distingui-las das plantas até ver as cabeças.

E havia várias cabeças para ver. A decapitação do primeiro réptil tinha despertado um ataque em grande escala. Cabeças de cobra atacavam-nos de todas as direções. Línguas chicoteavam, presas faiscavam. Controlando o medo, Gregor cerrou os dentes e revidou com a espada. Ele se lembrou do treinamento com bolas de sangue em Regália. Era o mesmo princípio. Incapacitar o objeto lançado antes que ele o atingisse. O que ele não conseguia acertar com a espada, afugentava com a tocha.

Só as cobras maiores conseguiam percorrer a distância até a pedra, mas isso era tudo que Gregor e Luxa conseguiam fazer para mantê-las afastadas.

Ele ficou aliviado ao perceber que a sensação de colérico começava a zunir pelo seu corpo. Percebeu com alegria o fluxo de adrenalina correndo dentro dele, o aguçamento dos sentidos, a entrega aos instintos. Ripred estava certo quando disse que haveria vezes em que Gregor ficaria feliz com o dom de ser um colérico. Talvez estivesse conseguindo controlar melhor o fenômeno, porque estava conseguindo lutar sem perder a consciência das ações e sem temer a transformação.

Naquele instante, por exemplo, percebia claramente que Ares estava tremendo atrás dele. Os morcegos estavam totalmente indefesos. Aprisionados na cúpula, não podiam alcançar o ar para fugir ou mesmo lutar com suas garras.

— Tentem se encolher! — ordenou Luxa. Ares e Aurora se apertaram fortemente um contra o outro. — Os serpeantes não podem alcançá-los comigo e com Gregor aqui.

Ele cortava uma cabeça atrás da outra, mas as investidas só pioravam. Cobras menores tinham se juntado às outras.

— A selva! — gritou Aurora. — Está encolhendo!

Ela estava certa. As cobras estavam se aproximando. A cúpula estava intacta, mas bem mais perto de cada lado. Logo todas as cobras conseguiriam alcançá-los, e não haveria meios de lutar contra todas elas.

— Para a caverna! — gritou Luxa para os outros. — Só há uma entrada; podemos defendê-la!

Movendo-se como se fossem um só, os quatro avançaram lentamente até a entrada da caverna. Gregor viu de relance a lâmina e a tocha de Luxa movimentando-se em um tipo de padrão entrecruzado enquanto ela afastava as cobras e Aurora e Ares voavam para dentro. Gregor e Luxa ficaram de pé virados para fora, os ombros encostados de costas para a abertura enquanto o ataque continuava. Para cada cobra que matavam, outras duas pareciam prontas para tomar seu lugar. Era só uma questão de tempo até que uma avançasse, um par de presas os atingisse, e suas defesas caíssem.

— Isso não é nada bom! — gritou Gregor, mais alto do que o som sibilante. — Elas vão continuar até conseguirem nos derrotar!

Se ao menos Ripred estivesse ali! Embora o rato enfurecesse Gregor, não havia companhia melhor numa luta. Ripred saberia como escapar dali vivo!

Ripred... Ripred... O que ele faria? Gregor tentava imaginar o rato grande com uma cicatriz ao seu lado naquele momento. Mas não conseguia. Ripred não estaria de pé na entrada de uma caverna golpeando cobras. Ele estaria, ele estaria...

— Vou tentar uma coisa — gritou Gregor. — Tire os morcegos daí se puder!

E, antes que Luxa pudesse contestar, Gregor estava abrindo caminho de volta até a pedra. Ele só tinha uma imagem na cabeça: Ripred combatendo os humanos na arena, retalhando as plantas com as vagens amarelas, em batalha com as formigas. Quando estava em grande desvantagem numérica, Ripred sempre confiava na mesma técnica de luta. Ele girava. Girava tão rapidamente que não importava que os adversários o alcançassem, pois só encontrariam suas garras. Gregor só tinha uma espada, mas tinha uma tocha e era um alvo muito menor do que Ripred. Se ao menos conseguisse girar rápido o bastante...!

No instante em que os pés de Gregor alcançaram a pedra, eles começaram a girá-lo no mesmo lugar. Ele rodava com a espada à frente e a tocha às costas. Cada vez mais rápido, até que havia apenas um borrão de cabeças sendo atiradas, sangue jorrando e corpos se retorcendo. Ele parou de pensar, se entregou e permitiu que seus sentidos de colérico assumissem totalmente o controle. Em determinado momento, o número de cobras diminuiu, mas ele não deu trégua.

Foi a espada de Luxa, erguida para deter a dele, que finalmente o trouxe de volta à realidade. O choque de metal quando as lâminas se tocaram foi tão forte que ele quebrou a dela em duas partes. No segundo em que parou de girar, cambaleou descontrolado pela clareira, dominado pela tontura. Ele se chocava contra os cipós, que estavam embolados com as cobras sem cabeça, e se agarrava a qualquer coisa que conseguia enquanto o mundo girava ao redor. Foi uma das piores sensações que já tinha experimentado. Ele achava que tinha vomitado, mas nunca conseguiu se lembrar claramente daquele momento.

Então um par de garras o levantou no ar e o colocou nas costas de Ares.

— Não — disse Gregor. — Estou muito tonto.

— Segure-se firme no meu pelo! — ordenou Ares. — Precisamos sair logo daqui.

Gregor segurou firme no pelo de Ares e desejou apenas que tudo aquilo acabasse logo.

O tempo passou. O mundo se estabilizou. Ares aterrissou em algum lugar e Luxa ajudou Gregor a sair das costas do morcego. Ele se sentou no chão e tentou recobrar o senso de orientação enquanto Luxa levava as mãos cheias de água até a boca de Gregor, que bebeu avidamente. Seu coração se acalmou. Ele estava bem.

Já não estavam mais na floresta. Gregor ficou feliz ao sentir o chão de pedra do túnel embaixo dele. Mergulhou o rosto todo no riacho frio, mais para clarear a mente do que para beber. Quando se sentou, sentindo-se revigorado, os outros três olhavam para ele, desconfortáveis.

— Você está se sentindo mal? — perguntou Ares.

— Não, agora não — disse Gregor. — Só fiquei um pouco tonto de tanto rodar.

— Sua mente... está tranquila? — perguntou Luxa, hesitante.

— Acho que sim — respondeu Gregor. — Na verdade, me sinto muito bem. — E se sentia mesmo. Como quando tinha corrido quilômetros em uma pista e experimentara uma agradável sensação de prazer. Só que essa era uma sensação muito mais intensa de bem-estar. — Por quê?

Ninguém respondeu.

— O que houve de errado? — perguntou ele.

— Quando você lutou, foi como se algo o tivesse possuído — disse Aurora. — Seu rosto mudou. Você emitiu sons que não eram humanos.

— Eu estava lutando contra um zilhão de cobras. Foi só aquela coisa de colérico — disse Gregor.

— Eu nunca tinha visto isso antes — disse Aurora. — A não ser quando você acertou as bolas de sangue, mas não foi a mesma coisa.

Quando Gregor parou para pensar, percebeu que era verdade. Aurora nunca tinha estado por perto quando ele estivera lutando de verdade.

— Bem, é assim que eu sempre fico. Diga a ela, Luxa.

— Não, Gregor, foi diferente desta vez — disse Luxa. — Não foi como quando vi você lutar com os cortadores.

— Como? — perguntou Gregor. Não tinha parecido assim tão diferente para ele. Tinha se sentido um pouco mais no controle por um tempo.

Luxa escolheu as palavras com cuidado.

— Você parecia... estar gostando.

— O quê? Bem, eu não estava! — disse Gregor. — E isso é uma coisa muito horrível de se dizer.

— Eu não quis... — começou Luxa.

— Vamos voltar para casa — disse ele. Os dois limparam o sangue de suas peles em silêncio e montaram nos morcegos. Só quando já estava no alto nas costas de Ares, longe de Luxa e Aurora, foi que Gregor ousou perguntar: — O que foi que eu fiz?

— Você lutou magnificamente. Um dia será um guerreiro tão bom quanto Ripred — disse Ares.

— Vê, é nisso que eu estava pensando. Como Ripred nos tiraria dali? Foi assim que tive a ideia de girar! — disse Gregor animado, e depois parou. Por que estava animado? Aquilo tudo tinha sido um embate sangrento e terrível. Devia ser apenas o alívio de ter sobrevivido. Ou seria alguma outra coisa? — Por que Luxa disse aquilo sobre eu estar gostando?

— Porque, com o desenrolar da luta, você começou a sorrir — disse Ares.

— Eu sorri? — perguntou Gregor. Sentiu a pele arrepiar só de pensar. Onde morava, nunca se envolvia em brigas a não ser que fosse obrigado. Nunca tinha gostado de violência física e via com maus olhos as crianças que gostavam. Ele se sentia mal quando acertava outra pessoa. — Eu sorri?

— Habitante da Superfície, não dê muita importância a isso. Todo mundo sabe que ser um colérico não é uma escolha — disse Ares. — Só que nos pegou de surpresa vê-lo daquela maneira. Como sabemos, você não se deleita com a morte.

Gregor não disse outra palavra durante o restante da viagem até Regália.

Eles tinham deixado as tochas na floresta. Gregor rasgou a fita adesiva do braço e colocou a lanterna de volta no cinto, desligando-a. Queria a escuridão para se abrigar enquanto tentava entender essa coisa nova que tinha acontecido com ele. Mas não entendia. Sua euforia pós-batalha tinha se esvaído, deixando-o com uma sensação de vazio e com medo de si mesmo.

Gregor desejava desesperadamente encontrar Ripred, conversar com o único colérico que ele conhecia sobre o que tinha vivido. Mas não tinha ideia de onde encontrar o rato. Ripred havia saído atrás de Bane; eles podiam estar em qualquer lugar...

Só quando Gregor e Luxa estavam subindo de volta para a antiga creche foi que ele percebeu que tinha outro problema.

— Ouça — sussurrou Luxa, segurando seu braço.

E escutaram passos seguindo pelo corredor. Eles tinham ficado fora por toda a noite e boa parte do dia. Tanto a mãe de Gregor quanto o conselho de Regália teriam um ataque se soubessem da viagem secreta.

— Solte sua arma — disse Luxa a Gregor. Os dois rapidamente soltaram os cintos e colocaram-nos na escada. Luxa fechou a carapaça da tartaruga, empurrou Gregor para uma cama velha e mergulhou em uma a uns três metros de distância. — Durma — disse a Gregor, e imediatamente fingiu fazer o mesmo.

Gregor tinha acabado de deitar e fechar os olhos quando os passos se interromperam perto da porta.

— Mareth ordenou que verificassem a antiga creche? — Ele ouviu a voz de Vikus perguntar.

— Acho que essa ala não foi conferida de forma alguma. É tão pouco usada — replicou Howard.

— Acho que vi uma luz — disse Vikus.

Gregor tinha ligado a lanterna para que ele e Luxa pudessem subir até a creche e não chegou a pensar em desligá-la. Agora, no entanto, era tarde demais. Ouviu Vikus e Howard entrarem no cômodo.

Vikus deu uma risada de alívio.

— Ah, aqui estão eles. Dormiram aqui a noite toda, pelo que parece. Luxa, acorde — disse suavemente.

Gregor sentiu a mão de Howard sacudir seu ombro.

— Você também, Gregor. Antes que o conselho envie o exército para encontrá-lo.

— O quê? — disse Gregor, com sua melhor voz sonolenta. Ele se sentou e fingiu bocejar. — O que está acontecendo?

Luxa esfregou os olhos e depois os abriu, piscando e olhando confusa para o avô.

— Oh, ficamos aqui a noite toda? Eu estava mostrando a creche ao Gregor e ele começou uma história interminável sobre sua bravura no Labirinto. Devo ter adormecido.

Gregor levou um segundo para perceber que ela tentava voltar ao conhecido estado de provocação entre eles. Tentando agir como se não tivessem vivido aquela noite terrível. Ele podia embarcar naquilo.

— Ah, é? Você devia se ouvir falando sobre como é duro ser uma rainha — disse Gregor, espreguiçando-se. — Que horas são?

— Quase hora do almoço — disse Vikus.

— Que bom. Estou faminta — disse Luxa.

— Venha comer, então. E pedirei a Mareth para cancelarem as buscas. O que você quer que eu diga ao conselho, Luxa? — perguntou Vikus.

— Alguma coisa bem dramática. Diga a eles que me esgueirei à noite, me escondi dos guardas e fugi para a selva — disse Luxa.

Gregor lançou-lhe um olhar, mas ela sabia o que estava fazendo.

— Sim, muito esperta. Preste mais atenção em onde vai dormir esta noite, Vossa Alteza — disse Vikus, deixando a creche em seguida.

Howard ficou para trás. Estava observando os dois com atenção. Com um pouco de atenção demais.

— Foi uma história bem interessante. Sobre a selva. E teria explicado uma coisa — disse Howard.

— O quê, Howard? — perguntou Gregor, repentinamente cauteloso.

— Isso — disse Howard.

Ele levantou a mão até o cabelo de Luxa e pegou um pedacinho de cipó. Era pequeno, de apenas alguns centímetros de comprimento, com três minúsculas folhas cinza-esverdeadas. Gregor nem tinha notado. Infelizmente.

— Ah, isso? — Luxa pegou tranquilamente o cipó da mão de Howard e o enrolou em volta do dedo. — Deve ter ficado agarrado em mim quando visitei os campos ontem de manhã. O conselho pediu que eu ficasse familiarizada com o cuidado nas colheitas, e assim, quando eu for rainha, conseguirei distinguir rapidamente um bom ano de um ruim.

— Sério? Não sei de nada que a gente cultive que se pareça com esse cipó, prima... — disse Howard. — O que é isso?

— Bem, não sou uma especialista ainda, Howard. É por isso que preciso visitar os campos — disse Luxa com naturalidade.

Os olhos de Howard se moviam de um para o outro.

— Vocês dois parecem cansados. Deviam descansar um pouco. — Então sorriu para eles e saiu.

Antes de ir almoçar, Gregor lavou as mãos e o rosto no banheiro e colocou roupas limpas. O tecido escuro e a luz fraca da creche tinham ajudado a esconder que suas roupas estavam respingadas de sangue seco de cobra. Depois foi ver a mãe. Quando chegou lá, Vikus já tinha ido visitá-la, então, depois de uma pequena bronca pela irresponsabilidade, Gregor pôde ir comer.

Quando chegou à sala de jantar, encontrou Vikus, Howard, Luxa, Hazard e Boots reunidos em volta da mesa. Os criados começaram a servir ensopado e distribuir pão.

Eles estavam começando a comer quando Mareth apareceu na porta, falando ofegante e rapidamente.

— Vikus, perdoe a intromissão, mas aconteceu algo que não conseguimos entender — disse Mareth.

— O que é, Mareth? — perguntou Vikus.

— Nossas sentinelas estavam patrulhando o rio que vem da Fonte — disse ele. — Elas tiraram isso da água. Estava preso entre duas rochas junto à praia.

Mareth fez um gesto para alguém no corredor. Dois subterrâneos entraram trazendo uma grande cesta redonda entre eles. Estava coberta com uma tampa que se encaixava bem apertada. Água ainda pingava do exterior entrelaçado. Eles colocaram a cesta no chão com cuidado, e Mareth abriu a tampa.

Dentro havia meia dúzia de bebês camundongos se contorcendo.

CAPÍTULO 9

Os camundongos eram mais ou menos do tamanho de gatos adultos da Superfície. Seus corpos rosados estavam cobertos por uma camada felpuda de pelo cinzento. A luz repentina parecia fazer doer os olhos, e eles esconderam as caras uns nos corpos dos outros. Estavam guinchando de medo e sofrimento.

— Ah, bebês camundongos! C de camundongos! — gritou Boots. Ela saiu da cadeira e correu para se agachar ao lado da cesta e acariciar o pelo dos bichinhos. — Oi! Oi para você também!

— Eles estão com fome — disse Hazard. Ele pegou um pão da mesa e se sentou ao lado de Boots.

As duas crianças partiram pedacinhos de pão e deram aos camundongos, que devoraram avidamente. Hazard fez alguns suaves guinchados, indistinguíveis dos barulhos dos bebês.

Boots deu uma risadinha quando um deles esfregou o focinho pequeno contra a palma de sua mão.

— Você faz cosquinha — disse ela.

Mas ninguém além dela estava sorrindo. As expressões dos subterrâneos demonstravam grande preocupação.

— Você disse que essa cesta foi tirada do rio? — perguntou Vikus.

— Sim, ao norte daqui — disse Mareth. — É de nossa própria fabricação.

Vikus tocou a tampa entrelaçada.

— Nós mandamos grãos de presente para os mordiscadores perto da Fonte em cestas como esta.

— Como alguém pode ter feito isso? — perguntou Mareth. Colocar esses filhotes no rio nesse recipiente frágil. É um milagre que tenham sobrevivido.

Gregor tinha que concordar. Já tinha estado naquele rio em um barco pequeno. A corrente era tão forte que agitava a água, transformando-a em uma espuma branca, e carregava grandes pedras como se fossem bolas de pingue-pongue.

— Se alguém quisesse matá-los, essa parece uma forma elaborada de fazer isso — disse Vikus. — Quem se daria ao trabalho de guardá-los numa cesta e colocá-la no rio?

— Foi a mãe deles — disse Hazard simplesmente. Ele tinha levado uma tigela de ensopado da mesa e dava uns pedacinhos para os camundongos. — Ela os colocou aqui e disse para ficarem quietos.

— Oh, Hazard, você consegue entender o que eles estão dizendo? — perguntou Vikus.

— Alguma coisa. Eles falam como bebês — respondeu ele.

— Pergunte por que a mãe deles fez isso — pediu Luxa.

Hazard trocou guinchados com os camundongos.

— Não sei dizer exatamente. Alguma coisa ruim estava acontecendo, e todos os mordiscadores estavam muito assustados.

— Diga a eles que estão seguros aqui com a gente. Que nada de mal lhes acontecerá — disse Vikus. — Coloque-os na antiga creche. Peça a Dulcet para cuidar deles. E Hazard, talvez você pudesse visitá-los de vez em quando para que eles possam se comunicar conosco. — Ele balançou a cabeça afirmativamente. — Devo alertar o conselho sobre isso.

Gregor, Luxa, Hazard e Boots acompanharam os guardas e os camundongos até a antiga creche. Dulcet, a babá muito gentil que normalmente cuidava de Boots, chegou quase de imediato. Ela pediu aos guardas para levarem várias tochas, e, quando o cômodo estava bem iluminado, pelo menos pareceu menos horripilante. Os animais de pedra não eram tão intimidadores, e agora Gregor podia ver que cada criatura tinha uma pequena música divertida entalhada junto a ele, como "Morcego, Morcego" ou a coisa sobre os mordiscadores. Menos a tartaruga do mal. Sandwich não tinha lhe dado uma canção.

Dulcet esvaziou um cantinho do cômodo e montou um ninho grande e confortável com cobertores. Depois se sentou de pernas cruzadas no meio do ninho e passou alguns minutos com cada camundongo, falando com eles com uma voz suave, aconchegando-os e dando-lhes pedaços do que parecia ser cenoura. Logo estavam todos disputando sua atenção, tentando sentar em seu colo, esfregando os narizes embaixo de sua mão para que ela acariciasse suas cabeças. Parecia que ela havia sido uma babá de camundongos a vida inteira. É claro que Boots e Hazard também tiveram de entrar no ninho. Em pouco tempo, as duas crianças e os seis camundongos estavam todos juntinhos, acomodados confortavelmente em volta de Dulcet. Ela começou a cantar baixinho as músicas infantis das paredes. Não demorou muito para os exaustos bebês camundongos adormecerem.

Luxa puxou Gregor para o corredor, onde não poderiam ser ouvidos.

— Precisamos ir à colônia dos mordiscadores perto da Fonte — disse ela.

— Não. Não, obrigado — disse Gregor e começou a seguir pelo corredor.

Não queria sair em mais nenhuma aventura secreta com Luxa e, na verdade, nem mesmo falar com ela. Não depois do que ela dissera sobre ele ter gostado do massacre.

— Precisamos descobrir o que levou uma mãe a colocar seus filhotes naquele rio — disse Luxa, seguindo-o.

— Talvez estivesse maluca. Não consigo pensar em nenhum outro motivo — disse Gregor olhando para trás.

— Você não consegue pensar em nenhum motivo que faria você colocar Boots numa cesta e deixá-la ao capricho das águas? — insistiu Luxa. — Gregor! — Ela agarrou o braço dele e o virou para si.

— Não! — disse Gregor, puxando o braço. — Você pode me deixar em paz?

— Você fez a mesma coisa na selva — disse Luxa.

— O quê? — perguntou Gregor.

— Na selva. Você mandou Boots embora com Aurora, que estava ferida, e Hazard, que só tinha 6 anos. Quando os cortadores chegaram — disse Luxa.

— Sim, porque ela teria sido morta se eu não tivesse feito aquilo! — disse Gregor.

Ele começava a entender o que Luxa queria dizer. Alguma coisa muito assustadora estava acontecendo quando os bebês foram colocados na cesta. A mãe não tivera escolha...

Dentro da creche, um dos bebês camundongo tinha começado a chorar durante o sono.

— Então você acha que as cobras atacaram a colônia perto da Fonte também? — perguntou Gregor.

— Não, os serpeantes não conseguem viver fora da selva. É muito frio para eles — disse Luxa. — Não sabemos também se eles atacaram a colônia de Cevian. Só que nos atacaram. Os mordiscadores podem ter partido por razões que não tiveram nada a ver com os serpeantes, que então se aproveitaram da ausência deles para ocupar a área.

— Imagino que sim, Luxa — disse Gregor.

Ela ainda tinha esperanças de que seus amigos continuassem vivos, mas ele achava que havia poucas chances de isso ser verdade.

— Alguma coisa está muito errada, se tanto os mordiscadores da selva quanto os da Fonte estão em perigo. Talvez todos os mordiscadores do Subterrâneo estejam em apuros. Preciso de sua ajuda, Gregor — disse Luxa.

Ela parecia tão triste. Menos de um dia atrás, eles estavam dançando. Agora Cevian estava morta. O restante da colônia da selva provavelmente tinha sido comido por cobras. A cesta dos bebês camundongos tinha chegado indicando mais tragédia, desta vez para os mordiscadores perto da Fonte.

Gregor sentia que estava perdendo as forças.

— Talvez a gente deva deixar que o conselho cuide disso.

— Eles não farão nada. Não sem antes deliberar por dias — disse Luxa. — Não sei se Aurora e eu podemos encarar isso sozinhas. Por favor.

Qualquer resto de resistência por parte de Gregor desapareceu com as duas últimas palavras.

— Tudo bem — disse ele. — Vamos dar uma olhada na colônia.

Não havia como saírem antes da manhã seguinte. Em primeiro lugar, porque Aurora e Ares estavam exaustos depois da excursão à selva e precisavam descansar. Além disso, Gregor e Luxa não podiam escapar pela creche, agora que os bebês camundongos estavam lá, então precisavam sair por um caminho normal. Luxa achou que a melhor coisa a fazer seria dizer a todos que eles iam a um piquenique, o que lhes permitiria levar comida para a longa viagem até a colônia dos mordiscadores perto da Fonte.

Gregor conseguiu permissão da mãe para ficar por mais uma noite. Como ele não dormia há dois dias, já estava pronto para se deitar assim que o jantar terminou, mas fez uma última visita ao museu para se preparar para a viagem do dia seguinte. Por precaução, Gregor sempre mantinha um suprimento novo de pilhas no museu. Ele as guardou, junto com três lanternas, numa mochila. Isso tudo agora era equipamento padrão para qualquer viagem longa. Depois de pensar um pouco, ele acrescentou um binóculo que tinha encontrado quando estava à procura de coisas para vender. Era um binóculo de verdade, não daqueles de brinquedo, e parecia uma coisa legal para se levar numa viagem. Como a maior parte do Subterrâneo ficava na escuridão, não tinha certeza de quando teria a chance de usá-lo. Ele precisava mesmo é de um par daqueles óculos infravermelhos de visão noturna, mas o Central Park atraía vários observadores de pássaros, não soldados de uma tropa de elite.

Como combinado, ele se encontrou com Luxa, Aurora e Ares no Salão Alto bem cedo na manhã seguinte. Os olhos de Luxa estavam vermelhos e um pouco inchados. Ele se perguntou se ela havia dormido pelo menos um pouco ou se tinha passado a noite toda chorando por causa dos amigos.

Alguns criados terminaram de prender um grande cesto de piquenique nas costas de Ares e saíram.

— Eu disse ao cozinheiro que você come feito um brilhante — disse Luxa a Gregor, indicando o cesto com a cabeça. "Brilhante" era o nome que os subterrâneos davam aos vaga-lumes. Gregor tinha conhecido dois vaga-lumes, Photos Glow-Glow e Zap, e os dois eram perfeitos comilões e inacreditavelmente antipáticos.

— Obrigado — disse Gregor. — Você fica por aí pensando em formas de me insultar ou elas surgem naturalmente?

— Foi a única maneira que encontrei de justificar pedir tanta comida — disse ela, e esboçou um sorriso. — Você quer passar metade da viagem com fome?

— Não, quero comer como um brilhante — respondeu Gregor.

Tinha passado uma perna sobre as costas de Ares quando uma voz atrás dele o fez virar a cabeça.

— Saindo para um piquenique? — perguntou Howard.

Ele chegava montado em Nike, que estava planando para aterrissar. Os dois vinham passando muito tempo juntos em treinamento nos últimos tempos, embora não tivessem oficialmente formado um vínculo. A espada de Howard estava no cinto. Trazia um cesto atrás dele.

— Era nossa intenção — disse Luxa.

— Nike e eu tivemos a mesma ideia — disse Howard. — Podemos ir todos juntos?

— Você não tem trabalho a fazer no hospital, primo? — perguntou Luxa.

— Estou livre até o turno da noite — disse Howard. — Com certeza vocês pretendem voltar até lá.

O que eles poderiam dizer? O que poderiam dizer para impedi-lo de ir com eles?

— É claro. Mas não posso convidá-lo para ir conosco, Howard — disse Luxa. — Porque... porque... — Ela olhou para Gregor em busca de ajuda.

Somente uma coisa lhe veio à mente.

— Porque é tipo um encontro — disse Gregor.

— Um encontro? — indagou Howard. A palavra claramente era estranha para ele.

— Você sabe, quando sai só com uma garota. Não com seus amigos — respondeu Gregor. Era uma declaração tão ultrajante que ele não conseguia acreditar que tinha dito aquilo. E com apenas o toque certo de constrangimento. A expressão no rosto de Luxa era indescritível. Ele decidiu continuar. — Viu só, agora Luxa está irritada porque eu não devia contar a ninguém.

Luxa enrubesceu de vergonha, mas não tinha escolha a não ser acompanhá-lo na história.

— Claro. Achei que fosse um assunto particular.

— Bem, é, sim. Mas você quer que Howard venha no nosso encontro? — perguntou Gregor.

Como se ele soubesse tudo de encontros! Não só Gregor nunca tinha estado num encontro, como também sua mãe provavelmente nunca o deixaria convidar uma garota para sair antes de terminar o ensino médio. Uma vez ele tinha ido a uma festa na casa de sua amiga Angelina e não havia conseguido convidar ninguém para dançar por timidez. Mas ali estava ele. O garoto dos encontros.

Por apenas um instante, Howard realmente pareceu estar acreditando em tudo aquilo. Então olhou para o cesto.

— Parece um cesto incrivelmente grande para um... encontro.

Era ridiculamente grande. Para duas pessoas. Num encontro.

— Não é da sua conta, Howard — disse Luxa em um tom perigoso. — Vá embora e nos deixe em paz.

— Não posso. Embora esteja correndo o risco de me intrometer — disse Howard. — Nike e eu sabemos sobre a coroa.

Houve uma pausa.

— Hermes mencionou que entregou a coroa para você — disse Nike. — E eu contei a Howard seu significado. Disse que você deu a coroa aos mordiscadores na selva e os instruiu a enviá-la para você se precisassem de sua ajuda.

— Oh! — Luxa literalmente bateu o pé. — Vocês não podem ir!

— Deixe-os ir, Luxa — disse Gregor. — Podemos precisar da ajuda deles.

— Fique fora disso! — disse Luxa.

— Eu tentei, lembra? — disse Gregor.

— Você tem duas opções: ou leva Nike e eu para participarmos de seja qual for o plano maluco que você está tramando ou vou direto ao Vikus — disse Howard.

Na mesma hora Vikus apareceu, com um monte de pergaminhos sob o braço.

— Eu ouvi meu nome? O que é tudo isso? Um passeio?

— Um piquenique — disseram Gregor, Luxa e Howard em uníssono.

— Um piquenique? — perguntou Vikus. — Eu gostaria de ter tempo para me juntar a vocês. É um cesto e tanto! Quantas pessoas vocês estão esperando?

Um agitar de asas cor de pêssego chamou a atenção de todos, e Thalia aterrissou no Salão Alto. Isso só podia significar uma coisa. E lá estavam eles... Boots, vestida com seu traje de princesa, e Hazard correndo para encontrar a morcega. Temp chegou tamborilando as patinhas logo atrás deles.

— Hazard, achei que você e Boots estivessem com os filhotes de mordiscador — disse Luxa.

— Estávamos. Mas é hora de voar na arena — disse Hazard. Seu rosto se iluminou quando viu o cesto. — Ah, vamos sair num piquenique? Você não me disse nada.

— Devia ser uma surpresa — disse Luxa. — Eu já ia mandar buscar vocês.

— Bem, então subam — disse Vikus. Ele levantou Boots, colocando-a sobre as costas de Ares, atrás de Gregor.

"E agora?", pensou Gregor. Já era ruim o suficiente estarem saindo escondidos para ir à colônia de mordiscadores, mas se sua mãe soubesse que tinha levado Boots junto... Bem, seria melhor encarar novamente as cobras.

Temp subiu e ficou perto de Boots, enquanto Vikus colocava Hazard nas costas de Thalia.

— Divirtam-se e estejam de volta para o jantar — disse ele.

— Claro. O jantar. Lá vamos nós! — disse Luxa, sentando-se em cima de Aurora.

— Pique-a-nique! Pique-a-nique! — cantarolou Boots, batucando na cabeça de Gregor com o cetro.

Aquela coisa toda de roupa de princesa tinha sido um erro. Da próxima vez, ele compraria um livro de colorir para ela.

Eles começaram a sobrevoar a cidade, depois fizeram a volta e seguiram em direção ao norte. Abaixo deles se estendiam os campos de grão, iluminados por um elaborado sistema que funcionava a gás. Agricultores do Subterrâneo estavam ceifando os grãos com lâminas longas e curvas presas a cabos. Eram como algo que as pessoas costumavam usar em filmes sobre tempos antigos.

Quando deixaram os campos para trás, uma briga terrível irrompeu entre eles. Luxa culpou Howard por interferir, Nike por contar a Howard sobre a coroa, e Gregor por ter ficado do lado de Howard. Ela provavelmente também estava furiosa com a coisa do encontro, embora não tivesse falado nada. E estava totalmente determinada a seguir em frente, mesmo levando Boots e Hazard junto.

Gregor estava muito apreensivo em relação a essa parte, mas Luxa afastou suas preocupações.

— Se houver algum perigo, mandaremos os dois direto para a Fonte.

— Para a Fonte? Para onde estamos indo? — perguntou Howard.

Gregor explicou a Howard e Nike tudo que tinha acontecido em relação aos mordiscadores e sobre o plano deles de viajar até a colônia perto da Fonte.

— É bem preocupante. Mas Luxa está certa. Recorrer ao conselho seria inútil. Devemos ir nós mesmos — disse Howard.

A viagem à colônia dos mordiscadores durou no mínimo 12 horas. Durante a maior parte do caminho, eles voaram sobre o rio turbulento que fluía da Fonte, passava pela colônia, por Regália e depois desembocava no grande mar subterrâneo conhecido como Caminho d'Água. Mais ou menos na metade do caminho, Thalia, que ainda estava a muitos meses de se tornar adulta, já se encontrava sem forças, e eles tiveram de rearrumar todo mundo para que ela pudesse voar nas costas de Ares. Luxa levou Hazard, Boots e Temp em Aurora, e Gregor se juntou a Howard sobre Nike.

Foi durante essa parte da viagem que Howard tocou no assunto da desculpa do encontro.

— Gregor, como Luxa não tem irmão mais velho, sinto que devo falar em nome dela. Como eu falaria em nome de uma de minhas irmãs mais novas. Sei que você usou o que chamou de encontro como um disfarce, mas, na próxima vez, deve pensar numa outra opção.

— Por quê? — perguntou Gregor, embora pudesse imaginar.

— Porque ela é uma rainha, porque você é da Superfície, porque vocês dois são muito novos, e porque, mesmo que não fossem, uma união como essa não poderia dar certo — disse Howard. — O processo de achar um cônjuge no Subterrâneo é longo e delicado.

Um cônjuge? Isso estava saindo totalmente do controle.

— Howard, em primeiro lugar, não se tratava de um encontro — disse Gregor.

— Compreendo. Mas o mero fato de você mencioná-lo como possibilidade mostra que sabe muito pouco sobre o Subterrâneo — disse Howard. — Lembre-se também que você esperava que eu acreditasse na mentira. E pergunte a si mesmo por que achava que seria plausível.

Essa pegou Gregor de surpresa. Ele sentiu que corava tanto quanto Luxa tinha corado antes. Na hora, pensou que tinha esperado que Howard pelo menos considerasse a ideia de que ele e Luxa pudessem gostar um do outro. E, pior ainda, houvera aquele momento em que Howard parecera mesmo acreditar.

— Encontros não são tão importantes na Superfície — disse Gregor de maneira nada convincente.

Seriam para ele, mas ele conhecia crianças de sua idade que meio que tinham encontros. Iam ao cinema. Saíam para comer pizza. O que era parecido com fazer um piquenique. A não ser por dentro.

— Bem, eles seriam uma coisa muito séria aqui — disse Howard. — Principalmente com minha prima.

— Entendi — disse Gregor, que estava mesmo disposto a deixar de lado todo aquele assunto.

Quando se aproximaram do destino, Howard e Gregor voaram na frente para sondar a área. A colônia dos mordiscadores começava com uma grande área aberta perto do rio. Pequenas cavernas parecendo favos de mel e uma rede de túneis estreitos a ladeavam. Com acesso ao rio para pesca, a água limpa e a vários locais para fazer ninhos, parecia ser o lugar ideal para os camundongos.

Mas não havia nenhum camundongo por perto naquele dia. As saudações de Luxa foram recebidas com silêncio. Os morcegos também não conseguiam captar nenhum sinal de vida através da ecolocalização. Para examinar mais de perto, tiveram de aterrissar na praia.

— Essa área pertence oficialmente à Fonte, mas meu pai permitiu que os mordiscadores a ocupassem. Ele sempre foi solidário com eles em razão do problema que enfrentam — disse Howard.

— E qual exatamente é o problema deles? — perguntou Gregor.

— Eles têm muita dificuldade de encontrar um lar — disse Howard. — Os mordiscadores vêm sendo expulsos de terras por cortadores, fiandeiros e, na maioria das vezes, por roedores, que os odeiam especialmente por sempre terem sido nossos aliados. Eles acabaram espalhados em colônias pelo Subterrâneo, lutando para conseguir sobreviver.

— Bem, então parece estranho que tenham saído daqui — disse Gregor.

— Essa é a questão — disse Howard. — Não acredito que eles sairiam daqui por conta própria. Devem ter sido expulsos de novo.

— Precisamos dar uma olhada nas cavernas — disse Luxa.

O que eles encontraram era assustador. Refeições pela metade. Ninhos bagunçados. Um padrão de pedras pequenas no chão dava a entender que estavam no meio de um jogo. Era como se, caso eles tivessem entrado na colônia há um segundo, ela estivesse fervilhando de vida com os mordiscadores, e então *puf!* Todos tinham sumido sem deixar rastro.

E não havia nenhuma pista de para onde tinham ido ou do que os havia forçado a sair.

Quando chegaram à última caverna, Luxa parecia prestes a perder o controle.

— O que pode ter acontecido com eles? Não dá para entender!

Naquele instante, Hazard deu um grito agudo no fundo da caverna. Todos correram até lá, certos de que devia estar machucado, mas ele estava se afastando de alguma coisa na parede. Quando Luxa o alcançou, ele a abraçou com força.

— Hazard, o que foi? — perguntou ela, passando as mãos sobre ele à procura de ferimentos. — Você está machucado? Por que está tremendo?

O garoto apontou para a parede da caverna. Howard estendeu a tocha em direção à parede e, à luz tremeluzente, Gregor viu que uma marca tinha sido arranhada às pressas. Uma linha reta com um apêndice semelhante a um bico.

— Ares e eu encontramos a mesma coisa embaixo do corpo de Cevian. Achamos que ela estava tentando fazer uma letra, um *P* ou um *B*. Para escrever o nome de alguém — disse Gregor.

— Não, não! — disse Hazard com uma voz estridente. — É uma das marcas secretas.

— O que é isso? — perguntou Gregor.

— Uma forma oculta de comunicação. Um antigo conjunto de símbolos que eram usados para passar informações aos aliados e que era desconhecido pelos inimigos — disse Howard.

— Mas, Hazard, ninguém usa as marcas secretas há séculos. Elas perderam todo o sentido — disse Luxa.

— Não na floresta — disse Hazard. — Nós as usamos. Frill as ensinou ao meu pai, e ele a mim. Essa é a foice.

— E quer dizer alguma coisa ruim? — disse Gregor, indicando a marca com a cabeça.

— Significa morte — disse Hazard, começando a chorar.

— Quer dizer que alguém vai morrer? — perguntou Luxa, abraçando-o firme.

— Não alguém, simplesmente — disse Hazard. — Mas nós! Quer dizer que nós, que vimos a marca, vamos morrer!

PARTE 2

AS MARCAS

CAPÍTULO 10

Apesar das muitas tentativas de Luxa de tranquilizá-lo, Hazard levou muito tempo para se acalmar. Mesmo quando já tinham deixado a caverna e se reunido à margem do rio, ele ainda estava traumatizado pelo que tinha visto. Gregor não conseguia se lembrar de nenhum símbolo que fosse tão assustador na Superfície, mas, por outro lado, comparado a Hazard, ele levava uma vida bem segura.

— Mas o que é uma foice? — perguntou Gregor.

— É uma ferramenta usada para ceifar cereais. Os agricultores estavam usando foices hoje quando sobrevoamos os campos — disse Howard.

Gregor se lembrou então das ferramentas sendo balançadas de um lado para o outro.

— Por que elas significam morte?

— Porque ceifam a vida. Em pergaminhos antigos da Superfície, algumas vezes a figura da Morte, usando uma túnica preta com capuz, também carrega uma foice. Para ceifar as vidas humanas — disse Howard.

— Ah, é verdade. Foi num desses desenhos que vi uma dessas — disse Gregor.

Howard fez uma pequena fogueira para tentar alegrar um pouco o ambiente. Infelizmente, na cidade fantasma que agora era a colônia dos camundongos, as sombras que as chamas lançavam contra as paredes de pedra só faziam com que o lugar ficasse mais assustador.

Boots, que estava intrigada com toda aquela situação, se agachou perto de Hazard e deu uns tapinhas na perna dele.

— Hazard tá chorando. Hazard tá triste — disse ela.

— Está tudo bem, Boots, todos estão bem — disse Gregor, levantando-a para abraçá-la.

— Não, nós não estamos bem. Nós vimos a foice — disse Hazard.

— E, apesar disso, continuamos vivos — disse Luxa, passando os dedos pelos cachos dele.

— Claro, talvez aquela marca tenha sido feita para outra pessoa — disse Howard.

— Ou eles a fizeram durante a peste — disse Luxa. — Antes de a cura ter sido descoberta, quando todos os sangue-quentes estavam condenados.

Hazard ficou um momento em silêncio para pensar no assunto.

— Não sei — disse ele. — Na selva, todos têm medo da marca.

— Você já a viu antes? Na selva, quero dizer — perguntou Gregor.

— Uma vez. Havia um enxame de insetos voadores. A picada deles provocava uma morte rápida — disse Hazard.

— Mas você não morreu, Hazard — disse Howard, de forma encorajadora. — Ou não estaria aqui para nos contar a história.

— Minha mãe morreu — disse Hazard, abatido. — Frill conseguiu correr mais rápido que eles, mas minha mãe foi picada antes.

Não havia nada que pudesse ser dito depois disso. Ninguém tentaria convencer Hazard de que eles estavam seguros. Ao dobrar qualquer esquina, poderiam encontrar outro enxame de ferroadores. Outra peste. Outra forma de morrer.

Alguns camundongos tinham arranhado aquela marca na parede da caverna. Cevian tinha feito a mesma marca em Queenshead. Por quê? Que perigo os ameaçava? Gregor não achava que tinha a ver com a peste. Nem com as cobras.

— Hazard, quando você morou na selva, como era a relação entre os mordiscadores e as cobras? — perguntou Gregor. — Aquelas que parecem cipós.

— Você quer dizer os serpeantes? — disse Hazard. — Eles se evitavam. Os serpeantes comem os filhotes de mordiscadores, e os mordiscadores comem os ovos de serpeantes — disse ele.

— É verdade — disse Luxa. — Os serpeantes nunca se aproximaram dos mordiscadores enquanto eu estava lá. Acredito que nenhum deles achava que valia o risco.

— Então você acha que os serpeantes só se mudaram para lá depois que os camundongos saíram? — perguntou Howard.

— É minha esperança — disse Luxa. — Mas também meu medo. Isso significaria que não uma, mas duas colônias de mordiscadores deixaram suas casas por uma ameaça desconhecida.

— Parece que eles têm muitos inimigos — disse Gregor. — Os fiandeiros, os cortadores...

— Essas foram disputas territoriais. Depois que os mordiscadores deixaram a área deles, nem os fiandeiros nem os cortadores tinham nenhum interesse em persegui-los. Só consigo pensar em um animal que faria isso — disse Howard.

Ninguém precisava dizer que eram os ratos. Todos sabiam de quem Howard estava falando.

Eles tinham beliscado alguma coisa das cestas de piquenique durante o voo, geralmente comendo o que estava por cima. Agora Howard tinha tirado e arrumado os petiscos que o cozinheiro havia preparado. Saladas de peixe temperadas, diversos tipos de queijo, hortaliças em conserva, frango assado, bife fatiado, ovos recheados, muitos pães e uma variedade de doces. Era uma refeição impressionante, mas ninguém a aproveitou de verdade, com exceção de Boots. Ela comeu até a barriga parecer uma bola de basquete.

— Viu só? — disse ela a Gregor, levantando a camisa.

Ele passou a mão na barriga dela e balançou a cabeça.

— E por falar em comer como um brilhante! — Ela provavelmente estava para passar por um surto de crescimento. Pelo menos, era o que ele esperava.

Quando o piquenique acabou, todos estavam caindo de cansaço. Menos Boots, que tinha tirado um longo e agradável cochilo durante a viagem e estava pronta para brincar. Eles dividiram a tarefa de vigiar em turnos de duas horas. Gregor e Temp se voluntariaram para o primeiro turno.

Gregor procurou algo na mochila para manter a irmã quietinha. Como não tinha planejado trazê-la, não estava preparado para distraí-la. O melhor que encontrou foi o binóculo.

— Veja só isso, Boots, óculos mágicos — disse a ela.

Levou alguns minutos para que conseguisse lhe mostrar como olhar através do binóculo. Ela ficou fascinada com as imagens ampliadas. Olhava pelas oculares e depois as abaixava repetidamente.

— Temp grande. Temp pequeno. Temp grande. Temp pequeno.

— Shhh. Todo mundo quer dormir — disse Gregor.

— Temp grande. Temp pequeno. Temp grande. Temp pequeno — sussurrou Boots.

Gregor estava feliz por conseguir passar um tempo com a barata. Temp raramente falava quando estava em grupos grandes, embora em particular conversasse com Boots e Hazard naquela mistura bizarra de Humano e Baratês que os três tinham criado. Na maior parte do tempo, era fácil esquecer que Temp estava lá.

— Então, Temp, o que você acha dessa história dos mordiscadores? — perguntou Gregor quando os outros dormiram.

— Odeiam os mordiscadores, os ratos, odeiam os mor discadores — disse Temp.

— Bem, ainda não sabemos se os ratos estão envolvidos — comentou Gregor.

— Vai ser muito tarde, saber, vai ser — disse Temp.

— Muito tarde para quê, Temp? — perguntou Gregor.

— Para fazer — respondeu Temp.

— Fazer alguma coisa para ajudar os mordiscadores, você quer dizer? — perguntou Gregor, e a barata assentiu.

Quando o turno de Gregor terminou, Boots já tinha se cansado. Ele se deitou com ela, que logo adormeceu. Demorou um pouco mais para ele pegar no sono. Ficava pensando no que Temp dissera, sobre ser muito tarde para fazer algo. Gregor olhou com tristeza para a colônia vazia à volta, com medo de que a barata pudesse estar certa.

Ninguém se sentia bem com a ideia de voltar para Regália na manhã seguinte.

— O que vimos não será suficiente para levar o conselho a agir — disse Luxa.

— Talvez contar a história da sua coroa possa ajudar nosso caso, no fim das contas — disse Howard.

— Não. Como Cevian não pôde nos dizer a razão de tê-la enviado, acharão que os serpeantes expulsaram os mordiscadores da selva e que eles saíram em busca de um novo lar — disse Luxa.

— E quanto às marcas secretas? — disse Hazard. — Isso seria o suficiente na selva.

— Mas não sabemos especificamente por que elas foram feitas, então o conselho não poderá justificar mandar soldados atrás dos mordiscadores — disse Luxa.

— Na verdade, prima, acho que o cenário mais provável é que os ratos tenham expulsado os mordiscadores das duas colônias. Mas não temos provas disso. E, mesmo se tivéssemos, nunca enviamos um exército para impedir o deslocamento dos mordiscadores — disse Howard.

— Devíamos ter enviado — disse Luxa com raiva.

— E a cesta cheia de bebês camundongos? — perguntou Gregor.

Aquilo de alguma forma o tinha perturbado mais do que qualquer outra coisa.

— O conselho poderia dizer, como você, que a mãe ficou maluca. Ou, se alguma coisa expulsou os mordiscadores, que ela não achava que os bebês resistiriam à jornada. Eles vão argumentar tudo isso. No entanto, quando junto todas as coisas: a coroa, a morte de Cevian, os bebês camundongos, duas colônias vazias e as marcas secretas, sei dentro de mim que algo grave está acontecendo — disse Luxa. — Precisamos encontrar mais provas substanciais.

— Isso vai ser difícil, já que ficaremos restritos aos nossos alojamentos no instante em que voltarmos para Regália — disse Howard.

— Minha mãe vai mandar Boots e eu para casa — disse Gregor. — E duvido que nos deixe voltar.

— Por quanto tempo? — perguntou Hazard.

— Talvez para sempre, Hazard — disse Gregor.

Sua família só estava esperando pela volta da mãe. Assim que ela pudesse voltar, faria as malas de todos e os levaria para Virgínia.

— Você quer dizer que não o veremos mais depois dessa viagem? — indagou Luxa.

— Provavelmente não — respondeu Gregor.

Não parecia verdade que a partir do dia seguinte ele poderia nunca mais voltar a ver os subterrâneos. Mas sua mãe nunca confiaria em deixá-lo voltar ali, principalmente depois de ele ter levado Boots para aquele "piquenique".

— Não teríamos deixado que viesse se soubéssemos disso! — disse Luxa. Ela estava sempre se metendo em aventuras perigosas, e nunca havia nenhuma repercussão de fato. Mas

Gregor não era uma rainha, e o Subterrâneo não era seu lar.

— Mas, espere, você deve estar errado, Gregor. E "A Profe..."

Luxa parou de falar, mas Gregor podia completar a frase. E "A Profecia do Tempo"? A profecia sobre a qual ninguém queria lhe falar nada. Aquela sobre ele "possivelmente" matar Bane um dia. Gregor pensou em insistir no assunto, mas Nerissa tinha dito que saber sobre a profecia poderia ser perigoso para ele ou para as pessoas que ele amava. Será que ela estava com medo de que, se soubesse o que a profecia dizia, ele saísse correndo e fizesse alguma coisa estúpida? Gregor se lembrou de quanto tinha pensado obsessivamente na "Profecia de Sangue" enquanto tentava decifrar seu significado... não tinha adiantado nada... mas a ideia daquela nova profecia o incomodava constantemente. Decidiu não perguntar a Luxa sobre "A Profecia do Tempo", mas, quando voltasse a Regália, confrontaria Vikus. O que ela dizia exatamente? Era mesmo sobre Gregor? Porque, se fosse, ele teria de ficar no Subterrâneo para cumpri-la, e sua mãe nunca concordaria com algo assim. Por enquanto, ele ia fingir não ter ouvido o comentário de Luxa.

— Olha só, eu ia embora logo de qualquer maneira, mesmo que não tivesse vindo aqui — disse Gregor. — Mas eu quis vir. Para ajudá-los a descobrir o que aconteceu com os mordiscadores.

— O que ainda não sabemos — disse Howard. — Nem o que aconteceu com eles nem onde estão agora. Eles não foram mortos aqui, de qualquer forma. Nem jogados no rio, ou seus corpos teriam sido levados pela corrente e passado por Regália.

— Então eles entraram ainda mais nos túneis — disse Luxa.

— Provavelmente — comentou Howard. — Mas como uma colônia de mordiscadores passaria despercebida pelas sentinelas da Fonte? Eles patrulham essas regiões.

— Então, para onde podem ter ido? — perguntou Gregor.

— Só consigo pensar em uma opção. O Túnel da Queda — disse Howard.

— O que é isso? — disse Gregor.

— Um túnel que sai dessas cavernas sob o rio — disse Luxa. — Você sabe onde fica a entrada, Howard?

— Sei. Tenho amigos entre os mordiscadores que me mostraram. Já cruzei o Túnel da Queda uma vez. E não consigo parar de pensar que podemos encontrar algumas respostas lá — disse Howard. — Mas não arriscaria trazer mais problemas para Gregor.

— Esqueça isso já excedi meu limite de problemas — disse Gregor. — Ir ao Túnel da Queda, não ir ao Túnel da Queda... Vou ser mandado para casa de qualquer jeito.

— Que mal pode haver, Howard? Já não há salvação para nenhum de nós mesmo — disse Luxa.

Poucos minutos depois, eles tinham localizado a entrada do Túnel da Queda e estavam praticamente deslizando para baixo pela ladeira escarpada. Era bem difícil ficar de pé visto que o chão estava coberto por um tipo de cascalho. O túnel era largo o suficiente para os morcegos voarem por ele, mas, como eles esperavam encontrar pistas do paradeiro dos mordiscadores, concordaram que uma lenta jornada a pé seria mais útil do que um voo rápido.

Atravessar o Túnel da Queda lembrou Gregor de como era andar no metrô que ligava Manhattan ao Brooklyn na rua 14. Você tinha que andar sob o East River. Não era uma viagem longa, apenas alguns minutos, porém, mais ou menos na metade do caminho Gregor sempre se sentia um pouco apreensivo. Era bem impressionante ter um rio inteiro correndo sobre sua cabeça. Não teria sido melhor construir uma ponte?

Finalmente, a ladeira foi diminuindo e eles passaram a andar em um terreno plano. Pela primeira vez, Gregor conseguiu se concentrar em outra coisa além de seus pés. Ele moveu o facho de luz da lanterna pelo chão de cascalho, esperando encontrar um sinal de que os mordiscadores estiveram naquele caminho, mas as pedras não revelaram nada. Depois tentou examinar as paredes do túnel. A princípio, pareciam tão intactas quanto o cascalho, mas, quando o chão começou a se inclinar para cima, indicando que estavam se aproximando do outro lado do rio, Gregor viu alguma coisa.

— Espere um minuto — disse ele. Foi até a parede e iluminou uma mancha uns trinta centímetros acima do solo. Era uma pegada, um pouco borrada, mas inconfundível. — Vejam isso. — Ele se ajoelhou e apoiou uma das mãos contra a parede.

Os outros se reuniram em volta.

— É a pegada de um mordiscador — disse Luxa. — Não há a menor dúvida. Mas do que é feita?

Howard raspou a pegada com a unha, esfregou o resíduo entre os dedos e o cheirou. Ele estendeu a mão para Nike em busca de confirmação.

— Sangue? — perguntou.

— Sangue de mordiscador — confirmou ela. — Mas de alguns dias atrás.

— Se você não tivesse tempo de arranhar outra foice... — começou Gregor.

— Ou se não pudesse ser visto fazendo isso... — disse Luxa.

— Certo. Essa seria uma maneira rápida de deixar uma mensagem — disse Gregor.

— Principalmente se você já estivesse sangrando — disse Aurora.

Eles ficaram parados olhando para a marca da pata. Havia toda uma história por trás dela. E havia uma história por trás do corpo frio de Cevian, da cesta com os bebês mordiscadores e das colônias vazias. Aqueles fatos isolados não eram prova de nada. Mas os instintos de Gregor lhe diziam que Luxa estava certa. Que tudo aquilo junto significava alguma coisa... diabólica. Essa era uma palavra engraçada. Uma palavra para revistas em quadrinhos e desenhos de ação e aventura. Não uma palavra que ele sequer já tivesse usado com seu verdadeiro sentido. Mas ali no túnel parecia real.

Luxa, como se não conseguisse evitar, pressionou a mão em cima da pegada. A cabeça dela pendeu levemente para a frente e, por um instante, ela fechou os olhos com força. Gregor quase podia sentir a tristeza irradiando dela.

Ele estava tentando pensar no que deviam fazer em seguida quando sentiu um tremor sob os pés. "É apenas outro metrô passando", pensou. Os trens faziam as plataformas vibrarem, e dava para senti-los até na superfície. Então se lembrou que não tinha chegado àquele túnel de metrô.

— Montem! — gritou Howard, e os morcegos se colocaram em posição de decolar.

— O que é isso? — perguntou Hazard. — O que está acontecendo?

Gregor agarrou Boots e pulou nas costas de Ares. Não precisava esperar a resposta de Howard para saber que esse era seu primeiro terremoto.

[illegible]

[illegible] fotos isoladas não [illegible]

[illegible]

CAPÍTULO 11

Gregor e Boots tinham acabado de subir nas costas de Ares quando uma onda de choque atingiu o morcego com força. Ele conseguiu alçar voo, assim como Nike, que carregava Howard, e Aurora, que levava Luxa. Mas Thalia não teve a mesma sorte. A pequena morcega, com Hazard nas costas, foi atirada para o lado.

— Hazard! — gritou Luxa.

Ela voou para baixo em Aurora, com os braços estendidos para puxá-lo para cima e colocá-lo ao seu lado, mas ele acenou para que ela se afastasse.

— Não, Luxa, devo ficar com Thalia! — disse Hazard. — Estamos destinados a nos vincular!

— Ela não pode levantar voo com você nas costas! — disse Howard. — Ah, não temos tempo para isso! Nike! — Nike mergulhou em direção a Thalia, e Howard arrancou o menino das costas dela com uma das mãos.

— Thalia! — gritou Hazard enquanto Howard o puxava para as costas de Nike. — Thalia! — Apesar de bater as asas desesperadamente, Thalia não conseguia alçar voo.

O mundo todo parecia estar sacudindo agora, e um som grave e profundo ameaçava abafar as vozes.

— Segure firme! — ordenou Ares, e Gregor apertou as pernas em torno do morcego e os braços em volta de Boots enquanto se inclinavam para baixo. Depois voltaram a ficar nivelados, mas Gregor podia sentir uma resistência maior e sabia que Ares carregava Thalia em suas garras. — Para que lado? — gritou o morcego. — De volta para a colônia?

— Não, nunca conseguiremos chegar lá. Siga-me! — disse Howard, e os conduziu para o caminho que levava ao outro lado do Túnel da Queda.

Fragmentos de rocha começaram a cair do teto. A princípio, pedaços pequenos, como o cascalho que forrava o chão, mas em pouco tempo começaram a cair pedaços maiores. Um deles acertou o ombro de Gregor, e a ponta afiada passou pela camisa e atingiu sua pele. Ele pressionou Boots para a frente, sobre o pescoço de Ares, protegendo-a com seu corpo o melhor que pôde. De repente, um pensamento horrível lhe ocorreu.

— Temp! Deixamos Temp para trás!

Ele não tinha visto a barata em nenhum morcego. Gregor sentiu um encontrão tranquilizador nas costas e entendeu que o inseto devia ter subido correndo em Ares quando o terremoto começou. E isso era muito bom, porque não havia como voltarem para um resgate.

Com a cabeça inclinada sobre o pescoço de Ares, Gregor via o chão, rolando como se o cascalho formasse ondas.

Algumas rachaduras começaram a aparecer nas paredes do túnel. A princípio, linhas finas, que subiam pelas superfícies de pedra entalhando padrões semelhantes a galhos de árvores. Então fissuras mais profundas. Foi quando Gregor sentiu água na parte de trás do pescoço. Era só um tamborilar suave como uma chuva, mas ele sabia que não ia ficar assim por muito tempo.

— O teto está rachando! O rio vai invadir! — gritou.

Gregor não sabia se Ares conseguia ouvi-lo sobre o barulho. De qualquer forma, ele já estava voando tão bem quanto podia. As pedras caindo tinham aumentado em tamanho e quantidade, e, apesar do grande esforço do morcego, ele não conseguia se esquivar de todas.

De repente, as ondas de cascalho foram substituídas por água corrente, e Gregor sabia que em algum lugar atrás dele o rio tinha irrompido. Já dava para ver a entrada do túnel. Nike e Aurora tinham acabado de se lançar para a liberdade quando a onda atingiu Ares.

Boots foi arrancada dos braços de Gregor. Ares desapareceu de baixo dele. Gregor estava sozinho na água, sendo arrastado, incapaz até mesmo de buscar ar, porque não tinha ideia de onde o ar poderia estar. "Boots!", seu cérebro gritou. "Boots!"

Gregor foi jogado contra algumas rochas, mas conseguiu respirar com dificuldade antes que outra onda o engolisse. Foi arrastado aos trambolhões pela água escura até que sua cabeça bateu em algum lugar e ele arfou, enchendo os pulmões de água. Sentiu que a consciência o abandonava.

Então percebeu vagamente uma dor aguda no pé e, de repente, havia ar à sua volta outra vez. Ele estava balançando no ar, com água escorrendo do nariz e da boca. Um morcego o estava segurando, mas ele não conseguia ver qual.

A garra o soltou sobre um afloramento de pedra, onde ele tossiu o restante da água do rio que tinha aspirado. A terra tremeu suavemente embaixo dele, e Gregor se forçou a ficar de joelhos. Sua lanterna ainda funcionava. Howard, Luxa e Aurora estavam deitados, ensanguentados e engasgando ao seu lado. A onda também devia tê-los arrastado. Não havia sinal dos outros.

— Boots! — gritou Gregor.

O facho de luz de sua lanterna rasgou a escuridão. Eles estavam no alto, bem acima de uma extensão de água turbulenta. A várias centenas de metros de distância, ele só conseguia ver a parte de cima do que devia ter sido a entrada do Túnel da Queda. Ares e Nike estavam sobrevoando rapidamente a água, à procura dos outros.

— Hazard! Hazard! — A voz de Luxa soava tão desesperada quanto a dele.

Boots, Hazard, Thalia, Temp. Os menores, mais novos e mais vulneráveis, estavam todos desaparecidos.

— Aurora, você já pode voar? Já pode voar? — implorou Luxa. Mas o morcego dourado ainda estava colocando água para fora e não conseguia responder.

O facho de luz da lanterna captou alguma coisa se debatendo em uma área rasa perto dali. Ares mergulhou e, quando voltou, trazia uma Thalia encharcada em suas garras. E nas garras dela estava Hazard.

Ares deixou os dois suavemente na pedra antes de sair voando novamente. Thalia tinha se afogado, provavelmente ia entrar em choque, mas pelo menos estava lutando. Hazard parecia sem vida. A pele pálida tinha um tom azulado. O sangue escorria de um corte profundo na testa. O peito não estava se movendo.

Howard correu para cuidar do garoto, tentando restaurar sua respiração. Foi preciso que tanto Gregor quanto Aurora, que tinha melhorado um pouco, segurassem Luxa para conseguir mantê-la afastada de Hazard.

— Deixe Howard cuidar disso! Ele sabe o que fazer! — disse Gregor enquanto ela lutava.

Se Mareth estivesse ali, teria nocauteado Luxa. Ele tinha feito isso com Howard quando ele enlouquecera, na ocasião em que sua morcega, Pandora, tinha sido devorada por ácaros. Mas Gregor não conseguia nem imaginar atingir Luxa com tanta força.

Quando ela havia se acalmado o suficiente para que Aurora conseguisse controlá-la sozinha, Gregor acenou e chamou Ares para vir buscá-lo. Eles voaram baixo sobre a água, procurando freneticamente um sinal de vida.

— Boots! — gritava Gregor. — Boots! — Cada segundo que passava drenava um pouco mais de esperança de seu coração.

Ele já sentia o desespero dominá-lo quando ouviu um choramingo baixinho.

— Ma-mãae! — O som do chamado ficou mais alto. — Ma-mãae!

— Ah, meu Deus, ela está viva! — disse Gregor, enquanto lágrimas de alívio borravam sua visão. — Boots! Estou indo! Aguente firme!

— Ma-mãae! — Ele ouviu de volta, mas ainda não conseguiam encontrá-la.

— Onde ela está, Ares? — disse Gregor.

— Não sei! Não consigo localizá-la! — disse o morcego.

— Ma-mãae! — O grito estava mais fraco, desta vez.

Gregor sentiu que a escuridão estava prestes a engoli-la para sempre.

— Boots! Onde você está?

Como se ela pudesse lhe dizer. Mas, no fim das contas, ela pôde mesmo. Porque, de repente, uma pontinha de luz chamou sua atenção. O cetro dela! Aquele cetro de princesa estúpido, bobo, maravilhoso, incrível e, aparentemente, à prova d'água!

Eles a encontraram em uma pequena poça. Chorando. A saia e a tiara de princesa destruídas. Agarrando o cetro com força. Sentada nas costas de Temp enquanto ele patinhava em círculos, sem conseguir subir as rochas escarpadas que os cercavam.

— Ah, querida — disse Gregor enquanto a pegava nos braços. — Ah, Boots!

Ela se agarrou ao irmão, mas também estava chateada com ele.

— Você soltou. Na água. Você soltou eu! — disse ela soluçando, e o acertou com o pequeno punho.

— Sinto muito. Eu tentei não soltar. Por favor, me desculpe, Boots — disse ele, mas ela ainda não estava disposta a perdoá-lo.

Não havia uma forma fácil de resgatar Temp. Ares acabou arremessando a barata para o alto com o focinho e pegando-o nas costas. Temp aterrissou com um baque surdo que não deve ter sido muito bom, mas o inseto não estava ali para reclamar.

Boots, por outro lado, estava só começando.

— Você soltou Temp! Você soltou Temp também!

— Sinto muito. Sinto muito mesmo. — Era tudo o que Gregor conseguia dizer enquanto eles planavam para se juntar aos outros.

Howard ainda estava tentando restaurar a respiração de Hazard quando a terra começou a tremer novamente.

"Um sismo secundário", pensou Gregor. "Acho que é assim que são chamados." Enquanto apertava os braços em volta de Boots, ele se perguntava se deviam estar tentando escapar. Mas para onde se foge quando o mundo todo está instável?

O choque brusco de rocha contra rocha atraiu a atenção de Gregor para a saída do Túnel da Queda novamente. A parede de pedra acima do túnel, já rachada e danificada em razão do terremoto inicial, começou a ceder. Um barulho ensurdecedor atingiu seus ouvidos, e de repente Gregor estava deitado de lado, com Boots ainda nos braços.

Ele levantou a lanterna bem a tempo de ver a avalanche soterrar a entrada do Túnel da Queda sob uma montanha de pedra.

CAPÍTULO 12

Quando atingiu a água, o impacto da avalanche foi suficiente para provocar ondas que chegaram ao refúgio deles, mas ninguém foi arrastado. Nem dava para ficar mais molhado. Estavam todos ensopados, por dentro e por fora.

Howard tinha ficado praticamente alheio à última catástrofe, porque estava muito concentrado em Hazard. Os outros estavam sentados, pingando e tremendo enquanto ele massageava o peito do menino e fazia respiração boca a boca. Os segundos se arrastavam. Luxa tinha parado de lutar e agora ficava só olhando fixamente para Hazard, imóvel e distante. Gregor sabia que ela achava que o menino estava perdido.

Somente quando Howard gritou todos voltaram à vida:

— O coração dele está batendo!

Luxa se lançou para a frente e agarrou a mão de Hazard, perguntando:

— Ele está vivo? Ele está vivo?

Naquele instante, Hazard cuspiu água para fora. Howard virou o menino de lado e deixou Luxa confortá-lo enquanto ele parecia que ia vomitar. Os cestos de piquenique ainda estavam seguros nas costas dos morcegos. Howard vasculhou dentro do cesto menor de Nike e tirou de lá uma grande caixa de couro. Só Howard para pensar em levar um kit de primeiros socorros. Isso nem tinha passado pela cabeça de Gregor. Mais um motivo pelo qual ele provavelmente não se tornaria um médico.

No entanto, Gregor tinha levado lanternas e várias pilhas de reserva, o que era bom, porque, além do cetro de Boots, era toda a luz que ele tinha. As tochas tinham sido carregadas para longe durante a inundação.

— Preciso suturar a ferida dele — disse Howard.

Enquanto Luxa aninhava Hazard nos braços, Howard limpou e fechou a ferida na testa dele de maneira rápida e habilidosa. Ele iluminou os olhos de Hazard com a lanterna de Gregor e checou as pupilas.

— Ele vai melhorar? — perguntou Luxa.

— Vai, sim, claro. Foi só uma pancada na cabeça e um pouco de água demais — disse Howard alegremente. — Na próxima vez em que estiver com sede, Hazard, devia tentar um copo em vez de um rio.

Hazard conseguiu esboçar um sorriso.

— Pode deixar.

Thalia riu descontroladamente até começar a chorar. Aquele dia tinha sido demais para ela. Nike aninhou a pequena morcega nos braços até ela se acalmar.

Howard tirou as roupas molhadas de Hazard e o enrolou em um cobertor.

— Aposto que sua cabeça dói. — Howard deu a Hazard um gole de algo que havia numa garrafa verde grande e que Gregor reconheceu como sendo um analgésico. — Beba e fique deitado quietinho. Você consegue?

Hazard assentiu.

— Está bem, então. E como vocês estão? — perguntou Howard aos outros.

Eles ficaram apenas parados olhando para ele. Seus ferimentos eram tão pequenos perto de como Hazard estava que ninguém se achava no direito de reclamar. A não ser Boots, é claro.

— Gré-go soltou eu — protestou ela, ainda fungando. — Olha.

Ela levantou o pequeno dedo indicador de maneira dramática. Seria um exagero chamar aquilo de corte. Um machucadinho, talvez.

— Ah, querida. Precisamos cuidar disso imediatamente — disse Howard. — E façam fila, todos vocês. Não quero ninguém bancando o valente.

Levou menos do que um minuto para cuidar de Boots, e Howard seguiu cuidando do restante do grupo, suturando cortes e verificando para ver se havia ossos quebrados. Estavam contundidos e escoriados, mas ninguém tinha ferimentos graves. Luxa, que tinha ficado segurando Hazard enquanto os outros eram tratados, foi a última. Ela havia torcido um dedo da mão esquerda.

Enquanto Howard o imobilizava com uma tira fina de tecido e pedra, ela disse:

— Fico tão feliz que você tenha vindo.

— Queria que isso fosse entalhado em pedra. Para quando você estiver decidindo quem vai convidar para os próximos piqueniques — disse Howard.

— Obrigada por salvar Hazard — disse Luxa, tremendo.

— Ele é meu primo — disse Howard, enquanto amarrava o tecido. — Assim como você, certo?

Em resposta, Luxa passou os braços em volta do pescoço dele.

— Ah, não, você está mesmo me dando um abraço? — Ele a abraçou de volta, dando um risinho para Gregor por cima do ombro dela. — E olha que só foi preciso um terremoto, uma inundação e uma avalanche para isso.

Eles todos riram, até os morcegos e Temp. Até mesmo Luxa.

Agora que a crise imediata havia acabado, eles precisavam lidar com a crise maior que tinham em mãos.

— A avalanche bloqueou o Túnel da Queda. Então, como voltamos para Regália? — perguntou Gregor. A busca aos camundongos tinha acabado. Eles precisavam levar Hazard para casa agora.

— Não é tão simples assim — disse Howard. — Estamos na Passagem de Hades.

— Tá, o que é isso? — perguntou Gregor.

— É um longo caminho que vai para bem dentro da terra. Mas só há duas formas de conseguir entrar nele. Nessa ponta, o Túnel da Queda, que não é mais uma opção. Na outra extremidade, a muitos quilômetros daqui, as Terras de Fogo — disse Howard.

— O quê, não há outro meio de sair daqui? — perguntou Gregor.

— Acho que não. Existem algumas cavernas. Mas nenhum outro túnel — disse Howard.

— As Terras de Fogo... Elas não ficam perto da selva? — perguntou Gregor. Ele estava tentando se lembrar da imagem do mapa do Subterrâneo que tinha visto uma vez, mas não conseguia direito.

— Sim. A jornada até lá deve exigir uns cinco dias de viagem. Três até a Passagem de Hades, e dois para voltar a Regália. Mas, antes de começarmos, devemos comer e descansar. Todos aqui precisam se recuperar, e eu não moveria Hazard tão cedo — disse Howard.

Ninguém queria comer. Engolir tanta água tinha provocado uma sensação esquisita em seus estômagos. Gregor diminuiu a intensidade da lanterna e a colocou no meio do grupo. Era tudo que podiam se permitir, com uma viagem longa pela frente e nenhuma tocha.

— Sua luz, Gregor, quanto tempo ela vai durar? — perguntou Luxa.

— Não vai durar cinco dias — disse Gregor.

— Não gosto da escuridão — disse Hazard queixosamente. — Sinto falta da selva. Sempre havia um pouco de luz lá.

— Quando dormirmos, Hazard, não fará diferença se está claro ou escuro — disse Luxa, alisando os cachos dele. — Ele pode dormir agora, Howard?

— Sim, Hazard pode descansar, mas devemos acordá-lo toda vez que trocarmos de vigia — disse Howard. — É uma conduta padrão para ferimentos na cabeça.

Luxa quis ficar de sentinela primeiro. Ainda estava preocupada demais com Hazard para fazer qualquer outra coisa. Gregor percebeu que o fato de Luxa gostar de Hazard provocara uma nova dimensão de ansiedade na vida dela. Fez com que ficasse vulnerável de uma forma que nunca tinha ficado antes. Era insuportável pensar em perder alguém que se ama, mas, quando Gregor pensou que havia perdido Boots, foi como se o mundo tivesse acabado. Essas crianças... a gente simplesmente acaba amando-as de um jeito muito especial.

O incidente com Hazard e a preocupação constante com os camundongos estavam levando Luxa ao limite. Gregor se ofereceu para ficar de guarda com ela antes que qualquer um tivesse chance. Só para ficar de olho nela.

Apesar da umidade das roupas, do pelo dos animais e até mesmo da carapaça de Temp (toda hora um pouco de água escorria de alguma parte de seu corpo), os outros pegaram no sono rapidamente.

Gregor se sentou perto de Luxa sobre o cesto de piquenique menor, que ela havia colocado próximo à cabeceira de Hazard. Ele analisou mentalmente a situação.

Puxa, ele estava sempre metido em confusão ultimamente. Fora escondido à colônia dos camundongos com Luxa. Levado Boots junto. Atravessado o Túnel da Queda, sobre o qual não sabia nada, e depois ficado isolado por causa de uma avalanche. E estava a cinco dias de Regália, o que significava que, durante esse tempo, sua família estaria sofrendo sem notícias. Tudo que saberiam é que tinha levado Boots a um piquenique e não havia voltado. Um pensamento lhe ocorreu de repente.

— Ei, Luxa, se toda aquela água que correu para o Túnel da Queda veio do rio, eles saberiam em Regália, não saberiam? Quero dizer, o rio todo deve estar mais baixo — disse Gregor.

— Sim, acho que sim. A água aqui parou de subir, depois da avalanche. Parece que a bloqueou. Mas não temos ideia do que aconteceu do outro lado do Túnel — disse Luxa. — Por quê?

— Estava pensando, pelo menos as pessoas podem calcular que viemos para cá e saber que ainda levaremos alguns dias para chegar em casa — disse Gregor. — Quero dizer, imagino que eles resolvam investigar por que o rio está baixo. E encontrem o local onde fizemos uma fogueira na colônia dos mordiscadores. Talvez eles juntem dois e dois e concluam que a gente seguiu pelo Túnel da Queda.

— Mas, Gregor, aquela fogueira podia ter sido de qualquer um. E, depois que o rio encher o Túnel da Queda, ele pode inundar também a colônia dos mordiscadores, apagando todos os sinais de que estivemos lá — disse Luxa.

Ela estava certa. Se uma onda grande tinha saído deste lado do Túnel da Queda, uma onda grande provavelmente tinha saído do outro lado também. Gregor não entendia o suficiente de ciência nem mesmo para imaginar o que aconteceria com o rio ou com as áreas próximas quando tudo estivesse assentado.

— Além disso, eles não têm nenhuma razão para achar que iríamos tão longe. Se fôssemos só eu e você, talvez. Não somos muito confiáveis. Mas trouxemos Hazard e Boots, que amamos e com quem nos preocupamos. E Howard... ninguém jamais esperaria que Howard fizesse uma viagem não autorizada como essa. Ele é tão bom e digno de confiança — disse Luxa.

— Isso não os impediu de levá-lo a julgamento por traição — disse Gregor.

— Isso é verdade, mas ele foi facilmente absolvido da acusação. E hoje de manhã Vikus nos viu sair com dois cestos de comida. Acredito que estejam nos procurando nos lugares de piquenique mais frequentados — disse Luxa.

— Ah. Foi só um pensamento — disse Gregor. — Então... como você está?

— Melhor, agora que Hazard está respirando — disse Luxa.

— Não se preocupe. Howard vai garantir que ele fique bem — disse Gregor.

— Sim, Howard toma conta dele — disse Luxa.

— Ele também toma conta de você — disse Gregor, lembrando-se da conversa desconfortável sobre encontros. Seu rosto voltou a ficar vermelho. — Sabe quando estávamos saindo de Regália e eu disse aquilo tudo sobre o piquenique ser um encontro? Sinto muito. Foi só para conseguirmos sair de lá. Eu não quis... não sabia... Na Superfície, um encontro não é nada assim tão importante... bem, seria para mim, mas para outras pessoas... Está bem, você pode parar de ficar me olhando agora. Já terminei.

Os olhos violeta estavam fixos no rosto dele enquanto se atrapalhava com as explicações.

— Howard falou alguma coisa com você sobre isso? — perguntou Luxa, sem desviar o olhar.

— Falou. Ele deixou bem claro que você e eu não teríamos nenhum encontro — disse Gregor.

Os dois riram.

— Eu sabia que você não estava falando sério — disse Luxa. — Tenho certeza de que não sou de forma alguma a pessoa que você escolheria para um encontro.

— Isso não é verdade — Gregor deixou escapar. Ai, minha nossa! Por que tinha dito aquilo? Ela havia aceitado bem a explicação de que "tinha sido só para conseguirem sair de Regália"! E ali estava ele, se enrolando de novo. — Quero dizer, não há nada de errado com você. — Aquilo também tinha soado mal. — É só essa coisa toda de rainha.

— E a coisa toda de Habitante da Superfície — disse ela, finalmente desviando o olhar.

— É — disse ele. O que significava aquilo? Que se ele não fosse um habitante da Superfície ela poderia... poderia o quê? Ele precisava parar com aquilo agora mesmo. Precisava mudar de assunto. Outro assunto... outro assunto... — Você quer um sanduíche? — perguntou ele.

— Um sanduíche? — disse Luxa. — Quero, sim.

— Vou fazer alguns.

Eles comeram sanduíches de queijo e falaram muito pouco. Quando Ares e Nike acordaram para o próximo turno, Gregor se deitou ao lado de Boots e puxou a ponta do cobertor para cima do rosto, grato por estar longe dos olhos de Luxa.

Na manhã seguinte, enquanto tomavam café, Howard explicou a geografia da Passagem de Hades.

— Nunca viajei por ela. Os humanos não costumam pegar esse caminho, porque os outros são mais curtos e menos perigosos.

— E onde exatamente vai dar? — perguntou Gregor.

— Nas Terras de Fogo. Aqui, Gregor, é assim — disse Howard. Ele mergulhou o dedo em um molho picante e desenhou um *A*. — Nós estamos aqui. — À esquerda do *A*, ele fez uma linha comprida. — Esse é o rio que leva até o Caminho d'Água. — Uma grande forma oval indicava o

Caminho d'Água. À esquerda do Caminho d'Água, bem para o lado, ele fez um *B*. — Aqui ficam as Terras de Fogo. E a Passagem de Hades segue mais ou menos assim. — Howard desenhou uma linha em forma de *S* entre os pontos *A* e *B*.

Gregor olhou fixamente para o mapa. Ele não estava entendendo coisa alguma.

— Onde está Regália?

— Aqui — disse Howard, indicando um ponto no alto da linha em forma de *S*.

— Então, por que não seguimos para Regália no caminho? — disse Gregor.

— Porque a Passagem de Hades é muito abaixo de Regália e não há acesso até lá. Você não deve pensar no Subterrâneo como uma superfície plana. Pense nele como uma esfera, em que alguém pode ir para cima e para baixo e de um lado para o outro — disse Howard.

— Em determinado ponto, Regália estará diretamente acima de nossas cabeças — disse Luxa. — Não gosto de ir muito para dentro da terra. — O que Gregor achou irônico, tendo em vista que ela já vivia quilômetros abaixo da superfície do planeta.

Eles guardaram as coisas e se prepararam para a viagem. Hazard era a maior preocupação. Howard o colocou nas costas de Aurora e deu instruções específicas a Luxa sobre como cuidar dele. Gregor levava Boots e Temp em Ares, Howard seguia em Nike, e todos esperavam que Thalia, sem levar ninguém, aguentasse bem o voo.

A princípio, Gregor estava otimista. A Passagem de Hades era um túnel enorme, e às vezes ele não conseguia ver os dois lados dele ao mesmo tempo. Tinha riachos limpos cheios de peixe, então eles provavelmente não iam desidratar nem morrer de fome. O chão era rochoso e irregular, mas eles estariam no alto, sobre os morcegos. De modo geral, parecia que ia ser uma viagem razoável.

À medida que as horas passavam, no entanto, ele achava que estavam fazendo pouco progresso. O túnel começava a se inclinar tão radicalmente que às vezes os morcegos estavam praticamente em queda livre no espaço. Eles não conseguiam voar de verdade... apenas meio que se deixavam cair e abriam as asas às vezes para se guiar. Não era uma forma rápida de viajar. Além disso, parecia que estavam parando a cada dez minutos para alguma coisa. Boots teve de fazer xixi; Thalia precisava descansar; o curativo de Hazard tinha de ser trocado; Nike avistou um bom riacho e achou que deviam encher seus odres de água por precaução.

Eles seguiram assim por aproximadamente seis horas, até Howard dizer que deviam acampar para passar a noite. Hazard não conseguia mais viajar. A Passagem de Hades ainda se inclinava acentuadamente para baixo, mas eles encontraram uma grande saliência na parede do túnel para ficar.

Hazard e os morcegos foram dormir enquanto o restante se reuniu em volta da luz da lanterna de Gregor e tentava agir como se não estivessem preocupados. Bem, Boots realmente não estava preocupada. Ela brincava de Eu Vejo com Temp. Não dava para jogar direito porque estava muito escuro para ver qualquer coisa. Mas isso não a impedia.

— Eu vejo alguma coisa preta! — disse ela milhares de vezes.

Temp tentava adivinhar. Na maioria das vezes, o grande desfecho era somente Boots apontando para algum lugar na escuridão e dizendo:

— Aquilo!

Todos ficaram meio aliviados quando ela finalmente adormeceu. Gregor se sentiu à vontade para falar de um assunto que pesava sobre ele desde aquela manhã. Algo que não quis discutir em frente às crianças pequenas.

— Howard, você falou que essa viagem seria mais perigosa do que se pudéssemos seguir por outros caminhos. O que exatamente você quis dizer com isso?

— É difícil se orientar na profundeza dos túneis. O ar se torna fétido à medida que nos aproximamos das Terras de Fogo. E também há criaturas que vivem aqui que seria melhor não perturbarmos — disse Howard.

— Criaturas perigosas? — perguntou Gregor.

— Algumas. A maioria simplesmente vai nos evitar. Dentre aquelas que poderiam nos fazer algum mal, muitas não voam, então devemos conseguir nos esquivar delas. E há também outras que não são hostis, mas que não devem ser ignoradas — disse Howard.

— Tipo? — disse Gregor.

Foi como se a criatura na escuridão estivesse apenas esperando pelo momento certo para aparecer. E, quando ele falou, Gregor reconheceu a voz aguda e lamuriosa imediatamente. Como poderia esquecer?

— Saudações a todos! Eu sou aquele chamado de Photos Glow-Glow, e ela é Zap.

CAPÍTULO 13

— Ah, não! — foi a primeira coisa que escapou da boca de Gregor.

Ele jamais esperava ver os vaga-lumes de novo. Os insetos tinham abandonado o navio durante a expedição para achar Bane e entregaram todos a bordo para os ratos. Gregor, Boots, Ares, Howard, Luxa, Aurora e Temp tinham quase sido mortos por causa da traição dos dois. Gregor não sabia o que os vaga-lumes estavam fazendo ali na Passagem de Hades, mas não podia acreditar que tinham coragem de aparecer de repente, agindo como se nada tivesse acontecido.

Howard, que tinha sido o mais prejudicado pela traição dos insetos, se colocou de pé e puxou a espada.

— Apareçam, brilhantes! — gritou na escuridão, acordando os morcegos. — Apareçam, suas panças cheias de traição!

Houve uma longa pausa. Então Gregor ouviu Zap dizer:

— Bem, isso foi rude.

— Muito rude — concordou Photos Glow-Glow.

— E depois de tudo que fizemos por eles. Um pouco de gratidão não faria mal a ninguém — disse Zap em um tom ofendido.

— Gratidão! — disparou Howard. — Vocês nos venderam para os ratos e agora esperam gratidão? Apareçam!

— Alguém tem uma memória bastante seletiva — disse Photos Glow-Glow. — Você não parece se lembrar de como passamos fome por vocês, os guiamos pelo Caminho d'Água e os defendemos habilmente da lula!

— Eu me lembro que você comeu um pouco de lula — disse Gregor. — E isso é tudo. — Ele não havia nem se incomodado em levantar. Os brilhantes eram criaturas tão preguiçosas e ineptas que ele sabia que jamais atacariam. Achava que conseguiria caçá-los na escuridão... mas e depois? Ele os desprezava, mas não ia matá-los.

Howard, no entanto, pensava de outro jeito.

— Nike! — gritou ele. — Vamos nos livrar desses traidores de uma vez por todas! — E Nike voou para o seu lado.

Foi Luxa que agarrou Howard pelo braço.

— Espere — disse ela.

Howard olhou para ela, surpreso.

— Você não vai se juntar a mim, prima? Depois de tudo que sofreu nas mãos deles?

Gregor mal conseguiu ouvir o que ela sussurrou em seguida para Howard.

— Eles têm luz.

Os ombros de Howard se curvaram para a frente enquanto ele lutava contra o que ela estava sugerindo. Por fim, colocou a espada de volta no cinto.

— Brilhantes, vocês não vão aparecer? — disse Luxa, de maneira agradável. — Não queremos machucá-los.

— Parece mais prudente nos mantermos afastados — disse Photos Glow-Glow.

— Ele quer dizer elevados — disse Zap. — Sempre confunde as palavras.

— Eu quis dizer afastados! Como em distante, remoto e separado! — disse Photos Glow-Glow.

E os dois se lançaram em uma grande discussão sobre afastados e elevados. Quando ambos já estavam sem fôlego, Luxa tentou novamente.

— É uma pena. Porque estamos com um excesso de comida que em breve vai estragar. Principalmente bolo — comentou ela.

— Bolo? — indagou Zap. Houve outra longa pausa.

— Esse bolo tem... cobertura? — perguntou Photos Glow-Glow.

— Ah, claro. Eu não gosto se não tiver cobertura — disse Luxa. — Mas é uma pena desperdiçá-lo. — Ela tirou um bolo redondo do cesto e olhou-o com cara de quem lamentava. Estava um tanto quanto destruído por ter sido atirado de um lado para o outro durante a inundação, mas tinha um cheiro delicioso.

— Bem, Vossa Alteza não foi rude conosco, como alguns foram. Então, se lhe agradar que eu coma o bolo... não faço nenhuma objeção — disse Photos Glow-Glow.

— Eu também não! — disse Zap, e de repente os dois vaga-lumes estavam bem na frente de Luxa, com os traseiros irradiando luz amarela.

Pela primeira vez em muitos dias, Gregor conseguiu ver direito. Imediatamente percebeu coisas que não havia notado. Que havia vários cogumelos crescendo no teto. Que baforadas de vapor emergiam periodicamente de rachaduras nas paredes. Que Boots tinha um grande machucado no braço. Se ele não tinha visto essas coisas, o que mais teria deixado de ver? Que perigos havia na escuridão além do que sua visão captava?

Gregor sabia que Luxa detestava os brilhantes com toda a força. Mas ela sabia que eles poderiam ser úteis. Gregor admirava como ela havia avaliado a situação rapidamente e decidido fazer as pazes com eles. Achava que Ripred teria aplaudido a astúcia dela: era algo que o rato grande também teria feito. Se estivesse ali. Em vez de estar caçando Bane. Ou o que quer que fosse. Se tudo corresse bem, quando voltassem a Regália, Ripred já teria chegado.

Luxa dividiu o bolo em dois, e os insetos devoraram tudo até a última migalha.

— Como foi que veio parar na Passagem de Hades, Generosa Rainha? — indagou Photos Glow-Glow.

— Atravessamos o Túnel da Queda por diversão e fomos isolados por uma avalanche. Agora devemos seguir para casa por aqui — respondeu Luxa. — E vocês?

— Nós moramos aqui — respondeu Zap, infeliz.

— Vocês moram aqui? — perguntou Gregor. Ele nunca tinha imaginado os vaga-lumes morando em nenhum lugar.

— Fomos expulsos de terras melhores por vilões que nos excediam muito em número — disse Photos Glow-Glow. — Os viscosos.

Howard deu um riso de deboche.

— Lesmas, Gregor. Eles foram expulsos de suas terras por lesmas.

— As lesmas são rápidas aqui embaixo? — perguntou Gregor.

— Rápidas o suficiente! — disparou Photos Glow-Glow.

— Em velocidade máxima, elas viajam um metro por hora — disse Nike.

— Mas elas são persistentes! — exclamou Zap, indignada.

— Acredita-se que as lesmas nem mesmo souberam que derrotaram os brilhantes, tão inexistente foi a resistência — disse Howard.

Gregor podia perceber que Howard tinha tocado numa questão delicada. A luz de Zap se acendia em explosões curtas e rápidas, e o traseiro de Photos Glow-Glow ficou vermelho brilhante.

— Howard, Nike, por que estão provocando meus convidados? — perguntou Luxa.

— Esperamos que fiquem suficientemente ofendidos para irem embora — disse Nike.

— E eu espero que eles se juntem a nós por alguns dias — disse Luxa. — Afinal de contas, este é o território deles. Eles conhecem tudo por aqui. E vocês dois?

— Não — respondeu Howard, mal-humorado.

— Então não me contrariem — disse Luxa.

— Espero que saiba o que está fazendo, Vossa Alteza — disse Howard.

— Você parece cansado. Por que não descansa um pouco? — perguntou Luxa.

Resmungando sozinho, Howard se enrolou num cobertor e foi deitar. Nike esvoaçou para o lado dele. Howard e Nike formariam bons vínculos. Os dois tinham caráter, um bom temperamento e eram corajosos. E já confiavam seus segredos um ao outro. Além de, obviamente, concordarem sobre os brilhantes.

— Parece que alguns acham que fomos os vilões em nosso último encontro. Quando, na verdade, foram vocês, humanos, que quebraram o acordo que tinham conosco — disse Photos Glow-Glow. — Prometeram nos dar uma quantidade de comida... que não foi providenciada.

— Nós ficamos alguns dias a mais, apenas como um favor — disse Zap.

— Sim, inquestionavelmente nós fomos a parte prejudicada — disse Photos Glow-Glow.

Era até interessante ouvir as coisas sob a perspectiva dos vaga-lumes. Eles levantaram alguns pontos válidos, de certa forma. A viagem para achar Bane não era uma expedição deles. Tinham sido contratados apenas para iluminar. Mas Gregor ainda não conseguia suportá-los.

— Não foi tanto por vocês terem ido embora. Mas por vocês terem contado aos ratos que estávamos chegando — disse Gregor.

Os vaga-lumes se deslocaram de um lado para o outro desconfortavelmente.

— Foi ideia da Zap — resmungou Photos Glow-Glow.

— Mentiroso! — guinchou Zap. Ela voou irritada até o outro.

As cabeças dos dois se chocaram, provocando um ruído desagradável, e eles caíram no cão, resmungando e disparando insultos um contra o outro. Depois, ficaram se encarando com raiva.

— Bem, o que passou, passou — disse Luxa. — Quem sabe vocês não viajam agora conosco pela Passagem de Hades. Não posso prometer grandes quantidades de comida, mas dividiremos o que temos, e os voadores pescam muito bem.

Photos Glow-Glow e Zap concordaram, provavelmente porque esperavam ganhar mais bolo. Além disso, que outras coisas eles tinham para fazer? Gregor não conseguia imaginá-los tendo força de vontade suficiente para elaborar nenhum plano construtivo. Se a espécie deles tinha sido expulsa de suas terras por lesmas, não eram lá muito motivados. Mas eles davam a impressão de que estavam com a agenda lotada.

— Bem, acredito que conseguimos encaixar isso, sim — disse Zap. — Se cancelarmos alguns outros compromissos.

— Sim, outros ficarão desapontados, mas podemos dar um jeito — disse Photos Glow-Glow. — Não podemos deixá-los sozinhos para se defenderem dos ratos aqui embaixo.

— Ratos? — indagou Howard, que não tinha dormido e se sentou na hora. — Vocês têm visto roedores por aqui ultimamente?

— Ora, veja só quem se dignou a falar conosco agora — disse Photos Glow-Glow.

— Sim, o todo-poderoso — concordou Zap.

— Brilhantes, se vocês sabem dos roedores, eu apreciaria muitíssimo que compartilhassem a informação — disse Luxa.

— Eles passaram por nossas terras — disse Zap, indicando com a cabeça o túnel à frente deles.

— Atrás dos mordiscadores — disse Photos Glow-Glow.

Tudo que havia acontecido, o terremoto, a inundação, a avalanche, o ferimento de Hazard e a jornada através da Passagem de Hades, tinha ofuscado o problema dos mordiscadores na cabeça de Gregor. Mas ele notou, pela reação de Luxa, que ela nunca havia deixado de pensar neles.

— Onde? — perguntou ela, colocando-se de pé num pulo. — Quantos mordiscadores? Os ratos estavam com eles ou eles estavam fugindo? Por favor, me diga!

— Ah, devia haver centenas deles — disse Zap. — Talvez milhares.

— Os ratos estavam levando os mordiscadores para algum lugar. Eles estão sempre os levando para algum lugar. Para fora das cavernas, para dentro da selva, para fora da selva, para dentro dos túneis. A coisa toda é muito tediosa de assistir — disse Photos Glow-Glow.

— Nós pegamos no sono — disse Zap.

— Esses mordiscadores eram da selva? — perguntou Gregor.

— Não, eles levaram os da selva direto para as Terras de Fogo — disse Zap. — Pelo menos acho que alguém disse isso. Aconteceu há alguns dias. Mas os ratos têm feito os mordiscadores se mudarem há anos.

— Talvez eles deixem todos eles nas Terras de Fogo e parem de perturbar o restante de nós — disse Photos Glow-Glow.

— Os mordiscadores não conseguirão construir um lar decente nas Terras de Fogo — disse Nike.

— Todo mundo tem problemas e ninguém ajuda — disse Zap. — Veja só o nosso caso. Aqueles viscosos nos expulsaram de nosso lar, e quem veio nos ajudar?

— Ninguém sabia que vocês estavam sendo atacados — disse Luxa.

— Porque... nós fomos orgulhosos demais para pedir ajuda! — exclamou Photos Glow-Glow de forma dramática.

— E era uma viagem tão longa até Regália — admitiu Zap. — Ninguém queria voar para tão longe.

— Mas principalmente... porque fomos orgulhosos demais para pedir ajuda! — repetiu Photos Glow-Glow com um floreio.

Os vaga-lumes alegaram que tinham voado por horas e deviam ser dispensados de ficar de vigia naquela noite. Em pouco tempo, estavam roncando.

Luxa pediu a Howard para pegar o primeiro turno com ela e, enquanto adormecia, Gregor pôde ouvi-la tentando argumentar com o primo sobre os brilhantes, dizendo que eles trariam conforto a Hazard e que poderiam revelar mais informações sobre os mordiscadores.

Na manhã seguinte, Gregor foi acordado pela voz surpresa de Boots.

— Fo-Fo? Você é Fo-Fo?

— Eu sou aquele chamado de Photos Glow-Glow, e não responderei a nenhum outro nome! — disse o vaga-lume.

— Ah, brilhantes! — disse Hazard, esfregando os olhos e sorrindo. — Como são brilhantes!

— Temp! Temp! Olhe! Fo-Fo está aqui! — disse Boots, alegre.

— Já disse, eu sou aquele chamado de... ah, deixa para lá — disse Photos Glow-Glow, mal-humorado.

O humor dele melhorou depois do café da manhã. Os morcegos pescaram para prover uma base para a refeição dos vaga-lumes, e Luxa deu a cada um deles um pouco de salada de camarão. Estava começando a estragar, mas eles não pareceram notar.

O pequeno grupo ainda não tinha voado por cinco minutos quando passou pelo atual lar dos vaga-lumes. Era uma enorme caverna nos arredores da Passagem de Hades que emitia um zumbido lamurioso constante. Luzes multicoloridas irradiavam dos traseiros dos moradores e algumas vozes exigiam saber o que Photos Glow-Glow e Zap estavam fazendo, mas nenhum dos outros insetos se incomodou em voar para fora para descobrir.

Aparentemente, Photos Glow-Glow e Zap eram bem dinâmicos para a espécie deles.

A Passagem de Hades continuava a se inclinar para baixo em um ritmo alarmante. Eles se dirigiam mais para dentro da terra a cada momento. Frequentemente, quando Gregor engolia, seus ouvidos estalavam.

Tiveram de parar muitas vezes e pescar para os vaga-lumes só para garantir que os insetos continuassem seguindo. Gregor se perguntava se eles valiam mesmo o esforço. Então se lembrava de ter sido jogado de um lado para o outro na caverna por Twirltongue e seus amigos e sabia que valiam.

— Estamos perto do fundo — disse Photos Glow-Glow finalmente.

— Ótimo, acamparemos lá então — disse Howard.

— Nós, não — disse Zap.

— Por que não? — perguntou Gregor.

— Seus narizes não servem para nada? — perguntou Photos Glow-Glow.

Havia um cheiro. Um cheiro horrível se erguendo no ar vindo de baixo de onde estavam. Gregor voltou no tempo para um verão de muitos anos atrás, na fazenda da Virgínia, com seu avô puxando uma carcaça de gambá que estava sob o galpão. "Alguma coisa morreu lá embaixo", pensou Gregor. Logo depois, ele os viu.

Pelo menos uns cem camundongos se estendiam, imóveis e deformados, no fundo do túnel.

CAPÍTULO 14

— Os camundongos dormem um pouquinho? — perguntou Boots.

— Apaguem as luzes! — gritou Gregor para os vaga-lumes.

Em mais alguns segundos, até mesmo Boots perceberia que os camundongos não estavam dormindo, mas sim mortos. Alguns estavam sobre poças secas de sangue. Os olhos de outros estavam arregalados, congelados para o nada.

— Desliguem!

Os bulbos nos traseiros de Photos Glow-Glow e Zap se apagaram. Gregor ligou a lanterna no cinto, mas não a direcionou para o chão.

— O que Boots disse? Que camundongos? Achamos os mordiscadores? — perguntou Hazard, se esforçando para sentar.

— Descanse, Hazard, não há nada para ver aqui — disse Howard.

— Que cheiro é esse? — insistiu Hazard.

— Está vindo de um riacho sujo. Vamos continuar voando — disse Luxa.

Nenhum deles queria que Hazard ou Boots visse os corpos. Mas não havia como escondê-los de Thalia. Quando acharam um lugar para aterrissar, aproximadamente um quilômetro além do cemitério, Gregor notou que a pequena morcega estava tremendo. Ele mesmo estava bem abalado.

Howard preparou uma cama para Hazard e chamou Luxa e Gregor para conversar sozinhos.

— Um de nós deve ficar com os mais jovens enquanto os outros voltam lá.

— Eu devo ir — insistiu Luxa.

— Você fica, Howard. Caso Hazard se sinta mal ou algo assim — disse Gregor.

Eles deixaram Howard, Nike e Temp tomando conta de Hazard, Boots e Thalia. Photos Glow-Glow ficou no acampamento enquanto Zap escoltava Gregor, Luxa e seus vínculos de volta ao local onde estavam os camundongos.

Antes de saírem, Howard lhes deu alguns lenços embebidos em uma solução antisséptica para proteger os narizes do cheiro de carne em decomposição.

— Não toquem em nenhum deles — instruiu. — Vocês não sabem que doença contagiosa eles podem carregar.

Os lenços ajudaram, mas, quando chegaram aos camundongos, Gregor ainda não conseguia evitar sentir ânsia de vômito com o cheiro forte.

A luz de Zap era suficiente para iluminar toda a área. O fundo do túnel terminava em um declive abrupto de cerca de 12 metros. Os camundongos deviam ter sido levados até a beira do penhasco e caído para a morte. Dava para ver que alguns, por estarem mais amassados e muito feridos, tinham claramente suavizado a queda de outros. Vários filhotes tinham sido completamente esmagados. Não havia ratos entre os mortos.

Mesmo Zap, que notadamente demonstrava pouca compaixão, parecia afetada pela cena.

— Que perda. Que perda. Não finjo gostar dos mordiscadores, mas é uma grande perda.

— Acho que eles correram até a beira do penhasco — disse Gregor.

— Eles teriam encontrado um jeito de escalar a parede, se tivessem tido tempo — replicou Luxa, amarga. — Isso foi trabalho dos roedores.

— Devemos fazer alguma coisa com os corpos? — perguntou Gregor.

— Não há nada a ser feito. Se os colocarmos na água, poluiremos nosso próprio fornecimento. Não temos mãos suficientes para enterrá-los em pedra, nem combustível para queimá-los adequadamente — disse Luxa.

Tudo isso era verdade. Ainda assim, eles não podiam simplesmente voar para longe dali e não fazer nada.

— Devíamos deixar alguma coisa, uma lápide ou uma mensagem — disse Gregor.

Mas escrever na pedra não era nada fácil. Ele tinha pensado em escrever algumas frases sobre o que havia acontecido, mas era um grande esforço até mesmo arranhar uma linha reta na beira do penhasco com a espada. Enquanto ele estava parado, avaliando a parede, esperando por uma inspiração, Luxa apareceu e acrescentou o apêndice fino em forma de bico que transformava a linha em uma foice. Em uma marca secreta.

— Será um aviso para qualquer um que nos seguir — disse ela. — E um marco apropriado para os túmulos dos mordiscadores.

E então Luxa fez algo que provocou em Gregor a sensação de estar notadamente perto e um milhão de quilômetros distante dela ao mesmo tempo. Atirando para longe o lenço que trazia junto ao nariz, ela se ajoelhou no chão e colocou a coroa à frente. Cruzando os pulsos, ela estendeu as mãos, com as palmas para baixo, sobre o círculo dourado, e disse em voz alta:

"SOBRE ESTA COROA MINHA PROMESSA EU FAÇO.
ATÉ MEU ÚLTIMO SUSPIRO, MANTENHO
ESSA DECISÃO.
HEI DE VINGAR SUAS MORTES INJUSTAS,
TODOS AQUI QUE MORRERAM EM VÃO."

As palavras reverberaram no túnel. Não era um verso improvisado, algo que ela tivesse criado na hora. Havia um ritual específico e um tom formal e amargo nas linhas. Gregor estava certo de que era um juramento. Algo que você jura cumprir ou morre tentando. Tinha vindo de um lugar tão angustiado dentro de Luxa que Gregor quis envolvê-la em seus braços. Mas o juramento também o havia afastado dela. Tinha feito com que se lembrasse que ele era apenas um visitante numa terra estranha, onde as pessoas juravam vingança, coroas eram importantes e rainhas eram inacessíveis para ele.

Observando Luxa se levantar, Gregor não conseguia mais vê-la como a garota de 12 anos que vinha procurando pistas sobre os amigos camundongos. O que ele viu foi a futura líder de Regália e seus exércitos notáveis, e que os ratos de algum jeito pagariam com sangue.

Alguma coisa estava acontecendo no túnel. Sons fracos de sussurro, zumbidos, um farfalhar de asas. Gregor se lembrou do que Howard tinha dito sobre várias criaturas viverem na Passagem de Hades. Elas haviam se mantido discretas até agora, mas estavam em volta, observando, ouvindo e, agora, reagindo ao discurso de Luxa. Ela ouviu a reação e, por alguma razão que Gregor não entendeu, sorriu.

De repente, um gemido os assustou. Zap intensificou seu facho de luz e eles viram um leve movimento no meio da quietude. A ponta de uma cauda estremeceu. Sem ligar para o que Howard havia falado sobre tocar as criaturas, Luxa correu até o camundongo e se agachou ao seu lado, acariciando seu pelo. Ele não conseguia falar.

— Vamos levá-lo até Howard — disse Gregor. Juntos, ele e Luxa levaram o camundongo até as costas de Ares. Gregor passou a perna por cima do pescoço do morcego, mas Luxa continuou no chão. — Você não vem? — perguntou ele.

— Não, Gregor. Vamos ficar para ter certeza se não há mais ninguém com luz — disse Luxa.

No Subterrâneo, a palavra "luz" podia ser usada no lugar de "vida".

Gregor olhou para as vítimas.

— Voltaremos para ajudar — disse ele.

— Não é necessário — disse Luxa. — Aurora e eu podemos cuidar disso.

— Nós voltaremos — disse Ares.

Gregor e Ares entregaram o camundongo quase inconsciente a Howard e voltaram para a base do penhasco. Um por um, eles checaram todos os corpos. Alguns estavam claramente mortos. Já outros, era impossível perceber de imediato, então tentavam sentir o pulso ou ouvir qualquer sinal de respiração vinda das narinas. Não havia mais sobreviventes.

De volta ao acampamento, Gregor se lavou em um riacho próximo, mas não parecia conseguir tirar o cheiro dos camundongos mortos de seus poros. E as imagens daqueles corpos... bem, sabia que elas voltariam para visitá-lo em sonhos durante muito tempo.

Howard se empenhou muito em tratar do camundongo ferido. Uma das pernas da frente estava quebrada, então Howard cuidou da fratura. Ele passou uma pomada nas patas esfoladas e sujas de sangue do camundongo. Depois de cerca de uma hora lhe dando colheradas de água periodicamente, Howard preparou uma papa rala de peixe, migalhas de pão e caldo e conseguiu fazer com que o camundongo comesse um pouco. A água e a comida restauraram suas forças o bastante para que falasse algumas palavras, a começar por seu nome, Cartesian. Howard pôde, então, verificar melhor a extensão dos ferimentos de Cartesian. As costelas do camundongo estavam seriamente lesionadas, embora não parecessem quebradas. Ele havia recebido um golpe na cabeça. A desidratação e a fome também o debilitaram. Não era informação o bastante para saber exatamente o que tinha acontecido com Cartesian, mas já era suficiente para cuidar dele. Howard preparou um cataplasma para a cabeça de Cartesian, deu-lhe um analgésico e um remédio para diminuir o inchaço e continuou a alimentá-lo.

Boots queria muito ajudar, então Howard lhe deu a tarefa de cantar para o camundongo dormir. Ela se agachou perto dali e cantou suavemente algumas melodias que conhecia de casa. A maioria delas eram temas de programas infantis que assistia na TV. Depois passou ao repertório do Subterrâneo, que incluía as canções sobre fiandeiros, peixes e morcegos.

"MORCEGO, MORCEGO,
VENHA PARA MEU ACONCHEGO,
VOU LHE DAR UM PEDAÇO DE BACON FATIADO,
E QUANDO EU ASSAR, UM BOLO VOU TE DAR,
SE NÃO TIVER ME ENGANADO."

Depois ela cantou a estrofe da música sobre a rainha e os mordiscadores e servir chá, porque pensou que, como um camundongo, Cartesian gostaria mais dessa.

"PEGUE OS MORDISCADORES NUMA
ARMADILHA RAPIDINHO.
OBSERVE-OS GIRANDO E ROENDO, ESCONDIDINHO,
SILENCIOSAMENTE ENQUANTO
DORMEM UM POUQUINHO.
PAI, MÃE, IRMÃ, IRMÃO, VEJAM VOCÊS,
LÁ SE VÃO ELES. E EU NÃO SEI, NÃO,
SE VEREMOS ALGUM OUTRO MAIS UMA VEZ."

Lentamente Cartesian adormeceu, e Howard elogiou Boots pelo excelente trabalho que fez cantando. Encantada com seu mais novo talento, Boots se dirigiu a todos tentando fazê-los adormecer com suas músicas. Metade do grupo estava tão cansada que caiu no sono de verdade; a outra metade fingiu até Boots dormir. Então Gregor, Luxa, Howard, Aurora, Nike e Ares se reuniram para um conselho à luz do bulbo de Photos Glow-Glow.

— Bem, por mais trágica que tenha sido nossa descoberta hoje, pelo menos sabemos que nos mantivemos no rastro dos mordiscadores — disse Howard.

— Não podemos levar muito crédito por isso — disse Luxa. — Escolhemos esse caminho porque era a única saída. Podemos segui-los até o outro lado da Passagem de Hades.

— E depois? — perguntou Gregor.

— E depois o quê? — perguntou Luxa.

— Você vai continuar os seguindo, não vai? Em vez de voltar para Regália — disse Gregor.

Luxa não respondeu, mas ele sabia que estava certo. Ela não ia para casa. Não depois de ter ajoelhado no chão e dito aquelas coisas diante da própria coroa.

— Não podemos fazer isso. Temos feridos que precisam ser levados de volta para casa — disse Howard. — E acredito que haja provas suficientes para apresentar ao conselho, agora que temos Cartesian como testemunha.

— O restante de vocês vai voltar. Aurora e eu continuaremos atrás dos mordiscadores — disse Luxa. — Alguém precisa se manter no rastro deles.

— Mas não será você, prima. Levarei você arrastada de volta a Regália antes de deixá-la aqui sozinha — disse Howard.

— Ela fez um tipo de juramento — disse Gregor. — Lá no penhasco.

— Juramento? — Howard olhou para Luxa, e seu rosto adquiriu um ar de preocupação e tristeza. — "O Voto aos Mortos"? — indagou com voz abafada. Luxa assentiu. — Ah, Luxa, o que você fez? Você não tem nem idade para isso. Você ainda não reina. O exército não segue suas ordens. Como pretende cumprir o que prometeu?

— Da única maneira que posso — disse Luxa. — Vou procurar os mordiscadores, e o conselho enviará o exército atrás de mim.

— Eles não enviaram um exército quando você foi pega naquele labirinto de ratos — disse Gregor.

— Porque acharam que ela estava morta — disse Howard. — Agora eles vão mandar. Têm de mandar. Principalmente se ela fez o voto.

— E como eles vão saber? — perguntou Gregor. — Não é como se os humanos tivessem batedores na Passagem de Hades.

— Você acha que só os ouvidos humanos importam? — zombou Photos Glow-Glow. — Os voadores a ouviram; aquele mordiscador a ouviu; Zap a ouviu e já me contou. Você está na Passagem de Hades, não na Terra Morta. Quem sabe quantas outras criaturas ouviam na escuridão?

"Várias", pensou Gregor, lembrando-se dos estranhos barulhos que se seguiram ao juramento de Luxa. Foi por isso que ela sorriu. Ela quis que as criaturas ouvissem.

— Metade do Subterrâneo saberá que Luxa fez o juramento em uma questão de horas; ela não pode voltar atrás — disse Howard.

— Nem voltaria, se pudesse — disse Luxa.

— Mas você só tem, sei lá, uns 12 anos — disse Gregor — Esse juramento conta para alguma coisa?

— Neste caso, conta — disse Howard. — Quando o conselho souber do juramento, nossos inimigos também já estarão sabendo. Não haverá meios de retirar ou negar o que foi dito. E, dadas as circunstâncias, teremos apenas uma opção.

— E qual é? — perguntou Gregor.

Luxa encarou-o com tranquilidade.

— Acabo de declarar guerra aos ratos.

CAPÍTULO 15

"Então é assim que uma guerra começa", pensou Gregor. Não com dois exércitos se enfrentando, esperando o sinal para atacar. Não com uma enxurrada de ratos invadindo as avenidas de Regália. Não com uma formação de morcegos investindo contra uma colônia desavisada de ratos. Uma guerra começa muito mais discretamente. Em uma sala, em um campo, em um túnel distante quando alguém que tem poder decide que a hora chegou.

— Não — disse ele. — Precisamos encontrar uma forma de deter isso.

— É tarde demais — disse Luxa. — É irônico. Eu nunca poderia começar uma guerra em Regália. Mal consigo permissão para sair para um piquenique. Mas aqui, longe da minha cidade, estou livre para tomar decisões importantes.

— Então talvez devessem mantê-la presa na cidade, para não sair por aí declarando guerra! — disse Gregor.

— Você não viu os corpos? — perguntou Luxa, exaltada. — O que queria que eu fizesse, Gregor? Ficasse sentada enquanto meus amigos são levados para a morte?

— Não sabemos exatamente que planos os roedores têm para os mordiscadores, prima — disse Howard. — Mas sabemos que há um histórico de levá-los a mudar de um lugar para o outro. Talvez a maioria dos mordiscadores já tenha chegado ao novo lar em segurança.

— Mas não é razoável que tenham sido forçados a deixar seus antigos lares! — disse Luxa. — Que centenas tenham morrido nessa jornada!

— Está certo! Mas talvez você queira considerar outras opções além de entrar em guerra! — disse Gregor.

— Como, por exemplo? — indagou Luxa.

— Não está me ocorrendo nenhuma agora — disse Gregor. — Mas aposto que consigo pensar em alguma coisa um pouco menos radical.

— Bem, quando conseguir pensar em alguma coisa, eu adoraria ouvir — disse Luxa. — Tenho certeza de que vai impressionar todos nós. — Ela estava debochando. Era como se ele estivesse falando com Ripred.

Gregor encarou-a por um instante.

— Foi bem fácil começar uma guerra — disse ele.

— Não foi difícil — disse Luxa.

— Eu gostaria de saber o que será necessário para sair dela — disse Gregor.

— Duvido que algum dia você descubra. Já que está indo para casa — disse Luxa. — Nós, por outro lado, devemos ficar e viver aqui.

Eles não ficaram de vigia juntos naquela noite. Gregor não queria discutir com Luxa. O que ele queria era pensar em uma resposta para a pergunta dela que *realmente* impressionasse a todos. O problema era que... ele não sabia o que mais podia ser feito quanto aos maus-tratos dos ratos aos mordiscadores. Como os humanos poderiam detê-los sem fazer uso da força? Ele sabia que os ratos não estariam dispostos a conversar. Desde a peste, os humanos tinham dado aos ratos muita comida e remédios para compensar o fato de terem desencadeado a doença, mas isso não havia apagado o ressentimento.

Era ainda mais complicado porque os ratos não tinham um líder com quem negociar. Depois da morte do rei Gorger, os ratos tinham se dividido em grupos. A peste os lançara em um caos ainda maior. E agora havia Bane. Ele podia vir a ser o próximo rei. Mas e quanto aos ratos que não o seguissem? Como Ripred e seu bando. E quanto a ratos como Lapblood, que tinha estado com Gregor na missão para encontrar a cura para a peste? Ela vinha tentando manter seus filhotes vivos. Era a coisa mais importante que sabia sobre ela. Lapblood apoiaria Bane? Se ele estivesse vivo? Se Ripred não o tivesse matado?

Contra quem exatamente Luxa estava declarando guerra? Os ratos que tinham feito os mordiscadores caírem do penhasco? Qualquer um que apoiasse Bane? Ou qualquer rato, independentemente do que pensavam ou defendiam? O que quer que Luxa tivesse em mente, Gregor achava que, se uma guerra começasse mesmo, ninguém perderia tempo interrogando um rato sobre seu posicionamento político antes de matá-lo.

Gregor queria muito poder conversar com o pai de Hazard, Hamnet. Mas, claro, ele se fora. Morto meses atrás pelas formigas em uma batalha na selva. Dez anos antes, Hamnet tinha sido um dos principais guerreiros de Regália. Durante uma batalha, ele havia inadvertidamente provocado a destruição de um dique, resultando na morte por afogamento de não apenas um exército de ratos, mas também de humanos, morcegos e inocentes filhotes de ratos que se abrigavam nas cavernas mais próximas. Hamnet havia enlouquecido por um tempo e desaparecido. Muitos anos depois, tinha ressurgido na selva com o filho pequeno, Hazard, para servir de guia a Gregor. Gregor se lembrava de Vikus, que era pai de Hamnet, implorando a ele para voltar para Regália. "O que você pode fazer aqui que não pode fazer lá?" Ao que Hamnet respondera: "Aqui eu posso não fazer o mal. Aqui eu não faço mais mal." Hamnet sabia que, se voltasse a Regália, eles o fariam lutar novamente.

Hamnet havia tentado explicar a Luxa o que pensava da guerra. Que ela não trazia nada de bom. Que criaturas inocentes morriam e que, no fim, isso só aumentava o ódio profundo que havia entre ratos e humanos. Hamnet acreditava que, quanto menos violência fosse usada, melhor.

As coisas sobre as quais ele havia falado faziam todo sentido para Gregor. Então um exército de formigas aparecera para destruir sua preciosa cura para a peste, e todos acabaram lutando, de qualquer forma. E foi quando Hamnet morreu. Mas o que ele tinha dito... tudo que ele tinha dito... estava certo. Lá no fundo, Gregor tinha certeza disso. Só que ele não sabia como organizar as ideias para elaborar um argumento que funcionasse com Luxa. Não ali. Não com os camundongos mortos e Bane à solta e tudo mais. E por que ela o ouviria? Por que ela o ouviria dizer que violência era uma escolha ruim quando ele havia decapitado algumas centenas de cobras com um sorriso no rosto? Adormeceu se sentindo triste e confuso. E sem uma ideia impressionante.

Quando acordou na manhã seguinte, os morcegos já tinham pescado. Photos Glow-Glow e Zap estavam fazendo barulhos altos de estalo enquanto devoravam o café da manhã. Junto com o peixe, Howard tinha lhes dado algumas outras guloseimas do piquenique que haviam estragado... cogumelos em molho de creme, verduras apodrecidas.

Os morcegos e Temp só comiam o que vinha do rio agora, mas a comida que restava do piquenique estava acabando. Havia alguns pães velhos, um pouco de queijo, algumas verduras secas e alguns bolos. Gregor deu uma olhada nas provisões e se lembrou de Boots choramingando por comida e água na selva. Tinha sido insuportável. Ele suspirou e pegou um peixe cru, cortando um pedaço com a espada. Era melhor guardar a comida do piquenique para as crianças.

Howard devia ter decidido a mesma coisa, porque estava abrindo um marisco com uma pedra.

— Experimente isso — disse ele a Gregor, estendendo uma coisa viscosa em meia concha. — É considerado uma iguaria na Fonte.

Gregor atirou o conteúdo da concha na boca. Seus dentes caçaram a massa escorregadia pela boca, mastigando poucas vezes, e depois ele engoliu. Ugh.

— Posso ver por quê — disse, tentando ser educado.

— Há muitos — disse Howard, empurrando uma pilha em direção a Gregor.

— Ele não quer comer isso, Howard; são nojentos — disse Luxa, que estava tirando habilmente a pele de um peixe.

Gregor concordava com Luxa, mas, como estava irritado com ela e gostava de Howard, comeu um pouco mais do marisco só para provar que ela estava errada. Bebeu um pouco de água para tirar o gosto da boca, mas passou a sentir aquelas coisas balançando dentro do estômago.

Cartesian acordou e parecia ter recuperado um pouco da força. Ele estava confuso por causa do remédio.

— Onde estão os outros? — ficava perguntando.

— Vamos buscá-los agora — dizia Luxa, gentil.

Mas ele continuava repetindo.

— Onde? Onde estão os outros?

Howard conseguiu fazer com que Cartesian comesse um pouco de peixe triturado e lhe deu outra dose do analgésico. Logo o camundongo estava dormindo de novo.

— Acredito que precisarei sedá-lo durante toda a jornada de volta a Regália — disse Howard.

O espaço sobre os morcegos estava se tornando um problema. Hazard ainda devia ficar deitado, então ele e Luxa ocupavam todo o espaço nas costas de Aurora. Gregor levava Boots e Temp com ele em Ares. E Howard acomodou Cartesian nas costas de Nike.

— Estamos nos tornando uma enfermaria voadora, agora com Hazard e Cartesian — disse Howard. — Temos sorte de ninguém mais ter se machucado.

Boots levantou o dedo de forma indignada. O corte já estava praticamente invisível.

— Eu! — disse ela, chocada por ter sido negligenciada.

— Ah, meu Deus. Eu me esqueci de você, Boots? É melhor colocarmos um remédio aí — disse Howard.

Não levou mais de uma hora para cobrir o trecho da Passagem de Hades, o que era plano. Depois o túnel começou a se inclinar para cima tão rapidamente quanto tinha descido. Apesar de a viagem para baixo ter exigido uma navegação paciente por parte dos morcegos, eles puderam planar a maior parte do tempo. Agora que estavam voando para cima, isso exigia um esforço físico real, mas eles pareciam estar se movendo mais rápido. Thalia começou a ficar para trás à medida que o dia avançava. Na hora do almoço, estava claro que a pequena morcega se encontrava esgotada.

— Sei que está apertado, mas vamos ter que nos espremer um pouco mais — disse Howard, entregando a Gregor um pedaço de marisco bom e recém-partido.

Gregor engoliu sem mastigar. Foi melhor assim, de alguma forma.

— Como você quer fazer isso?

— Devemos colocar Thalia em Ares. Temp, você pode montar em Thalia? — perguntou Howard.

Gregor se lembrou da primeira vez em que Temp havia voado. E como havia detestado.

— Fazer isso, eu posso, fazer isso — disse a barata, mas Gregor sabia que seria um desafio para o inseto ficar no topo de uma pirâmide voadora de morcegos.

— Cartesian é pesado, eu também, então acho que Nike não aguenta mais ninguém além de Boots — disse Howard.

Gregor sabia aonde isso o levava. Ele ficaria com Luxa.

— Se estiver tudo bem — disse Howard.

— Tudo certo — disse Gregor.

Luxa provavelmente não estava mais animada com os arranjos para a viagem do que Gregor, mas não havia nada que qualquer um dos dois pudesse dizer. Quando chegou a hora de continuar, Gregor se sentou no pescoço de Aurora, olhando para a frente. Luxa se sentou com as costas voltadas para as de Gregor, pois assim podia distrair Hazard enquanto voavam. O menino ficava deitado de frente para Luxa, com os pés no colo dela.

Durante as primeiras horas, Luxa basicamente ignorou Gregor. Ela passou o tempo brincando de jogos de palavras com Hazard. Quando já tinham brincado bastante, ela lhe contou a versão subterrânea do famoso conto de fadas *Chapeuzinho Vermelho*. Na versão de Luxa, Chapeuzinho Vermelho era uma menina que tinha deixado Regália em seu morcego para visitar a avó na Fonte. Contrariando o que lhe havia sido instruído, ela saiu do caminho. Em vez de ir para uma floresta, ela foi atraída para dentro de túneis por causa de alguns cogumelos bonitos. Lá ela se deparou com o Rato Grande e Malvado. O rato não a matou porque ela estava voando muito alto. Em vez disso, ele foi tão simpático que Chapeuzinho Vermelho lhe contou tudo sobre seus planos. Quando Chapeuzinho Vermelho chegou à casa da avó, o Rato Grande e Malvado estava esperando por ela, disfarçado de vovó. Eles fizeram toda a parte "Mas, vovó, que olhos grandes você tem!". Então a avó apareceu e matou o Rato Grande e Malvado, e ela e Chapeuzinho Vermelho atiraram o corpo do rato no rio. Moral da história: nunca confie em um rato.

— Mas e os ratos bons, Luxa? — perguntou Hazard. — Como Lapblood. Ela salvou a vida de Boots na selva. Ou

Ripred. Meu pai dizia que ele é um rato bom e é amigo de Vikus — disse Hazard.

— Sim, e os ratos bons, Vossa Alteza? — perguntou Gregor. Essa era exatamente uma das coisas que o estavam preocupando na noite anterior.

— Você precisa tomar muito cuidado com ratos, Hazard — disse Luxa. — Seriam necessários muitos anos e muitos atos de lealdade para eu considerar um rato meu amigo. Eles ensinam os filhotes a nos desprezar.

— Você faz a mesma coisa — disse Gregor. — Ou deveríamos sentir pena do Rato Grande e Malvado?

— Você não faz mesmo ideia de quanto eles o odeiam, não é, Habitante da Superfície? — indagou Luxa.

Após uma pausa, ele respondeu:

— Sei que a maioria me odeia — admitiu Gregor. — Mas alguns deles eu chamaria de amigos.

— Eu me pergunto se eles o chamariam de amigo — disse Luxa.

Gregor deixou a dúvida no ar. Se fossem a fundo nisso, era difícil imaginar Ripred ou Lapblood chamando-o, de fato, de amigo. O único rato que poderia fazer isso era Twitchtip, mas ela havia sido expulsa para a Terra Morta pela própria espécie por sua extraordinária habilidade de sentir cheiros e tinha se juntado aos humanos numa missão para matar Bane. Não era um rato típico de verdade.

Hazard começou a bocejar, e os dois ficaram quietos enquanto ele tentava dormir. Só depois que o menino começou a ressonar suavemente, Luxa falou.

— Você está muito irritado comigo por eu ter declarado guerra — disse ela.

— Acho que foi a coisa errada a fazer — disse Gregor.

— Isso tem que acontecer, Gregor. Todo mundo sabe. Os humanos e os roedores não conseguem viver em paz. Um de nós precisa ir embora — disse Luxa.

— Ripred disse que já houve paz algumas vezes, no passado — disse Gregor.

— Mas apenas por períodos curtos. Nunca dura — disse Luxa. — Nós poderíamos acabar logo com isso. Participar da guerra que responderá à pergunta sobre quem fica e quem vai.

— Vai para onde, Luxa? Se os humanos perderem, vocês vão voltar para a superfície da Terra? — perguntou Gregor.

— Não sei. É mais provável que fôssemos forçados a ir para as Terras Desconhecidas, aquelas além dos limites dos nossos mapas. Talvez, depois de algumas experiências, outro lar pudesse ser encontrado — disse Luxa, com tristeza.

— E, se os ratos perderem, aqueles que sobreviverem terão de ir para as Terras Desconhecidas? — indagou Gregor.

— Eu poderia manter Ripred por perto. Como um animal de estimação — disse Luxa.

Gregor teve de rir.

— Um animal de estimação?

— Claro. Eu colocaria laços em sua cauda, daria camarão com molho de creme para ele comer e o deixaria dormir perto do meu travesseiro — disse Luxa.

— Ele adoraria isso — disse Gregor. Estava rindo agora, imaginando Ripred com laços na cauda.

— Tive um carneiro de estimação uma vez, e foi bem legal — disse Luxa.

— Talvez você possa lhe ensinar alguns truques — provocou Gregor.

— Talvez — disse Luxa, rindo. — Como ir buscar e vir quando eu assobiar. Meu carneiro conseguia até pular através de um aro.

— Pode levar algum tempo, mas aposto que ele conseguiria aprender isso — disse Gregor.

— Ah, sim, Ripred é muito esperto — disse Luxa.

Ela se apoiou na mochila de Gregor. Ele podia senti-la se sacudindo enquanto ria. Pouco tempo depois, Luxa relaxou, mas não se afastou. Ela descansou a cabeça no ombro dele, e Gregor sentiu o cabelo dela na orelha. Aquilo era bom. Ele ficou sentado sem se mexer, porque não queria que ela saísse dali. Não queria pensar em guerras. Nem em voltar para casa. Só queria ficar sentado perto dela, em paz e em silêncio.

Eles voaram por um bom tempo daquele jeito. O ar ficou mais quente, e um cheiro ruim chegou ao nariz dele. Como ovos podres... Devia ser enxofre... e fumaça. "Devemos estar perto do topo da Passagem de Hades", pensou Gregor. "Howard disse que o ar se tornaria fétido quando nos aproximássemos das Terras de Fogo."

Aurora se inclinou para fazer uma curva no túnel e, naquele momento, os vaga-lumes se apagaram. No entanto, Gregor ainda conseguia ver alguma coisa. Por um instante, ficou confuso e achou que deviam estar na selva, mas, à medida que seus olhos se adaptaram à indistinta luz avermelhada, ele percebeu que tinham deixado a Passagem de Hades e entrado em um mundo totalmente novo. Era como sobrevoar um planeta distante. Não dava para dizer a extensão da caverna, mas só tinha cerca de seis metros de altura. O terreno estava vazio e era cheio de crateras e coberto por uma poeira de cinzas que subia girando em pequenas nuvens e depois assentava novamente. Não parecia que qualquer coisa pudesse sobreviver ali.

Mas havia algo bem vivo. Gregor conseguia apenas avistar as costas das criaturas a algumas centenas de metros dali. Eram algum tipo de roedores. Alguns dos pequenos estavam se reunindo em volta de uma figura cinzenta, que se erguia acima deles. A princípio, Gregor achou que eles tivessem alcançado os camundongos e um dos guardas ratos. Então a figura cinzenta se sacudiu, se livrando de uma camada de cinzas e revelando uma pelagem branco-perolada.

CAPÍTULO 16

Aurora fez uma curva acentuada e eles aterrissaram em uma depressão na parede à direita. Mal era profundo o suficiente para ser chamado de caverna, mas protegeu-os da linha de visão direta dos ratos. Ares e Nick rapidamente se juntaram a eles.

— A poeira deve impedi-los de conseguir sentir nosso cheiro — disse Howard.

Gregor ouvia a multidão de ratos que tinha visto conversando. Mas não havia gritos furiosos mandando atacar.

— Eles não devem ter visto a gente — sussurrou Gregor.

— É, acho que não — respondeu Aurora. — Os olhos deles estão fixos sobre... sobre... É ele?

— Sim, aquele é Bane — disse Gregor, deslizando das costas dela. Howard e Luxa se juntaram a ele enquanto espiava pela abertura de pedra tentando ver melhor.

— Deixa eu ver! — disse Boots, acendendo seu cetro.

— Não, Boots! Precisamos ficar no escuro. — Gregor rapidamente confiscou o cetro e o guardou na mochila. — Já devolvo — prometeu.

— Ele é enorme — disse Howard.

— Está ainda maior do que da última vez em que o vi — disse Gregor.

— O quê? Quando ele era um filhote? — perguntou Luxa.

É claro, eles não sabiam sobre o encontro com Bane sob Regália. Não tinha contado a ninguém.

— Conto a vocês depois — murmurou.

Luxa olhou para ele, furiosa.

— Talvez devesse nos contar agora. Você o viu...?

Mas Howard a interrompeu.

— Silêncio, ele vai falar.

Bane pulou para cima de uma protuberância de rocha na frente dos outros ratos.

— Roedores! Roedores! — gritou Bane. — Peço um minuto da sua atenção! — A voz tinha amadurecido desde aquele dia em que Gregor o vira lutar com Ripred. Era baixa e grave e exigia atenção.

Ao som de sua voz, mais ratos surgiram naquela desolação e se juntaram aos que já estavam reunidos, se avolumando a várias centenas de subordinados.

— Um momento de sua atenção para um agradecimento — disse Bane. — Por estarem aqui. Por ficarem ao meu lado. Porque o que sou eu, o que é qualquer um de nós, se ficarmos sozinhos?

Os ratos tinham se acalmado e agora davam atenção total a Bane. O rato branco tinha ficado nas quatro patas e começara a andar de um lado para o outro diante da multidão. Sua postura era quase casual; seu tom, filosófico.

— Eu sei o que já fomos um dia. Os indiscutíveis governantes do Subterrâneo. E sei o que temos sido ultimamente. Fracos. Famintos. Doentes. À mercê dos inimigos. Torturados pelos humanos e ridicularizados por criaturas que no passado não teriam coragem de nos olhar nos olhos.

Um murmúrio passou pela multidão.

— Nunca gostaram de nós — continuou Bane. — Mas sempre fomos temidos. Até a morte de Gorger. Quando os outros deixaram de nos temer, deixaram também de nos respeitar. Não lhes incomoda quando os rastejantes riem enquanto esvaziam nossos rios de peixe?

Alguns dos outros ratos gritaram:

— Sim!

— Quando os cortadores reivindicam terras que foram nossas por séculos? — perguntou Bane.

— Sim! — Mais ratos se juntavam ao grupo.

— Quando os humanos nos infectam com um germe que devasta nossa espécie e depois tentam amenizar as coisas com alguns poucos cestos de grãos? — indagou Bane, elevando a voz com raiva.

— Sim! — respondeu a maioria. Gregor via a agitação dos ratos, os corpos inquietos, os rabos balançando.

— Quantos de vocês perderam filhotes? — perguntou Bane. — E quantos de vocês ainda se chamam de pais? O que é pior? Observá-los sofrer e morrer rapidamente ou vê-los morrer lentamente, desprovidos de orgulho, rastejando-se aos pés de criaturas inferiores? Essa é a vida que queremos para os nossos filhos?

— Não! — gritaram vários ratos, enquanto outros exigiam a morte dos humanos.

— Os humanos. Os humanos — disse Bane, com aversão. — Soubemos no instante em que eles chegaram que o Subterrâneo não era grande o suficiente para todos nós. E cuidaremos dos humanos no momento apropriado. Mas precisamos cuidar de outros primeiro... — Ele parou de andar de um lado para o outro e se colocou diretamente na frente da multidão. — Se quisermos saber quem causou nossos problemas, precisamos nos perguntar quem se beneficiou com nosso sofrimento. Quem encontrou terras férteis para se manter? Os números de qual espécie aumentaram enquanto os nossos diminuíram? Quais filhotes prosperaram enquanto os nossos morriam de fome e doença? Vocês sabem de quem estou falando!

Gritos de "Os mordiscadores!" vieram da multidão.

— Sim, os mordiscadores! Meu pai costumava brincar que o único mordiscador bom que já tinha visto era um mordiscador morto — disse Bane, em tom de ironia.

Uma risada horrível ecoou pela multidão.

— Mas talvez, se ele tivesse usado seu tempo agindo em vez de contando piadas, não estaríamos nessa situação hoje! — continuou Bane. — Digam-me, se puderem, por que nem mesmo um filhote de mordiscador morreu com a peste? Por que, enquanto roedores, voadores e até mesmo humanos se contorciam em agonia, apenas eles permaneceram bem? Eu lhes direi por quê. Porque a peste era deles. Todos culpam os humanos; até mesmo os tolos se culpam. Mas de onde veio aquele germe? Ele teve de vir de algum lugar. Os humanos não o criaram em laboratórios. Todos nós sabemos onde a peste nasceu. Na selva. E quem, até bem recentemente, fez da selva seu lar? Os mordiscadores. Eles encontraram aquele germe. Eles o deram aos humanos para que o transformassem em uma arma para ser usada contra nós. Mas não antes de terem a cura; durante todo o tempo eles tinham a cura, durante todo o tempo eles estavam seguros e presunçosos enquanto nos viam morrer!

Houve um rumor confuso na multidão. Gregor tinha a sensação de que essa era a primeira vez que aquela teoria era apresentada aos ratos.

— Por que isso deveria nos surpreender? — perguntou Bane, com desdém. — Não é verdade que eles sempre tramaram contra nós? Eles não se aliaram aos humanos quando Sandwich chegou e se ofereceram para se tornarem seus espiões? Não são eles, até hoje, os olhos e ouvidos de Regália? De todas as criaturas que se deleitam com nossa humilhação, os mordiscadores são os que eu menos tolero!

Isso foi recebido com um urro de aprovação. Bane elevou a voz sobre o barulho.

— Tentamos expulsá-los de nossas terras várias vezes, mas nunca para longe o bastante. Digo que desta vez devemos mandá-los para um lugar de onde não possam voltar!

Os ratos estavam sendo levados ao frenesi.

— Vocês ainda têm dúvida? Alguns de vocês acham que pode haver outra solução? Lembrem que procuramos alternativas mais tranquilas no passado e pensem aonde isso nos levou! — disse Bane.

Ele se ergueu sobre as patas traseiras, alcançando sua altura máxima.

— É a lei da natureza. Os fortes decidem o destino dos fracos. Nós somos os fracos? Nós somos os fracos?

Os ratos estavam pulando no ar e gritando de volta:

— Não! Não!

— Então reúnam a força dentro de vocês e lutem comigo! Temos muitos inimigos. A batalha à nossa frente será longa e sangrenta. Será difícil. Mas, quando começarem a vacilar, encontrem o ódio dentro de vocês e tirem força dele. Pensem em como os rastejantes e os humanos riem, em como os mordiscadores engordam enquanto passamos fome, e vejam se vocês não têm estômago para o que está por vir!

A multidão começou a gritar o nome de Bane.

— Vocês querem que eu os lidere? Vou liderá-los! Mas um líder se resume à força que está por trás dele. Vocês são fortes? — urrou Bane.

— Sim!

— Vocês vão me apoiar? — gritou ele.

— Sim!

— Então deixem nossos inimigos fazerem o que quiserem. Nenhuma criatura no Subterrâneo poderá nos deter! — Bane inclinou a cabeça para trás e deu um grito de batalha aterrorizante enquanto os ratos iam à loucura.

Gregor desmoronou contra a parede dentro da caverna, ofegante e atordoado.

— Ah, não.

Não era só a violência no discurso de Bane que havia impressionado Gregor; era seu poder de persuasão. "Twirltongue o está orientando", pensou Gregor. "Colocando ideias na cabeça dele. Ensinando a ele como dizê-las. E agora Bane acredita em tudo."

Os rostos de Luxa e Howard estavam pálidos e abalados.

— Ele é um monstro — disse Howard. — Você ouviu as palavras dele? Ele é louco? Como pode culpar os mordiscadores pela peste?

— Os outros acreditaram nele — disse Luxa.

— Eu mesmo meio que acreditei nele — disse Ares. — Ele fez tudo parecer tão lógico.

— O que ele fará com os mordiscadores? — perguntou Aurora. — O que ele quer dizer com mandá-los para um lugar de onde não haja volta?

— Não sei. Para fora do Subterrâneo, com certeza — disse Howard.

— E para as Terras Desconhecidas — disse Luxa.

A algazarra dos ratos começou a diminuir um pouco.

Boots puxou a manga de Howard.

— Tô com fome.

Ele rapidamente pressionou o dedo contra os lábios dela.

— Shh. Não podemos ser descobertos, Boots. Como Esconde-Esconde, entende?

Boots sorriu animada e deu um pulinho.

— Shh! — disse ela.

— Shh! — repetiu Howard.

Mas havia alguém que não era fácil de silenciar. Cartesian estava agitado no sono induzido pelo remédio. As palavras de Bane deviam ter se infiltrado em seus sonhos.

— Não! — gritou ele. — Não!

— Acorde-o, Howard! Eles vão ouvir! — disse Luxa.

Howard sacudiu Cartesian, e o camundongo deu um pulo de medo.

— Onde estão os outros? — gritou ele, a cabeça virando de um lado para o outro. — Onde estão os outros?

— Não, Cartesian, silêncio. Eles estão seguros. Você está seguro — sussurrou Howard de modo urgente.

Mas o camundongo estava inatingível.

— Onde estão os outros? — insistia.

Gregor olhou de relance para fora da caverna. Foi suficiente para ver que o exército de ratos estava galopando na direção deles.

— Eles ouviram! Montem! Saiam já daqui!

Eles recarregaram os morcegos num instante. Gregor agarrou Boots, porque tudo que Howard conseguia fazer era manter Cartesian, enlouquecido, nas costas de Nike.

— Onde estão os outros? Onde estão os outros?

Os morcegos dispararam por cima da caverna, mas não sabiam para onde ir. Logo que começaram a voar, foram reconhecidos. Os ratos começaram a gritar:

— O Guerreiro! A Rainha Luxa!

Alguns estavam rindo, quase enlouquecidos pela sorte de conseguir presas tão boas tão facilmente.

— Para onde vamos? — gritou Ares, dando voltas no ar com Thalia e Temp nas costas.

Gregor viu o que pareciam ser algumas entradas de túnel ao longo das paredes, mas os ratos tinham revolvido as cinzas do chão, levantando uma nuvem, o que tornava ainda mais difícil de ver.

— Precisamos de mais luz! — disse ele, esperando os fachos de luz dos brilhantes se acenderem. Mas não houve resposta. — Brilhantes! — Ele virou a cabeça de um lado para o outro, tentando achar os insetos. — Onde eles estão?

— Foram embora! — disse Howard, com repulsa. — Eles voltaram para a Passagem de Hades no momento em que deixamos a caverna!

— Malditos insetos! — disse Gregor.

Mas o que ele esperava? Não era o tipo de situação em que Photos Glow-Glow e Zap ficariam por perto. Ele acendeu a lanterna no cinto e iluminou a caverna.

Abaixo deles, centenas de ratos exaltados praguejavam e pulavam o mais alto que podiam. Outros tinham se separado do grupo principal e corriam para bloquear as entradas dos túneis ao longo das paredes. Alguns já estavam obstruídos.

— Devemos voltar para a Passagem de Hades? — gritou Gregor.

— Não, certamente seremos emboscados lá! — disse Luxa.

— Então escolha um túnel, Luxa! — disse Howard. Ele estava literalmente prendendo Cartesian nas costas de Nike. — E depressa!

— O que está à sua esquerda, Aurora! Vamos! — ordenou Luxa.

Os ratos ainda não tinham chegado à entrada do túnel quando os morcegos se precipitaram para dentro dele. Mas estavam a apenas alguns segundos de distância, e não haveria como voltar. Gregor os ouvia gritando da entrada, rindo e provocando. Isso lhe causou um mau pressentimento.

— Eles não parecem muito tristes com a nossa fuga — disse.

— Isso só pode significar uma coisa — disse Luxa. — O que quer que haja neste túnel nos quer mortos tanto quanto os ratos.

As palavras tinham acabado de sair de sua boca quando Ares os alertou:

— Peguem as armas! Ferroadores! Peguem as armas!

Os morcegos se lançaram para dentro de uma câmara enorme. Esperando no chão, com os rabos erguidos no ar, estavam dois escorpiões gigantes.

CAPÍTULO 17

Os dois escorpiões tinham aproximadamente três e quatro metros de comprimento. Além das oito pernas, cada um estalava um par de pinças à frente. Mas Gregor sabia que suas armas mais mortais eram as caudas, que começaram a se agitar no instante em que os morcegos entraram na câmara. Ele viu de relance um ferrão de trinta centímetros se projetando do fim de uma cauda enquanto passava zunindo por ele. A maioria dos escorpiões da Superfície apenas dava uma ferroada terrível, mas alguns tinham veneno tóxico suficiente para matar um humano. E eram minúsculos perto daquelas criaturas. Qualquer que fosse o veneno desses escorpiões, Gregor tinha certeza de que bastaria uma ferroada para liquidar qualquer um do seu grupo.

Ele percebeu que os morcegos também pensavam assim, porque estavam gastando toda a energia para se esquivar daquelas caudas, mesmo que para isso precisassem mergulhai e ficar ao alcance das pinças.

Gregor segurava Boots com o braço direito e a lanterna com a mão esquerda. Ele lutou para puxar a espada da coxa esquerda sem soltar a irmã, mas ela se inclinava cheia de curiosidade sobre o pescoço de Nike.

— Quem são eles? — perguntou ela. — Aranhas?

— Senta, Boots! — pediu ele.

— Precisamos de mais luz! — falou Luxa.

— Na minha mochila! — disse Gregor, conseguindo finalmente puxar a espada. Só que agora precisava segurar a irmãzinha animada com o braço da lanterna. — Você pode ficar quieta?

— São aranhas, Gré-go? — perguntou Boots. — Como "A Dona Aranha"?

— Não! — disse Gregor. — Boots, vire-se, por favor! Pendure-se em mim como se fosse um macaco! — Ela obedeceu, mas continuava levantando o pescoço para ver as "aranhas".

Ele sentiu Luxa vasculhando a mochila e, alguns segundos depois, outro facho de luz iluminou a caverna.

— Meu Deus — disse ele, quando teve uma visão clara do maior dos dois escorpiões. Era ainda mais descomunal quando se podia vê-lo melhor. O corpo do escorpião era coberto por uma carapaça de proteção, e ele tinha cerca de cinco pares de olhos. Essa coisa de olhos múltiplos sempre deixava Gregor louco.

— Segure firme, Boots! Vou soltar! — disse ele. Isso chamou a atenção dela. Talvez ela tivesse se lembrado da inundação e do que acontecera na última vez em que ele a soltara, porque apertou os braços e as pernas em volta do irmão com tanta força que ele mal podia respirar. — Isso — guinchou ele.

— Cortem as caudas deles! — ouviu Howard gritar.

— Certo! — disse Gregor, mas não conseguia se colocar em modo de ataque, com Aurora se lançando para a direita e para a esquerda para evitar os ferroadores e Boots espremendo o ar para fora dele...

Além disso, ele conseguia movimentar muito pouco o braço da espada porque precisava lutar evitando acertar a irmã. "Espero que Luxa e Howard consigam cuidar dos escorpiões", pensou. Mas logo percebeu que aquilo não ia acontecer. Howard não tinha nem conseguido sacar a espada, porque ainda tentava conter Cartesian. Luxa estava virada para trás em Aurora, o que não era a posição ideal para lutar, tentando manter-se a bordo junto com Hazard.

— Gregor, você pode atacar? — perguntou Howard.

— Estou tentando — respondeu Gregor, descendo a espada na direção de uma das caudas. Errou completamente. E quanto a se transformar em colérico... a ideia era ridícula. Ele não sentia nada do foco intenso e do medo que às vezes criavam as condições propícias. Em vez disso, sentia-se preso em um filme de terror idiota.

— Bebês aranhas! — disse Boots, como se tivesse feito uma agradável descoberta. — Vê os bebês?

— Eles não são bebês — disse Gregor, então lhe ocorreu o pensamento terrível de que aqueles fossem bebês e ela tivesse visto escorpiões ainda maiores, de nove metros de altura, indo em direção a eles.

— Oi, bebês! — disse Boots.

— Onde? Onde estão os bebês? — perguntou Gregor.

— Na mamãe — respondeu Boots, apontando. — Vê? Bebês.

Gregor direcionou a luz para as costas do escorpião menor e, pela primeira vez, entendeu o que Boots queria dizer. Cerca de dez pequenos escorpiões estavam se contorcendo na carapaça daquele escorpião. "Ah, que ótimo", pensou. A única coisa pior do que lutar contra um escorpião gigante era lutar contra um escorpião gigante que estava tentando proteger os filhotes.

— Vou cantar pros bebês dormir — anunciou Boots.

— Ótimo, cante — disse Gregor, pensando que seria melhor que ela estivesse ocupada se ele algum dia conseguisse acertar uma daquelas caudas. Qualquer tipo de violência a chateava. Ela não ia querer que ele machucasse suas "aranhas".

Só depois que Boots começou a cantar "A Dona Aranha" foi que Gregor percebeu que era uma má ideia. Para acompanhar a música, ela precisava gesticular mostrando que a aranha subiu pela parede, e que a chuva a derrubou. E, para fazer esses gestos, Boots soltou o pescoço dele.

— Segure firme, Boots! Segure firme! — gritou ele. Mas era tarde demais. Bem quando o sol saía na música, Aurora girou o corpo todo para o lado tentando evitar uma cauda e Boots caiu.

— Eu! — disse Boots enquanto batia os braços, assim como tinha feito na arena.

— Boots! — gritou Gregor.

Ares mergulhou para pegar Boots e conseguiu amparar a garotinha na cabeça, mas o movimento surpreendeu Thalia, que caiu de suas costas, levando Temp junto. Nem Aurora nem Nike tinham condições de pegar os dois, então a pequena morcega e a barata aterrissaram com um baque no chão de pedra.

— Thalia! — gritou Hazard. — Voe!

— Aguente firme, Temp! — disse Gregor.

Thalia ficou de pé num instante, e Temp correu para o lado alguns metros, sem saber para onde ir. Ares guinou de volta, as garras estendidas para resgatá-los, mas era tarde demais. Rápida como um relâmpago, a escorpião-mãe atacou e prendeu as asas de Thalia ao chão com suas pinças. A cauda balançava sobre a cabeça da morcega, pronta para matar. Thalia soltou um grito triste, sabendo que estava a segundos da morte.

— Não! — gritou Hazard. — Não! — Ele se desvencilhou de Luxa e pulou das costas de Aurora. Por sorte, Aurora estava a apenas uns três metros do chão e ele conseguiu aterrissar sobre as mãos e os pés. Ele se arrastou em direção a Thalia, se ajoelhou, colocando-se acima da cabeça dela, e esticou as mãos para cima para deter o ferrão. — Não!

Luxa tinha pulado atrás de Hazard logo depois que ele se soltou dela. Aterrissou com firmeza sobre os pés e avançou até o escorpião, a espada pronta para atacar. O escorpião soltou um sibilo furioso, e Hazard de repente se virou e agarrou o braço de Luxa que segurava.

— Não! Não a ataque! — dizia ele, freneticamente. — Ninguém ataca! — Ainda segurando o braço de Luxa, ele virou a cabeça de volta para o escorpião e começou a fazer uma série bizarra de sons sibilantes.

A cauda do escorpião se agitou no lugar por um instante, como se estivesse indeciso.

— Larguem as espadas! Todos vocês! — disse Hazard. Luxa hesitou. — Por favor, Luxa! — Relutante, ela colocou a espada de volta no cinto, a mão ainda a segurando com firmeza.

Hazard soltou outra série de sibilos. Lentamente o escorpião relaxou a cauda, ainda que não tivesse soltado Thalia.

Nessa hora, Gregor e Aurora aterrissaram. A primeira coisa que Gregor fez quando deslizou das costas de Aurora foi guardar a espada na bainha.

— Você consegue falar com ela, Hazard? — perguntou Gregor.

— Não sei. Estou falando Sibilante, como fiz com Frill. Mas não acho que as palavras sejam exatamente iguais para ferroadores — disse Hazard.

Um pensamento atingiu Gregor. Boots estava certa sobre uma coisa: os escorpiões tinham oito pernas, como as aranhas... Eram espécies diferentes, mas talvez...

— Tente falar em Aranhês.

Hazard começou a tamborilar no peito e emitiu uma série de sons vibrantes. O escorpião se moveu levemente de um lado para o outro, parecendo sinceramente confuso.

— Temp! Temp! Tente falar em Rastejante com ele — disse Howard.

Temp foi até Hazard, fazendo cliques hesitantes. Hazard se uniu a ele, pois já era quase fluente em Baratês, agora. E é claro que havia mais alguém que não poderia ser deixada de fora.

— Eu também! Eu também! — disse Boots. Ela pulou da cabeça de Ares e Gregor mal conseguiu pegá-la.

— Ei! — disse ele. — Você não pode simplesmente pular e...

Mas ela já havia deixado seus braços e estava correndo para a escorpião-mãe.

— Deixa eu falar! Deixa eu falar! — gritou Boots, pulando entusiasmada de um pé para o outro. Uma torrente de cliques misturados a Humano saiu de sua boca. Era algo tão frenético que Hazard e Temp pararam e deixaram-na continuar.

Boots tagarelou por cerca de um minuto, gesticulando em direção aos bebês e cantando pequenos trechos de "A Dona Aranha" e cliques e mais cliques, então de repente ela parou, juntou as mãos e colocou o queixo para a frente, como se esperasse ansiosamente uma resposta.

Fez-se uma longa pausa, até que um dos escorpiões atrás de Gregor fez alguns cliques. Então todo mundo começou a balbuciar ou clicar ou sibilar até Howard pedir silêncio.

Nike se aproximou para aterrissar. Cartesian tinha ficado exausto e estava deitado sem forças em suas costas, os olhos vidrados olhando para o nada. Howard desceu da morcega e pegou a mão de Hazard.

— Afinal, que língua é, Hazard? O que eles entendem? — perguntou Howard.

— Acho que os dois entendem um pouco de Sibilante, não sei sobre a língua dos fiandeiros, e o grandão ali conhece Rastejante — disse Hazard.

— Tudo bem, então — disse Howard. — Peça a eles para libertarem Thalia. Diga que não queremos machucar ninguém e só desejamos passar.

Hazard comunicou isso ao escorpião que tinha clicado. Eles não o ouviram responder. Mas ele deve ter dito alguma coisa à escorpião-mãe, porque ela soltou Thalia. A pequena morcega esvoaçou para o abrigo das asas de Aurora e escondeu a cabeça.

Os escorpiões começaram a clicar de novo.

— Ele quer saber como chegamos aqui — disse Hazard.

— Diga a ele — pediu Luxa. — Diga que os ratos nos perseguiram até aqui, certos de que os ferroadores nos matariam.

Hazard transmitiu a mensagem, e o escorpião respondeu depois de um minuto.

— Os roedores são inimigos deles também. Eles forçaram os ferroadores a deixarem parte de suas terras recentemente.

— Eles viram os mordiscadores? — perguntou Luxa.

Hazard conversou por um momento com o escorpião e disse:

— Viram, sim. Os ratos passaram com eles por aqui ainda ontem. E as coisas não vão nada bem para os mordiscadores. Muitos estão doentes ou machucados.

Boots, que estava sendo muito paciente para alguém de 3 anos, não conseguiu mais se conter. Ela disparou de novo, fazendo cliques e cantando e apontando para a escorpião-mãe.

— Qual é o seu problema? — perguntou Gregor, pegando-a no colo.

— Ela quer fazer carinho nos bebês — disse Hazard.

— O quê? Eles são escorpiões, Boots. Não se faz carinho neles! — disse Gregor.

Mas ele estava errado de novo. Alguns minutos mais tarde, depois de algumas negociações e da garantia de que eles eram muito pequenos para ferroar, Boots estava sentada nas costas da escorpião-mãe, arrulhando para os bebês enquanto acariciava suas carapaças. Gregor achou que não deveria ficar surpreso quando lembrou como ela havia se afeiçoado rapidamente às baratas. E elas já eram adultas.

Hazard veio se juntar a ela e parecia conseguir conversar um pouco com a mãe através de sibilos. Howard e Temp continuaram a trocar informações com o escorpião bilíngue. Luxa pegou o último bolo, já bem velho, e deu aos escorpiões como uma oferenda de paz. Ninguém mais pensava em lutar.

Luxa lambeu um pouco da cobertura que estava no dedo e balançou a cabeça.

— Isso me faz lembrar do que Hamnet nos falou na selva — disse ela a Gregor.

— E o que foi?

— Ele disse que muitas criaturas preferem não lutar — disse Luxa.

— Mas que nunca descobriremos isso se nosso primeiro instinto for sempre pegar a espada — completou Gregor, se lembrando. — Acho que foi uma boa estarmos todos sem poder lutar.

— Sim, se tivéssemos conseguido lutar, sem dúvida alguém estaria morto agora — concordou Luxa.

— Os ferroadores nos deixaram ficar aqui e descansar antes de seguirmos em frente — disse Howard.

Ares e Nike se informaram sobre como chegar a um riacho que corria através de um túnel perto dali e logo voltaram com peixes. Eles fizeram um tipo de piquenique com os escorpiões: peixe cru, e bolo e água fria para beber.

Boots não comeu o peixe, mas adorou dar de comer aos bebês escorpiões. Eles pegavam o peixe, mas não conseguiam engolir. Os escorpiões pareciam ter de beber a própria comida, assim como as aranhas, e para isso injetavam um líquido nela até transformá-la em uma substância viscosa. Depois os bebês pegavam pedaços da pilha gosmenta em frente à mãe. Gregor tentou não olhar para aquilo.

Hazard e Temp continuavam a atuar como intérpretes.

— Sabemos tão pouco sobre os ferroadores — disse Howard. — Pergunte se eles moram sempre aqui ou se são itinerantes.

— Eles disseram que sempre moraram aqui. Geralmente é muito tranquilo. Ninguém os incomoda. Mas, nos últimos tempos, todo o Subterrâneo tem vindo até a porta deles. Brilhantes, mordiscadores, roedores, rastejantes, voadores e até mesmo matadores — disse Hazard.

Ele mordeu um pedaço de peixe cru como se não tivesse dito nada de estranho. Mas Gregor podia ver o olhar de espanto nos rostos de Howard e Luxa.

— Matadores? — indagou Gregor. — Quem são eles? Há algum outro monstro andando por aqui?

— Ah, não, Gregor — disse Hazard tranquilamente. — Somos nós. Nós, humanos, somos os matadores.

CAPÍTULO 18

— O que você quer dizer com isso de que nós somos os matadores? — perguntou Gregor.

— Você sabe como todos têm dois nomes. Ratos são roedores. Morcegos são voadores. A maioria das pessoas chama Temp de rastejante, mas minha mãe o chamava de barata, como você chama — disse Hazard. — E ela dizia "aranha", assim como Boots.

— Quando Sandwich veio cá para baixo, ele também falava "aranha" — disse Howard. — Mas, com o tempo, "fiandeiro" tornou-se o termo mais popular.

— No Subterrâneo, as criaturas recebem os nomes pelo que fazem — explicou Hazard. — É por isso que eles são os ferroadores — disse, indicando um dos escorpiões com a cabeça. — E Ares é um voador. E nós somos matadores.

— Eu nunca ouvi isso antes — disse Gregor.

— Não gostamos do termo, então nossos amigos não nos chamam assim. E nossos inimigos também não o usam na nossa frente porque faz com que os humanos pareçam muito fortes — disse Howard.

— Matadores, hein? — disse Gregor para Luxa.

Ele tinha visto coisa demais no Subterrâneo para dar aos humanos algum tipo de status de “bom-moço”. Eles conseguiam provocar muito estrago. Mas o que tinham feito para merecer o título de “matadores”? Será que teriam mesmo matado mais do que qualquer outra criatura?

— É um termo muito antigo. Como Howard disse, não gostamos dele — falou ela. — Estou surpresa de ouvi-lo de você, Hazard.

— Meu pai o usava às vezes — disse Hazard.

— Bem, seu pai não era... ele já não era exatamente um de nós — disse Luxa. — Quero dizer, ele não queria viver conosco.

— Não. Ele não gostava de ser um matador — rebateu Hazard.

— Pare! Pare de dizer isso! — disse Luxa.

Hazard olhou para ela, surpreso. Ela quase nunca o repreendia.

— Por quê? É verdade. Os humanos são conhecidos por suas mortes.

— É um termo muito antigo, Hazard — falou Howard. — Que gostaríamos de ver completamente extinto.

— Não sei como isso ia acontecer — disse Hazard, sério. — É como a maioria das criaturas nos chama em suas próprias línguas, mesmo que não usem esse termo em Humano. Os sibilantes, os fiandeiros, os rastejantes, quase todos.

— Bem, essa é uma novidade interessante — disse Luxa, lançando um olhar para Temp.

— Um termo antigo, ele é, antigo — disse Temp, sentindo-se desconfortável.

— Como você pode não saber isso? — perguntou Hazard.

— Porque você e seu pai foram os primeiros humanos a aprenderem a falar a língua de outras criaturas — contemporizou Gregor. — Melhor deixar para lá, Hazard.

— Sinto muito — falou Hazard, apertando a mão de Luxa.

— Não foi nada — disse ela, abraçando-o. Mas Gregor percebia que ela ainda estava triste com aquela conversa.

Aquilo tudo não estava exatamente levantando seu ânimo também. Se os humanos eram conhecidos como matadores, o que isso fazia dele, que era seu guerreiro, seu colérico, um matador entre matadores? Pela primeira vez, começou a se perguntar o que essa guerra que Luxa havia declarado significaria para ele. Presumia-se que, como guerreiro, ele ia participar? Ele nunca havia lutado numa grande guerra. Tinha apenas participado de algumas batalhas e nunca havia confrontado diretamente um exército de ratos. Ele era, para falar a verdade, bem inexperiente, mas duvidava que isso fosse importar. O que os subterrâneos esperavam dele? Ele teria um papel especial? Como talvez... matar Bane? Gregor tirou o pensamento da cabeça. Não havia razão para pensar nisso antes de voltar a Regália e conversar com Vikus sobre "A Profecia do Tempo". E depois o quê? Depois teria de decidir se ia ou não participar.

Tinha sido um longo dia. Começando com aquele café da manhã com mariscos viscosos, depois o voo para cima na Passagem de Hades, o discurso de Bane, o ataque dos ratos e os escorpiões. Em algum lugar em meio àquela bagunça toda tinha ficado o lindo momento de paz que havia dividido com Luxa, quando tinham se apoiado um contra as costas do outro, em silêncio. Ele queria relembrar aquela experiência, examiná-la e revivê-la. Mas, no mesmo instante em que se aninhou ao lado de Boots, adormeceu.

Na manhã seguinte, os escorpiões ajudaram-nos a pensar no que fariam em seguida. Os ratos deviam ter bloqueado a entrada do túnel, para o caso de algum deles ter sobrevivido. Mas os escorpiões conheciam a área bem mais do que os ratos. A melhor ideia parecia ser seguir uma série de túneis mais para dentro das Terras de Fogo. Embora isso representasse um voo mais longo de volta a Regália, eles teriam espaços abertos mais amplos para voar e menos chance de serem capturados pelos ratos. Luxa não falou sobre o plano de seguir os camundongos, mas Gregor sabia que ela ainda pretendia encontrá-los.

— E eles dizem para ficarmos atentos às correntes — disse Hazard.

No entanto, ninguém estava muito preocupado com as correntes. Gregor já havia viajado através das correntes de ar para cima e para baixo em direção ao Subterrâneo dezenas de vezes. Na verdade, até gostava delas.

Enquanto se despediam, Hazard traduziu uma mensagem de Luxa para eles:

— Diga-lhes que, deste dia em diante, os humanos consideram os ferroadores seus aliados. Diga que só desejamos manter a paz entre nós E que, quando deixaram Thalia viver, eles entraram em nossos corações.

Hazard transmitiu a mensagem. Os escorpiões responderam com uma promessa parecida, ainda que menos emotiva. Mas, por outro lado, como eles tiveram muito pouco contato com os escorpiões e havia várias línguas diferentes envolvidas; ninguém podia realmente julgar o tom. Tratava-se de um escorpião falando em Rastejante para um garoto de 7 anos que só havia aprendido Rastejante recentemente e falava uma mistura de Humano da Superfície e do Subterrâneo. Algumas coisas podiam ter sido perdidas na tradução.

Gregor já achava que era uma grande vitória que todos tivessem conseguido sair daquela situação vivos. E parecia mesmo ser o nascimento de uma confiança. O carinho de Boots pelos bebês tinha causado uma boa impressão. Os escorpiões estavam tentando ajudá-los a escapar dos ratos.

— Sabe quem teria gostado disso? Seu avô — disse Gregor a Luxa quando começaram a descer um túnel nas costas de Aurora.

— É verdade, Vikus adora resoluções pacíficas. Eu também. Só acredito que, na ânsia para alcançá-las, meu avô confie rápido demais. Você se lembra de quando visitamos os fiandeiros? Acabamos como prisioneiros — disse Luxa.

— Mas eles não nos mataram — disse Gregor.

— Eles quase me mataram! — exclamou Luxa.

— Bem, você estava tentando fugir — falou Gregor.

— E foi preciso que Gorger e seu exército massacrassem os fiandeiros para que eles se aliassem a nós — disse Luxa.

— Eles poderiam nunca ter feito isso, no entanto, se não confiassem em Vikus — rebateu Gregor.

— Talvez não — disse Luxa.

— Estou só dizendo que é bom quando ninguém acaba morto — disse Gregor.

— É um discurso e tanto para um guerreiro — disse Luxa. — Não é o tipo de coisa que você vai querer gritar antes de uma batalha. — Ela imitou o jeito de falar dele: — Lembrem-se, é bom quando ninguém acaba morto!

Gregor riu.

— Quem sabe? Talvez seja exatamente isso que eu deva gritar antes de uma batalha.

Ele estava estranhamente bem-humorado, dadas as circunstâncias. Estava longe de casa, cercado de inimigos, vários de seus companheiros estavam feridos, sua família devia estar morrendo de preocupação, os camundongos estavam sendo levados não se sabe para onde, Bane tinha se transformado numa espécie de líder gênio do mal e havia uma profecia sinistra esperando por ele. E lá estava ele, brincando com Luxa. Talvez fosse apenas o alívio por ainda estar vivo. Ou talvez fosse outra coisa...

Luxa estava recostada em sua mochila de novo, a cabeça em seu ombro. Howard passou voando e lançou um olhar de desaprovação para Gregor. O quê? Não tinha sido ele quem havia decidido a distribuição de lugares. Tinha sido Howard. Era mais confortável viajar com alguém em quem você pudesse se recostar. Provavelmente Gregor teria de ouvir outro discurso sobre encontros e rainhas e tudo mais. Sobre como não era nada certo ele gostar de Luxa.

"Ah, quem se importa? Minha mãe deve me mandar de volta para casa assim que chegarmos a Regália mesmo", pensou Gregor. Mas aquela ideia não o deixava feliz.

O chão e as paredes do túnel começavam a passar de cinza opaco para preto brilhante. A luz da lanterna de Gregor e do cetro de Boots dançava pelas superfícies e refletia para outros pontos. Quando aterrissaram em um lago alimentado por uma nascente para descansar, Gregor se curvou para baixo e passou os dedos pela superfície sob os pés. Era lisa. Quase escorregadia.

Luxa examinou o solo com ele.

— Parece um vidro preto.

— Acho que pode ser obsidiana — disse Gregor.

Boots rapidamente descobriu que o chão era escorregadio.

— Olha, Gré-go, eu patino no gelo! — disse ela, deslizando desenfreadamente sobre a superfície negra, agitando o cetro.

— Quero tentar também! — disse Hazard.

Howard pegou Hazard antes que ele ganhasse muita velocidade.

— Ah, não, você não, Hazard. A última coisa de que você precisa é outro ferimento na cabeça.

Luxa ainda estava concentrada no chão.

— O que é obsidiana? — perguntou a Gregor.

— É um tipo de rocha que só se acha perto de vulcões. É feita de lava resfriada — disse Gregor.

— Você deve estar certo. As Terras de Fogo são conhecidas pelos vulcões — disse Luxa.

— Vulcões ativos? — perguntou Gregor. — Eles ainda entram em erupção?

— Por que não entrariam? — perguntou Luxa. — Eles não deixam de funcionar.

— Eles podem ficar dormentes. Adormecidos — informou Gregor.

— Não sei. Nenhum humano ficou tempo suficiente para estudá-los. O ar é muito ruim para visitas prolongadas — disse Luxa.

De repente, os quatro morcegos levantaram os queixos, o que geralmente era um sinal de que tinham percebido alguma coisa preocupante.

— O que foi, Aurora? — perguntou Luxa.

— Não sei. Alguma criatura está se movendo — respondeu a morcega, indicando com a cabeça o lugar para onde Boots se dirigia.

— Não consigo identificar sua forma — comentou Ares, intrigado.

— Volte para cá, Boots! — gritou Gregor. Mas ou ela não estava ouvindo ou ignorava o irmão. — Ei, não estou brincando! — disse ele, disparando atrás dela. Após cerca de dez passos, ele perdeu o equilíbrio e caiu de bunda. — Boots!

— Iupiii! — dizia Boots enquanto rodopiava pelo chão, e de repente fez um "Oh-oh!" e sumiu de vista.

— Onde ela está? — gritou Hazard.

— Oh! — disse a vozinha na escuridão. — Nós batemos. — As sandálias dela tamborilavam por lá. — Eu conhece você! — disse ela. — Ooh... — Mas esse "oh" foi um som não de dor, mas de compaixão.

Gregor correu em direção à voz dela e teria caído também se Howard não o tivesse segurado pelo braço e o levantado de volta. Eles estavam à beira de uma grande cratera que tinha cerca de seis metros de profundidade. As paredes de obsidiana eram muito escarpadas e lisas.

— Gré-go! Gré-go! — Boots estava tentando escalar a cratera, mas escorregava de volta quase imediatamente. — Gré-go, olha quem está aqui! Oh! — Ela pressionou a mão contra os dentes e apontou o cetro para a criatura ao lado.

Havia um rato definhado alguns centímetros à direita dela, arfando em busca de ar. Os dentes da frente tinham crescido demais, pelo menos cerca de trinta centímetros, e tinham se trancado juntos, estendendo a boca numa careta horrível e distorcendo o rosto em uma careta dolorosa.

Mas Gregor ainda conseguia identificar a cicatriz no rosto sofrido.

— Ripred — disse ele.

O rato olhou diretamente nos olhos dele, mas não conseguiu falar nada.

— Não se mexa — disse Gregor. — Estamos indo.

Mas Gregor ainda conseguia identificar o sorriso no rosto dele.

PARTE 3

A RAINHA

CAPÍTULO 19

Gregor se virou para Howard, imaginando que ele seria a melhor pessoa para cuidar de uma crise médica.

— O que fazemos?

Mas mesmo Howard estava perplexo.

— Não sei. Talvez possamos limar os dentes dele de algum jeito. Duvido que arrancá-los seja uma opção, mas se tivermos...

— Ah, cheguem para lá! — disse Luxa, impaciente, empurrando-os. Ela caminhou de lado sobre o declive e deslizou, uma perna estendida e a outra dobrada no joelho, indo direto para baixo na cratera. Aterrissou sobre os pés e puxou a espada, brandindo-a para trás como se fosse atacar. — Afaste-se, Boots! — ordenou, e a garotinha saiu do caminho.

Por um instante, Gregor achou que Luxa fosse matar Ripred. Ela com certeza não tinha feito nada para impedir que o rato sufocasse na areia movediça quando eles se encontraram na selva naquela vez. Mas, em vez de cortar a garganta de

Ripred, a lâmina se chocou contra os dentes travados dele. Os dentes da metade esquerda da boca se racharam, ficando com pontas irregulares. Ripred emitiu um som gutural de dor com o impacto, mas levantou a cabeça para que ela pudesse se preparar para acertá-lo novamente. O segundo golpe de Luxa estilhaçou o outro lado dos dentes de Ripred, e ele tombou para a frente, ofegante. As pontas irregulares deixadas pelo golpe cortaram suas gengivas, fazendo-as sangrar, mas as mandíbulas estavam livres.

Ripred encarou Luxa por um minuto, depois falou em um sussurro rouco:

— Você se lembra... na selva... você disse que estaria em dívida comigo...

— Se você me contasse a história de Hamnet. Sobre o Jardim das Hespérides — disse Luxa.

— Considere a dívida... totalmente paga — disse Ripred.

— Uma história pela sua vida? Não é uma troca justa. Acho que agora é você quem me deve — disse Luxa.

— Eu odeio isso — disse Ripred, suspirando.

— Aposto que sim — disse Luxa, com um sorriso. — Ares, você pode levá-lo para cima?

Ares voou até lá embaixo, prendeu as garras nos ombros de Ripred e o carregou para fora da cratera, enquanto Aurora levava Luxa e Boots.

— Água. — Foi o primeiro pedido de Ripred.

Howard abriu um odre e segurou-o enquanto o rato bebia.

— Tenho uma pedra áspera e pequena, para afiar lâminas. Devo tentar nivelar seus dentes?

Gregor sabia que devia estar acabando com Ripred, que era tão implacavelmente poderoso, tão universalmente temido, ter de ficar parado enquanto um humano limava seus dentes. Adivinhando que uma plateia só pioraria as coisas, Gregor decidiu tirar os outros dali. Pediu aos morcegos e a Temp para irem pescar em um riacho ali perto, enquanto Hazard e Boots ajudavam Luxa a encher as bolsas de água. Cartesian estava medicado demais para fazer alguma diferença.

Quando os peixes começaram a chegar, Gregor cuidou de cortar alguns em pedaços bem pequenos. Ele misturou com um pouco de água e um punhado de migalhas de pão seco. Quando Howard terminou de uniformizar as pontas dos dentes de Ripred, Gregor tinha uma grande tigela de pirão de peixe esperando por ele. Boots queria alimentá-lo, mas Gregor achou que isso seria muito para o rato, então ele mesmo deu a comida na boca de Ripred. Embora Gregor tivesse preparado vários quilos de pirão de peixe, muitas outras tigelas foram necessárias para deixar Ripred satisfeito.

— Certo, estou bem agora — disse ele, finalmente afastando a tigela com um pouco de pirão grudado no fundo. O rato abriu e fechou as mandíbulas com cuidado. — Você me empresta aquela pedra? — Howard lhe entregou a pedra, e Ripred desbastou um pouco mais os dentes, dando-lhes a forma usual. Depois de um tempo, ele parou de roer e avaliou o grupo pela primeira vez. — Então, o que traz a Cruzada das Crianças às Terras de Fogo? Não vou me envaidecer achando que estavam me procurando.

— Nos perdemos em um piquenique — disse Luxa.

— Sei que estou na pior, mas não me humilhe ainda mais com essas mentiras tolas, Vossa Alteza — disse Ripred. — Eu não lhe falo sempre a verdade?

— Você mentiu para mim sobre "A Profecia de Sangue". Disse que eu precisava apenas ir a uma reunião, quando sabia que eu precisava ir à selva — disse Gregor.

— Não exatamente. Se você parar para pensar, meus comentários foram muito abertos à interpretação. E você se deixa enganar com facilidade — disse Ripred. — Quanto à rainha, que não se deixa levar a qualquer lugar... Eu sempre fui e pretendo ser completamente sincero.

Luxa refletiu por um instante.

— Saímos à procura dos mordiscadores — disse ela. — Um deles me enviou minha coroa, como um pedido de ajuda. Os mordiscadores da selva desapareceram. Os que moram na Fonte estão sendo trazidos para cá, para as Terras de Fogo.

— Bane, meu querido fardo, não gosta muito dos mordiscadores, não é? — indagou Ripred. — E o que você pretende fazer indo atrás deles?

— Atrair os exércitos regalianos para onde estou — disse Luxa. — Proferi "O Voto aos Mortos" na Passagem de Hades.

— Você fez isso mesmo? — perguntou Ripred. — Parece que foi ontem que você era apenas um bebê se balançando no joelho do seu avô. E agora já está declarando guerras. Eles crescem tão rápido.

— E o que você teria feito? — perguntou Luxa.

— Agora estou em uma posição embaraçosa, Vossa Alteza. Normalmente, eu diria que caçaria Bane e o mataria, esperando neutralizar a serpente ao decapitá-la. Mas, é claro, como vocês acabaram de me resgatar de uma cratera onde eu estava sendo lentamente torturado até a morte por ordens de Bane... meu conselho parece ter menos impacto — disse Ripred.

— Você não podia saltar de lá? — perguntou Howard.

— Não, as paredes são muito altas para transpor e muito escorregadias para escalar. E não havia sequer um seixo para eu roer. Então meus dentes continuaram crescendo. Os meus se trancaram, em vez de crescer através do cérebro. Sorte minha, mas não de Bane — disse Ripred.

— Ele o colocou lá? Ele conseguiu vencer você? — perguntou Gregor.

— Quem, Bane? Por favor. Os soldados dele me derrotaram — disse Ripred.

— Mas... ninguém consegue tocar em você! — disse Gregor.

— Até mesmo um colérico pode ser derrotado estando em menor número, Gregor — disse Ripred. — Comecei a perder quando a luta estava em cerca de quatrocentos contra um. Você, pelo que ouvi, desmoronou diante de três. Mas, é claro, havia circunstâncias atenuantes.

— Do que ele está falando? — perguntou Luxa.

Gregor não respondeu. Era muito constrangedor pensar que Ripred sabia de seu encontro com Twirltongue. Pensar que todos os ratos sabiam e estavam rindo dele.

— Você devia contar a ela, antes que alguém conte — disse Ripred.

— Três ratos acabaram comigo nos túneis sob Regália — disse Gregor.

— E o que você e três ratos estavam fazendo sob Regália? — perguntou Luxa de forma acusatória.

— Deixa essa comigo. Eu trouxe Bane para as aulas de ecolocalização para que Gregor pudesse enfrentá-lo, e para me ajudar a matá-lo. Infelizmente, meu amigo perolado fugiu durante a noite. Eu tive de persegui-lo, é claro, e, quando Gregor desceu no dia seguinte para o assassinato, não me encontrou nem viu Bane, mas sim três amigos dele — disse Ripred. — Agora, o guerreiro, até onde entendi, estava na verdade indo muito bem até...? — Ele olhou enfaticamente para Gregor.

— Até perder a lanterna — resmungou Gregor.

— E naquele momento ele percebeu que durante todo o tempo tinha estado errado em não cooperar durante as aulas e que...? — Ripred esperou novamente.

— Você estava certo, Ripred — disse Gregor.

— Você estava certo, Ripred — disse o rato lentamente, saboreando cada palavra. — Sabe, acho que tudo isso valeu a pena só para ouvir essas palavras saindo da sua boca — disse Ripred. — Mais um pouco de pirão de peixe? Estou com fome de novo.

Ripred enfiou o nariz no que tinha sobrado do pirão de peixe e comeu tudo.

Gregor podia sentir os olhos de Luxa fuzilando-o.

— Então, quando você planejava nos contar sobre Bane e seus três amigos rondando sob o nosso palácio? — perguntou Luxa.

— Nunca, se possível — disse Gregor. — Não parecia ter importância.

— Importaria muito para você, se fosse o seu lar — disse Luxa.

— Vikus disse que a porta era muito resistente — disse Gregor.

— E a porta estava trancada quando você estava lutando com aqueles ratos? — perguntou Luxa.

— Não — admitiu Gregor. Se ele não os tivesse surpreendido com o lampião, nada teria impedido os ratos de entrarem no palácio. — Mas eu não sabia que eles estavam lá. Achei que ia encontrar apenas Ripred e Bane.

— Ele estão em todos os lugares, Gregor — disse Howard, gentilmente. E foi então que Gregor percebeu como tinha sido descuidado. Howard não se descontrolava como Luxa. Se estava preocupado, é porque havia mesmo um problema.

— Eu sempre deixei a porta destrancada durante as aulas — disse Gregor. — Vikus nunca me disse para fazer diferente.

— Porque ele sabia que eu estava lá e não deixaria ninguém subir até o palácio. Deixem o guerreiro em paz. Coloquem a culpa em mim, em Vikus, se quiserem culpar alguém — disse Ripred.

— Eu culpo todos vocês— disse Luxa.

— Se quiser. Mas não é justo — disse Ripred.

— Não é a sua cidade! — disse Luxa.

— Pode não ser sua por muito mais tempo também, Vossa Alteza, se incompetentes como Gregor e eu não resolverem defendê-la! — resmungou Ripred. — Ou você desconhece suas profecias?

— Sua defesa não é garantia de nada, ou você desconhece suas profecias? — replicou Luxa. — E encontrá-lo definhando numa cratera não contribui muito para me assegurar de seu valor!

— Parem! — disse Howard, pondo-se de pé. — Vocês estão perturbando as crianças. Estão perturbando todos nós. Vocês não ganham nada se atacando desse jeito.

Gregor olhou em volta: Howard estava certo. Hazard e Boots estavam parados perto de Temp, segurando a mão um do outro com força, os rostos preocupados. Os morcegos farfalhavam as asas, agitados. Cartesian se remexia dormindo.

— Quem é você mesmo? — perguntou Ripred a Howard. Gregor achou que o rato estava só tentando ofendê-lo

— Cale a boca, Ripred. Você sabe quem ele é.

— Não, eu realmente não sei — disse Ripred.

— Ah. O nome dele é Howard. É primo de Luxa. O pai dele está no comando na Fonte — explicou Gregor.

— Bem, tudo que eu ia dizer é que Howard disse uma coisa importante — falou Ripred. — Lutar não nos leva a nada, Vossa Alteza. Temos muito a fazer se quisermos ajudar seus amigos.

— Não preciso da sua ajuda, Ripred — disse Luxa.

— Imagino que você consiga enfrentar o exército de Bane sozinha — disse Ripred.

— O exército regaliano estará aqui em alguns dias. Eles libertarão os mordiscadores — disse Luxa.

— Em alguns dias, não haverá mais nenhum mordiscador para libertar — disse Ripred.

CAPÍTULO 20

O comentário do rato foi suficiente para fazer Luxa abandonar o comportamento hostil.

— O que você quer dizer? — indagou ela.

— O que você acha que Bane está fazendo aqui? — perguntou Ripred.

— Nós o ouvimos falar. Ele disse que estava levando os mordiscadores para um lugar de onde não haveria volta — respondeu Howard.

— E ele mencionou onde seria isso? — perguntou Ripred.

— Algum lugar fora do Subterrâneo — disse Gregor, sem ter certeza.

— Nas Terras Desconhecidas — disse Luxa.

— Os mordiscadores poderiam voltar das Terras Desconhecidas. Teriam apenas de retornar pelo caminho por onde foram — disse Ripred. — Meus queridos, há apenas um lugar de onde não se pode voltar.

O rato esperou que eles entendessem.

— A morte — sussurrou Luxa.

— É o que parece — disse Ripred.

— Você está dizendo que ele planeja matá-los? Todos eles? — perguntou Howard.

— Sim, essa é a ideia — disse Ripred.

— Mas existem milhares de mordiscadores. Eles podem se deixar levar para algum lugar, mas não vão perder suas vidas sem lutar — disse Howard. — Como ele vai conseguir matar tantos?

— Agora você me pegou — disse Ripred. — Os mordiscadores são bons lutadores, quando colocados contra a parede. E eles estão em maior número do que os roedores aqui, eu diria numa proporção de dez para um. Seria uma luta violenta, eles perderiam muitas vidas, mas poderiam derrotar as forças de Bane agora, se quisessem. Então eles devem acreditar, assim como vocês, que estão sendo apenas levados para um novo lar. E que estão salvando suas vidas ao não resistir. Mas não há a menor dúvida: Bane pretende matar todos os mordiscadores.

— É o que eu digo! — Uma voz áspera saiu sufocada. — É o que eu digo!

Todos se viraram para ver Cartesian. Ele havia rolado sobre a barriga e estava lutando para se levantar.

Howard correu até o paciente.

— Vá com calma, agora. Vou lhe dar alguma coisa para ajudá-lo a melhorar. — Ele pegou a grande garrafa verde e tirou a tampa.

— Devemos lutar! Não é como das outras vezes. Os roedores não querem esta terra perto da Fonte. Os humanos não vão deixá-los ficar com ela! — disse Cartesian.

— Pare, Howard! Deixe-o falar! — exclamou Luxa. Ela correu e se ajoelhou perto do camundongo.

— Ele acha que ainda está na Fonte — comentou Nike.

— Sim — disse Luxa. — Cartesian. Cartesian, eu sou a Rainha Luxa, de Regália.

— Ah, a rainha boa. A rainha boa — disse Cartesian, se acalmando um pouco. — Diga a eles "Lutem agora! Lutem aqui na Fonte!".

— Direi a eles — falou Luxa, passando a mão pelas costas dele.

— Eu disse isso a eles, mas poucos quiseram ficar do meu lado. A maioria acredita nos roedores quando eles dizem que só vão nos levar para outras terras — disse Cartesian. — Não acredite nisso!

— Não, eu não acredito. Acredito em você! — disse Luxa.

— Por que os roedores iam querer esta terra perto da Fonte? Vocês, humanos, não deixarão que eles fiquem com ela — disse Cartesian.

— Por que iam querer a selva também? — perguntou Ripred. — Nenhum rato viveria lá por escolha.

— É o que eu digo! — falou Cartesian, e seus olhos febris se fixaram em Ripred; ele ficou louco ao ver o rato. — Onde estão os outros? Onde estão os outros? — Ele mostrou os dentes para Ripred e tentou atacar. A perna quebrada de Cartesian se desequilibrou sob ele. — Onde estão os outros? — exigia saber.

— Agora seria uma boa hora para aquele remédio — disse Ripred.

— Onde estão os outros? — gritou o camundongo.

Howard rapidamente deu o remédio a Cartesian antes que ele perdesse o controle de verdade. Dentro de poucos minutos, o camundongo se acalmou.

As palavras de Cartesian tinham dado a Gregor uma ideia de como havia sido a invasão dos ratos à colônia dos mordiscadores. Os camundongos tinham discutido na ocasião para decidir se deveriam lutar contra os ratos ou ir embora tranquilamente. E o lado de Cartesian havia perdido. Gregor apostava que tinha sido Cartesian que arranhara a foice na parede da caverna.

— Bem, vocês podem acreditar em mim e em seu amigo mordiscador ali ou podem continuar a se consolar com a ideia de que os mordiscadores estão indo para uma agradável vida nova em algum lugar — disse Ripred.

Gregor pensou nos bebês camundongos, nos corpos deformados ao pé do penhasco, no discurso de Bane.

— Não, eu não posso. Precisamos achar os camundongos e alertá-los. Você consegue viajar? — perguntou a Ripred.

— Sim. Estou um pouco enferrujado, mas me dê alguns quilômetros e eu consigo entrar em forma — disse o rato.

— Eu não concordei em deixá-lo se juntar a nós — disse Luxa.

— Voe em frente, então — disse Ripred. — Você pode sentir minha falta quando chegar ao seu destino.

Uma ruga apareceu entre os olhos de Luxa enquanto ela decidia o que fazer.

— É melhor se curvar um pouco do que quebrar, prima — disse Howard. — Precisamos mesmo dele. Deixe que ele pague a dívida que tem com você.

— Sim, deixe-me pagar minha dívida para ficarmos quites — disse Ripred.

— Não vou receber ordens de você — disparou Luxa para o rato. — Você vai seguir as minhas.

Ripred deu de ombros.

— Certo. Já dei ordens suficientes para uma vida inteira. Você traça os planos. É claro, se quiser meu conselho em algum momento, não hesite em pedir.

— Vamos seguir em frente, então — disse Luxa. — Sigam o ritmo do roedor.

Eles subiram de volta nos morcegos e partiram, voando na velocidade em que Ripred corria. O rato conseguiu fazer um bom tempo, levando em conta que tinha ficado confinado em uma cratera por várias semanas.

Gregor estava preocupado com os mordiscadores. Como os ratos podiam matar todos eles? Fazendo-os cair do penhasco talvez, como fizeram na Passagem de Hades? Afogando-os? Tinha certeza de que os camundongos sabiam nadar. Matando-os de fome? Essa parecia uma opção bem popular no Subterrâneo. Ou talvez tentassem infectá-los com uma peste...

Depois de cerca de meia hora, Gregor olhou para baixo e percebeu que Ripred realmente precisava de um descanso. Estava ofegando muito e espumando um pouco pela boca. Gregor sabia que o rato seria turrão demais para pedir uma pausa.

— Ripred não pode continuar assim — disse Gregor a Luxa.

— Isso é bom para ele — disse Luxa.

— Ele vai ter um ataque do coração ou coisa parecida — disse Gregor.

— Não se preocupe com Ripred — disse Luxa.

— Você está querendo acabar com ele? — perguntou Gregor.

Luxa se inclinou sobre a asa de Aurora e viu Ripred se esforçando para acompanhar. Depois ela se sentou e disse:

— Vaso ruim não quebra.

— Luxa! — De repente, Gregor ficou farto dela. — Está certo, parem! Todos aterrissem! — gritou ele.

— Você não dá ordens aqui! — disse Luxa.

— Nem você. Não para mim, pelo menos — disse Gregor. Ele se lançou para fora das costas de Aurora enquanto ela ainda estava voando e foi até Ares quando o morcego aterrissou. Thalia e Temp estavam empilhados no alto de Ares. — Thalia, você consegue voar?

— Sim, se não formos rápidos demais — disse a pequena morcega.

— Ares, você consegue carregar Ripred? — perguntou Gregor. Ares era o único morcego que poderia ter força para isso.

— Posso tentar — disse Ares.

— Não, Ares, você não precisa carregar aquele rato — disse Luxa.

— Precisa, sim — disse Gregor. — Thalia, leve Temp.

— Ah, agora você está no comando? — indagou Luxa.

— Por que um de nós precisa estar no comando? Estávamos indo bem até você declarar guerra e começar a mandar em todo mundo! — disse Gregor.

— Eu me lembro que isso começou bem antes — disse Ripred, se arrastando para as costas de Ares. — Mesmo quando ela era só um bebê, já era muito mandona.

— Estou tentando ajudar os mordiscadores! — disse Luxa.

— Sério? Bem, você não vai ajudá-los machucando Ripred — disse Gregor. Ela o encarou com raiva e abriu a boca para falar, mas Gregor não lhe deu tempo. — E não ligo se isso deixa você furiosa, Luxa. Fique furiosa! Não fale comigo! Em que isso vai ser diferente do que acontece na maior parte do tempo, de qualquer forma? Você está sempre furiosa comigo por algum motivo, e geralmente, eu nem consigo lembrar qual! O que importa? Eu não moro aqui. Estou só de visita. Tudo que tenho feito para ajudá-la não passa de um favor! Eu não lhe devo nada. E, quando voltarmos a Regália, serei mandado para casa e poderemos esquecer que nos conhecemos um dia! Está bem assim?

As últimas palavras ficaram pairando no túnel. A explosão surpreendeu até mesmo Gregor. Foi radical demais. De onde tinha vindo? Será que estava ligada ao fato de ser colérico? Por que ele tinha dito aquilo? O que, na verdade, ele tinha dito? Gregor nem conseguia se lembrar, mas, o que quer que fosse, podia saber pelo olhar de Luxa que ele havia de fato ferido os sentimentos dela.

— Gré-go, muito alto — disse Boots. Ela correu até Luxa e segurou a mão dela de forma protetora. — Shh, Gré-go.

Todos estavam olhando fixamente para ele, esperando o próximo movimento.

— Eu acho mesmo que assim será mais rápido — continuou Gregor, com voz rouca.

— Tudo bem — disse Luxa, e voltou para Aurora com Boots seguindo rápido ao seu lado.

Howard tocou o ombro dele.

— Talvez eu deva montar com...

— Sim, eu vou com Nike — disse Gregor. — Não se preocupe, vou segurar bem Cartesian.

Quando subiu nas costas de Nike, sentiu o olhar de Ripred sobre ele.

— O quê?

— Nada — disse o rato de forma inocente, mas Gregor notou que seu nariz fungou distinta e profundamente.

Eles passaram mesmo a se deslocar mais rápido. Gregor tentou justificar o fato de ter gritado com Luxa com esse pensamento, mas não funcionou.

Um vento fraco soprou sobre seu rosto. Era mais do que a brisa usual que sentia por estar sobre um morcego em movimento. O ar era quente e cheirava mais pungentemente a enxofre. Um pedacinho de alguma coisa entrou em seu olho, e ele teve de piscar várias vezes para conseguir que saísse. Era difícil conseguir lacrimejar recebendo aquele vento.

O que ele dissera que havia magoado Luxa? Não foi só por terem discutido; eles estavam sempre discutindo. Tentou se lembrar do discurso. Alguma coisa sobre os mordiscadores. Ripred. Que ela podia ficar furiosa, se quisesse. E o quê? "Poderemos esquecer que nos conhecemos um dia!..."

Aquela última parte. Tentou imaginar Luxa dizendo aquelas palavras para ele e percebeu como seria horrível. Sugerir que seria possível esquecer aquele último ano. Esquecer que deviam tanto um ao outro. Sem Luxa, ele teria sido morto na primeira noite no Subterrâneo. Nunca teria conseguido levar o pai de volta. Boots teria morrido no labirinto dos ratos. E ele também tinha feito várias coisas por Luxa. Coisas boas. Coisas de que se orgulhava. Ele a salvara dos fiandeiros. Ajudara a achar a cura da peste. Estava ali agora tentando achar os mordiscadores, não estava? Independentemente do que fosse acontecer, suas vidas tinham se entrelaçado desde o momento em que se conheceram. Ele não queria esquecer que a havia conhecido.

— Nike, você consegue ir mais rápido? — perguntou Gregor. — Preciso falar com Luxa.

Gregor ficou pensando no pedido de desculpas enquanto tentavam alcançá-las. "Sinto muito", pensou ele. Seria um bom começo.

O nariz de Nike estava emparelhado com os pés de Aurora. Hazard estava dormindo, a cabeça no colo de Luxa. Howard estava sentado de costas para ela, segurando Boots. Luxa olhou para Gregor, esperando.

Gregor engoliu e se inclinou para a frente para poder falar baixo.

— Olha, só queria dizer que eu...

E foi então que as correntes os atingiram.

CAPÍTULO 21

O primeiro golpe de ar atingiu Nike por baixo e atirou-a para cima, fazendo Gregor e Cartesian baterem no teto e prendendo-os entre a morcega e a pedra. Por sorte, Gregor estava inclinado para a frente. Sua mochila amorteceu a batida um pouco, embora ele tivesse sentido as pontas das lanternas extras e o binóculo machucando as costas. A cabeça estava pressionada contra o pelo da parte de trás da cabeça de Nike. Ele se esforçava para virar a cabeça de lado, para conseguir ao menos respirar.

Nike estava lutando para se livrar da poderosa corrente quando de repente ficou mais fraca. Eles caíram alguns metros, e o segundo golpe de vento atingiu-os por trás. As asas de Nike se fecharam quando eles foram lançados como uma bala pelo cano de uma arma por várias centenas de metros de túnel e depois para fora, no espaço aberto.

Então os ventos assumiram o comando.

Não havia uma ou duas, mas dezenas de correntes em ação na caverna. Dava para ver cada um dos jatos de ar.

Todos tinham o mesmo aspecto enevoado daquele que havia levado Gregor pela primeira vez ao Subterrâneo a partir da sua lavanderia e emitiam uma pálida luz branca. Gregor foi arrancado de Nike quase imediatamente e açoitado pelas correntes que o atingiam, vindas de todos os lados. Ele se sentia como uma pipa em dia de tempestade. Uma pipa cuja linha tinha arrebentado e não havia a menor esperança de ser apanhada de volta.

Felizmente, a lanterna estava presa firme ao passador de cinto. Enquanto estava sendo sacudido, via os outros de relance. Pareciam tão indefesos quanto ele.

Entrou em pânico por um instante quando o facho da lanterna revelou o chão da caverna 15 metros abaixo. Mas logo percebeu que não estava caindo. Nenhum deles estava. As correntes os mantinham no alto, girando-os como folhas em um dia de outono.

Gregor conseguiu levar a mão à lanterna e se sentiu um pouco mais no controle. Uma onda de ar particularmente forte o atingiu por trás e ele lutou para se livrar dela.

Ripred conseguiu ir até ele com as pernas abertas e esticadas como um esquilo voador. O rato gritou alguma coisa para Gregor, mas ele não conseguiu ouvir com o rugido dos ventos. Poucos minutos mais tarde, depois de se chocar contra Howard e quase pegar Boots quando ela passou zunindo e parecendo confusa, mas não particularmente preocupada, Gregor passou novamente por Ripred, voando na mesma posição. Desta vez, conseguiu entender as palavras do rato:

— Pare de lutar!

Pare de lutar? Gregor percebeu que cada músculo de seu corpo estava tão tenso que poderia arrebentar, porque, na verdade, ele tentava lutar contra o vento, para de alguma forma ganhar controle das correntes com os braços e pernas. "Pare de lutar", pensou ele. "Apenas relaxe!" Não custava tentar. Fez um esforço enorme para soltar os músculos. Não era fácil. Cada nova onda de ar o deixava tenso. "Relaxe!", ordenou a si mesmo. "Você não pode lutar contra isso. Pense em Ripred!" Gregor esticou os braços sobre a cabeça e endireitou o corpo. De repente, não estava mais sendo atacado pelo vento; estava sendo carregado por ele. É claro que foi arremessado quase de imediato, mas resistiu ao impulso de lutar. "Relaxe!", continuava ordenando a si mesmo, esticando-se novamente. A corrente de ar o arrastava com facilidade. E, desta vez, ele entendeu. Se não lutasse contra a corrente, ele conseguia flutuar nela. A alegria tomou conta dele.

— Estou voando!

Por um minuto, ficou completamente envolvido com seu mais recente talento. Não era nada parecido com montar os morcegos, quando era apenas um passageiro. Era só ele zunindo pelo céu, bem, não exatamente o céu, mas zunindo pelo ar como um super-herói. A liberdade e a sensação de poder eram incríveis. Se pudesse ter asas sempre, Gregor achava que nunca teria medo de nenhuma criatura que surgisse no Subterrâneo. Deu um grito selvagem e acabou se chocando contra Ripred. Gregor passou deslizando pelo rato, mas conseguiu agarrar seu rabo e se segurar.

— Está se divertindo, não é? — gritou Ripred para se fazer ouvir em meio ao barulho do vento. — Deu uma olhada em como seus amigos estão?

Imediatamente envergonhado por estar se divertindo, Gregor iluminou em volta com a lanterna. Viu Luxa acima dele, e estava claro que ela tinha dominado o truque de flutuar no vento. Ela havia o superado, na verdade, porque parecia conseguir se mover de corrente para corrente sem perder o controle. Quando Luxa rolou para o lado para pegar outra onda, Gregor viu que Boots estava em suas costas. A menininha estava com os braços e as pernas firmemente presos em volta do corpo de Luxa. Temp flutuava com Hazard preso à carapaça. Cartesian não estava tendo problemas, pois, como dormia, voava tranquilamente por ali. Howard ainda estava sendo jogado de um lado para o outro e tentava chegar até os morcegos. Mas os morcegos! Eram eles que encontravam mais dificuldade.

As asas longas e bonitas de morcego não eram uma vantagem naquela situação. Elas apanhavam várias correntes diferentes de uma só vez. Tendo viajado por correntes mais suaves durante toda a vida, os morcegos não conseguiam conter o instinto de tentar navegar por essas. Mas, toda vez que abriam as asas, mesmo uns trinta ou sessenta centímetros, eles giravam como um pião. Ares, que era o maior e tinha a maior envergadura, encontrava-se em grandes apuros.

— Ares! — gritou Gregor. Ele soltou o rabo de Ripred, mas descobriu que o rato tinha alcançado e segurado sua mochila com as garras traseiras.

— Qual é o seu plano? — gritou o rato.

Gregor não tinha um plano. Estava simplesmente seguindo um impulso de ajudar seu morcego.

— Não sei! Não sei!

— Precisamos aterrissar! — gritou Ripred. — Formar uma base!

— Está bem! — disse Gregor, embora não tivesse ideia do que Ripred estava falando.

O rato começou a se mover de uma corrente para outra, levando-os cada vez mais para longe do centro da tempestade de ventos. Gregor, que ainda estava sendo arrastado para todos os lados pela mochila, virou a cabeça para ver aonde estavam indo e percebeu que seguiam na direção de uma das paredes de pedra da caverna.

— Não! — gritou, debatendo-se para se libertar antes que se chocassem.

Mas, no último minuto, Ripred pegou outra corrente, e Gregor se viu sendo arrastado pelo chão de uma caverna.

— Um pouco de confiança, por favor — disse o rato, indignado.

— Desculpe — disse Gregor. Ele se sentou, esfregando o cotovelo que tinha esfolado no chão. Do lado de fora da caverna, via os amigos voando. — E agora?

— Precisamos descobrir um jeito de trazê-los para cá. Você por acaso não teria nada aí parecido com uma corda, teria? — perguntou Ripred, cutucando a mochila de Gregor.

— Não — respondeu Gregor.

— Não — repetiu o outro, suspirando. — Bem, então suponho que terá de ser o meu rabo.

Ripred se posicionou virado para trás na beirada da caverna, segurando o chão com as garras e deixando o longo rabo de rato se agitar ao sabor das correntes.

— E agora, o que vamos fazer? — perguntou Gregor.

— Espere — disse Ripred. — Não se preocupe, eles vão entender.

Gregor moveu a lanterna desenhando um oito no ar na entrada da caverna para chamar atenção. Ripred estava certo. Em poucos minutos, Luxa tinha feito um caminho através das correntes e agarrado o rabo dele. O rato puxou-a para dentro da caverna, e Gregor pegou Boots das costas dela.

— E aí, o que você tava fazendo? — perguntou ele a Boots.

— Luxa é morcego — disse Boots. — Eu monto. Eu voo tambem.

— Você fez um bom trabalho — disse Gregor. — Agora precisamos trazer os outros para cá.

— Eu vô ajudar! — disse Boots e correu para a entrada da caverna.

Quando ela se lançou para o ar, Gregor mal conseguiu pegá-la pelo tornozelo e puxá-la de volta.

— Ôoo! Não, Boots. Eu tenho um trabalho especial para você.

— Pra mim? — perguntou Boots, imediatamente interessada.

Ele não tinha. Gregor pensou em tê-la cantando por ali de novo, mas isso provavelmente não prenderia sua atenção se ninguém estivesse adormecendo. Ele fuçou a mochila procurando uma ideia e achou o binóculo.

— Aqui — disse ele. — Você é nossa vigia. É só olhar através disso e nos dizer quando alguém passar voando.

Era uma tarefa sem propósito. Com as luzes das correntes e da lanterna, eles não tinham dificuldade para localizar os outros. Mas isso manteve Boots ocupada.

— Temp grande. Temp pequeno. Temp grande. Temp pequeno — dizia ela de forma importante enquanto levantava e abaixava o binóculo.

— Fiquem de olho, aí vem o rastejante — disse Ripred.

Temp se aproximou rapidamente e segurou a cauda de Ripred com força. O rato o puxou para dentro e Hazard escorregou de sua carapaça.

— Hazard, você está bem? — perguntou Luxa, abraçando-o.

— Estou, sim. Mas os voadores não estão — disse Hazard.

As coisas não andavam nada bem para os morcegos. Eles ainda estavam sendo irremediavelmente jogados de um lado para o outro, sem conseguir lidar com as correntes.

Howard foi o próximo a conseguir entrar, puxando Cartesian pelo rabo.

— Não sei como vamos trazer os voadores para cá — disse Howard. — Tentei montar em Nike para ajudá-la, mas só piorei as coisas. Eles estão se cansando rapidamente.

— Precisamos fazer alguma coisa! — disse Luxa.

— Talvez pudéssemos fazer uma corrente humana — disse Gregor.

— Todos se segurando ao meu pobre rabo, imagino? — perguntou Ripred. — Eu nunca vou conseguir controlar todos vocês, com esse vento todo.

— Não podemos simplesmente deixá-los aqui! — disse Luxa. — Vou voltar para lá.

Ela estava para mergulhar de volta nos ventos quando Ripred a bloqueou com o rabo.

— Qual é o seu plano?

— Eu... eu não tenho um plano — respondeu Luxa.

— Ah, isso é ruim — disse Ripred. Ele abaixou o rabo, mas ela não passou.

— Você tem um? — perguntou Luxa.

— Posso ter, se alguém pedir educadamente — disse o rato.

— Você poderia me contar o seu plano? — perguntou Luxa friamente.

— Por favooor — instruiu Ripred.

— Por favor — disse Luxa através dos dentes cerrados.

— Está bem. Vá até os voadores. Comece com a menor. Prenda as asas dela para baixo com as pernas; você vai ter que lutar contra ela. Duvido que eles consigam evitar tentar voar mais do que você consegue evitar respirar. Traga ela para cá — pediu Ripred. — Não deixe as asas dela se abrirem. Entendeu?

— Sim — respondeu Luxa e mergulhou nas correntes.

— Sim, *obrigado*! — gritou Ripred para ela.

Luxa não demorou a chegar até Thalia. Precisou usar não só as pernas, mas também os braços para manter as asas da morcega fechadas. Assim, Luxa conseguiu guiar Thalia até a caverna. Quando Thalia alcançou o rabo de Ripred, ela o pegou da única forma que podia, com os dentes.

— Ai! — disse Ripred, puxando-as para dentro. — Está bem, está bem, pode soltar a pequena víbora.

Thalia abriu a boca e caiu exausta no chão da caverna.

— Acho que consigo trazer Aurora para cá. Mas não sei quanto aos outros — disse Luxa, ofegando de cansaço.

— Você quer que eu pegue Ares, Gregor? — perguntou Howard. Ele era bem maior e mais forte do que Gregor. Fazia sentido que ficasse com o maior morcego.

— Não, ele é meu vínculo. Eu faço isso — respondeu Gregor.

Ele não tinha ideia do que o esperava. Gregor conseguiu chegar ao morcego sem muitos problemas, trocando de uma corrente para outra até ficar a poucos metros de distância. Só assim tão perto ele percebeu como Ares estava sofrendo. O corpo do morcego se contorcia violentamente enquanto tentava se libertar das correntes. Era como se estivesse preso em algum campo de força terrível que só permitia que ele se movesse alguns metros em qualquer direção antes de puxá-lo com força de volta para o seu centro. O que mais deixava Gregor nervoso era o som que Ares estava fazendo. Não eram palavras ou os guinchos altos e claros de morcego que Gregor ouvia às vezes. Parecia um grito. Um som de dor contínuo e atormentado. Ter sido pego nas correntes parecia estar deixando Ares literalmente maluco.

Gregor se sentiu centenas de vezes mais culpado por ter se divertido voando e não ter percebido a situação difícil em que Ares se encontrava.

Passar as mãos em volta do pescoço de Ares foi o primeiro desafio. Toda vez que Gregor chegava mais perto, uma das poderosas asas do morcego se sacudia e o lançava girando para o lado. Isso doía e atrasava o resgate, porque Gregor precisava fazer o caminho de volta até Ares e começar tudo de novo. Ripred estava certo. O morcego não tinha nenhum controle sobre o instinto de voar.

Por volta da décima tentativa, ele finalmente conseguiu se esquivar das asas espasmódicas e segurou firme o pescoço de Ares. O restante do corpo de Gregor era sacudido para todos os lados desenfreadamente. Não havia oportunidade de prender as pernas em volta das asas. Ele sabia que Ares não estava tentando se livrar dele de propósito, mas era o que parecia.

— Pare de lutar! — disse ao morcego, assim como Ripred havia lhe dito.

Mas ele não sabia nem se Ares tinha ouvido. O som de grito não cessava, e não havia uma mudança perceptível nos movimentos do corpo de Ares.

— Pare de lutar! Desista! — ordenou Gregor. Nenhuma mudança ainda. Gregor não sabia por quanto tempo conseguiria aguentar. Então uma corrente afortunada soprou Gregor contra as costas de Ares bem na hora em que suas asas se fecharam. Gregor prendeu as pernas em volta do morcego. — Sou eu, Gregor! — gritou na orelha de Ares. Os gritos se interromperam, e Ares pareceu consciente da presença de Gregor pela primeira vez. — Peguei você! Não abra as asas! Não abra as asas, Ares!

Agora Gregor sentia um tipo diferente de esforço enquanto Ares lutava contra o instinto de abrir as asas à medida que as diversas correntes o atingiam.

— Habitante da Superfície... eu não consigo...!

— Consegue, sim. Mantenha as asas fechadas. Eu voarei, desta vez. Está bem? — perguntou Gregor.

— Está... bem! — respondeu Ares. — Não... me deixe!

— Não vou deixar você! Eu prometo! — disse Gregor.

Estavam indo devagar. Gregor ainda se sentia bem temeroso em voar por conta própria. Dirigir o corpo de seu morcego através do labirinto de correntes era uma habilidade totalmente nova para dominar. Principalmente porque ele sentia que precisava continuar falando o tempo todo, acalmando Ares, lembrando-o de manter as asas fechadas. Quando fazia uma pausa, por menor que fosse, ele ouvia o começo de um grito se formando na garganta de Ares de novo.

Gregor achava que já estavam quase na caverna, mas, quando virou para olhar, viu a luz dela se afastando à medida que outra corrente poderosa os levava para longe. Suas pernas começaram a tremer pelo esforço de manter as asas de Ares fechadas. Gregor precisava de ajuda, mas não havia como voltar para pedir. Não podia de forma alguma deixar Ares, depois de sua promessa.

Percebeu, então, que já não tinha mais forças para tentar guiar Ares para nenhum lugar. Tudo que Gregor podia fazer era aguentar firme. Talvez os dois acabassem desmaiando logo, e os outros poderiam...

Alguém aterrissou atrás dele. Gregor quase relaxou de alívio. Então se lembrou de que não era ele que estava sendo resgatado e segurou ainda mais forte as asas de Ares. Gregor inclinou a cabeça contra o morcego, fechou os olhos e continuou falando, falando, até que, de algum jeito, eles estavam deitados no chão da caverna.

Gregor finalmente relaxou os braços e pernas e virou a cabeça. Howard e Luxa estavam atrás dele sobre Ares.

— Foi preciso nós dois para trazermos Nike — disse Howard. — Pensamos que você podia precisar de uma ajuda.

— Precisei mesmo. Obrigado — disse Gregor. Ele olhou para Luxa. Lembrou-se de que estava prestes a falar alguma coisa para ela quando as correntes o jogaram no teto do túnel.

O nariz de Ripred o empurrou para longe de Ares.

— Saia. Saia. Deixe-o respirar.

Gregor rolou para o lado e se levantou, cambaleante. Todos os quatro morcegos estavam no chão, traumatizados demais para se levantarem.

— Bem, lá se foi nossa montaria — disse Ripred, frustrado. — Levará horas para eles se recuperarem.

— Ajudaria se pudessem se pendurar — disse Howard, passando as mãos sobre Nike.

— Tem uma saliência lá atrás — disse Hazard.

— Boa, Hazard. Excelente — disse Howard. — Vamos ver se conseguimos colocar Thalia lá.

Gregor não sabia ao certo o que estavam fazendo, mas ajudou Howard a carregar Thalia até uma saliência numa rocha e virá-la de cabeça para baixo. Suas garras imediatamente se prenderam na beirada, e seu corpo pareceu relaxar. Durante as viagens, os morcegos normalmente dormiam de pé, aconchegados uns aos outros, mas, é claro, aquela era a posição mais natural de descanso para eles.

Gregor e Howard moveram os morcegos, um a um, até a parte de trás da caverna e os penduraram na saliência. Eles mexeram as garras apenas o suficiente para ficarem bem juntos. Nenhum deles falou, mas pareciam mais calmos.

— Descansem — disse Howard a eles. — Está tudo bem. Descansem.

Todos se reuniram perto dos morcegos, o mais longe possível dos ventos uivantes. Temp descobriu alguns cogumelos comestíveis. Eles os arrancaram da parede da caverna e comeram-nos imediatamente, famintos depois de todo o esforço. Depois passaram, de um em um, uma bolsa de água.

— Dormir, vão todos vocês, dormir — disse Temp. — Observar, eu irei, observar.

Como parecia haver pouco perigo de qualquer coisa entrar na caverna, todos aceitaram a oferta dele.

Algum tempo depois, Gregor acordou com o som dos outros respirando. O barulho do vento tinha acabado. Via o contorno de Temp, sentado pacientemente na entrada da caverna. Quando Gregor rolou para o lado, sua orelha foi pressionada contra a pedra e ele ouviu outro som. Um arranhar fraco misturado a um tipo de batida. Ele se sentou e encontrou Ripred acordado ao lado dele na escuridão.

— Estou ouvindo alguma coisa. Algo arranhando por aí — disse Gregor.

— Eu sei. Não há nada para se preocupar. Volte a dormir — disse Ripred.

Sentindo-se seguro sob a proteção do rato, Gregor fez o que ele disse.

Horas devem ter passado até Gregor sentir Howard sacudindo seu ombro.

— Gregor, as correntes vêm e vão. Precisamos sair enquanto não voltam.

Gregor estava tão tenso e machucado que teve dificuldade para ficar de pé. Ele fazia uma ideia de como os morcegos deviam estar se sentindo mal. Eles estavam no chão agora, mordiscando alguns cogumelos. Gregor foi até Ares.

— Ei, você está bem?

— Estou — disse Ares, mas a voz estava fraca.

— Não devemos nunca mais passar por aquelas correntes de novo — disse Nike.

— É loucura — disse Aurora.

Thalia começou a chorar só de se lembrar de tudo. Ela se aconchegou às asas de Nike, sentindo-se muito mal.

— Ei, Thalia, tenho uma especial para você — disse Gregor, gentil. — O que uma parede disse para a outra?

— Não sei — disse a morcega, soluçando.

— Encontro você na esquina — disse Gregor.

Levou algum tempo para ela entender a piada, e então os soluços de Thalia foram se misturando às risadinhas e, por fim, ela estava gargalhando. Um pouco mais estridente do que de costume, mas rindo, apesar de tudo. Os outros morcegos riram também, felizes por verem Thalia distraída.

Eles precisavam seguir em frente. Em algum lugar, os mordiscadores estavam em perigo. O tempo precioso estava se esgotando. Os morcegos ainda precisavam se recuperar, mas tinham mesmo que ir logo.

— Temos alguma ideia de onde os ratos estão com os camundongos? — perguntou Gregor.

— Acredito que, se seguirmos esta caverna, cruzaremos com o caminho por onde os ratos os estavam levando — respondeu Ripred.

— Não voem em espaço aberto. Fiquem perto das paredes. Sempre mantenham uma caverna ou duas à vista onde possamos nos abrigar se as correntes voltarem — disse Luxa.

— Agora, sim, é um bom plano, Vossa Alteza. E como é animador que você tenha um — disse Ripred. Mas Luxa estava cansada demais para fazer mais do que lhe lançar um olhar.

Eles decolaram, voando próximo às paredes. Gregor ficava esperando que a caverna terminasse ou se reduzisse a uma série de túneis. Em vez disso, ela seguia e seguia. Era de longe o maior espaço aberto que já tinha visto no Subterrâneo, exceto pelo Caminho d'Água. Ele viu o primeiro vulcão depois de cerca de uma hora. Estava silencioso, a não ser por algumas nuvens de fumaça que saíam do topo. Eles passaram por outros vulcões. Alguns rugiam, ameaçadores. De um deles escorriam alguns rios constantes de lava. Nenhum dos vulcões estava exatamente explodindo, mas eles tornavam o ar quente e fétido.

De vez em quando as correntes voltavam, e eles mergulhavam rapidamente para as cavernas mais próximas até os ventos diminuírem o suficiente para voarem com segurança. Vendo pelo lado bom, depois de uma tempestade de vento, o ar costumava ficar mais respirável. Lá pela quinta vez em que tiveram de aterrissar, Gregor achou que os morcegos estavam exagerando. As correntes eram pouco mais fortes do que uma brisa. Então percebeu que a parada não tinha nada a ver com o vento.

Ripred ordenou que todos ficassem grudados ao chão antes de se lembrar que não estava no comando.

— Desculpe — disse ele a Luxa. — Força do hábito.

— Façam o que ele disse — falou Luxa. Ela já estava no chão, espiando de trás de uma pequena pilha de pedras. Gregor ficou de bruços e foi depressa até ela.

A princípio, ele não sabia o que estava vendo. Havia um vulcão. Um brilho dourado saía do alto dele. Mas isso não era motivo para pararem e saírem do caminho.

Então ouviu a voz de Cartesian atrás dele, sussurrando:

— Os outros.

[illegible] estava examinando esplêndida, mas eles continuavam [illegible] e [illegible].

De vez em quando as correntes [illegible], e eles [illegible] para [illegible] mais [illegible] [illegible] suficiente para [illegible] com [illegible]. [illegible] depois de uma [illegible] de vento, [illegible] pela quinta vez [illegible] [illegible]. [illegible] achou [illegible] [illegible]. As correntes eram [illegible] fortes [illegible] uma [illegible] [illegible] que a [illegible] [illegible] o vento.

[illegible] que todos [illegible] [illegible] ao chão [illegible] de [illegible] que não [illegible] [illegible].

— [illegible] — disse [illegible] Lixa. — [illegible] do [illegible].

— [illegible] que [illegible] disse [illegible] Lixa. Ela estava no [illegible], espiando de trás de uma [illegible] pilha de pedras. [illegible] e [illegible] nela.

[illegible], ele [illegible] estava [illegible]. Havia um [illegible] do [illegible] [illegible] não [illegible] [illegible].

[illegible] a [illegible] [illegible].

— [illegible].

CAPÍTULO 22

Gregor estreitou os olhos na luz acinzentada e finalmente conseguiu ver os mordiscadores. Eles estavam andando em fila única por um longo caminho em curva que começava no que parecia a entrada de um túnel no alto dos rochedos e levava até uma cratera na base do vulcão. De um lado, o caminho seguia pela beirada de um penhasco escarpado com rochas pontiagudas na base. Uma parede de pedra se erguia do outro lado do caminho, bloqueando a visão da cratera dali de onde eles estavam. Só quando os mordiscadores já estavam quase no fim da descida foi que perceberam para onde os ratos os estavam levando.

Os mordiscadores que haviam chegado à cratera começaram a gritar avisos para aqueles que os seguiam. Gregor via o medo se espalhando pelo caminho. Os camundongos se viravam e tentavam forçar o caminho de volta, alguns literalmente rastejando sobre as costas dos outros para tentar alcançar o túnel no alto. Poucos conseguiram, mas foram levados de volta pelos ratos, que fecharam a entrada do túnel com uma pedra enorme. Os camundongos começaram a guinchar e a se jogar contra a pedra, mas não conseguiam movê-la.

— Deixem-nos ir! — gritou Luxa, ficando de pé.

— E fazer o quê? — perguntou Ripred, colocando-se na frente dela. — Vocês, todos vocês precisam parar de se meter em situações perigosas sem usar a cabeça! Não há forma mais rápida de ser morto!

— Podemos levá-los para fora da cratera, para algum lugar seguro! — disse Luxa.

— Claro, alguns deles. Mas há centenas presos lá embaixo. Você acha que os ratos não notariam um resgate aéreo? E depois o quê? Perderíamos o único elemento que temos a nosso favor. A surpresa — disse Ripred.

— Então, o que você quer que a gente faça? — perguntou Luxa. — Esperar o vulcão sufocá-los em lava?

— Quero que pensem um pouco nisso! — disparou Ripred.

— *V* de vulcão — lembrou Boots a todos. — E de valente. — Ela cutucou Ripred no quadril com o cetro. — Valente!

Ripred suspirou.

— Por que você está aqui?

Uma rajada de vento passou por ali, chamando a atenção de todos. “Ah, que ótimo. As correntes estão voltando”, pensou Gregor. Se elas ficassem fortes demais, os morcegos não conseguiriam navegá-las. Pelo menos elas estavam clareando um pouco o ar. Uma corrente predominante parecia soprar de uma caverna perto dali. Estava varrendo a névoa de cinzas em direção aos mordiscadores e dando a Gregor o primeiro sopro de ar puro em horas.

— Olhem, os mordiscadores estão fazendo alguma coisa — disse Howard.

Os camundongos tinham superado o pânico inicial e estavam se organizando para pôr em prática um plano de fuga. Tinham começado a construir uma pirâmide, abraçando-se ao longo da parede mais distante da cratera. Uma única fileira de camundongos formava a base. Outros estavam se apinhando nas costas deles rapidamente. A pirâmide estava crescendo diante de seus olhos.

— Isso é inteligente. Uma pirâmide — disse Gregor.

— Não, essa é a Manobra Isósceles — comentou Cartesian.

Gregor olhou para ele. Pela primeira vez desde que Cartesian tinha se juntado a eles, o camundongo parecia lúcido.

— E o que é isso? — perguntou Gregor.

— Não é uma pirâmide de verdade, porque tem três, e não quatro pontas. De certa forma, eles pretendem montar algo parecido com um triângulo bidimensional — disse Cartesian.

— Ah — disse Gregor.

Em casa, ele achava que quase qualquer coisa com pessoas de pé umas sobre as outras era chamada de pirâmide, mas não queria discutir a questão com Cartesian, principalmente depois de tudo pelo que o camundongo havia passado.

— Viu só, eles têm um plano. Vamos trabalhar com isso — disse Ripred. — Eles precisam de alguém para ficar de guarda naquele caminho, caso os ratos venham por ali.

— Faremos isso — disse Luxa.

— Concordo. Temp, cuide dos filhotes. Os outros, montem — disse Ripred.

Gregor estava para subir em Ares quando Ripred o deteve.

— Não, vou precisar dele para chegar lá. Monte com outra pessoa e troque de lugar quando ele me soltar.

— Aqui, Gregor — disse Howard. Ele estendeu a mão e puxou Gregor para cima de Nike, atrás dele.

— Precisamos esperar até que a pedra comece a se mexer. Isso nos dará tempo de chegar ali sem alertar os ratos da nossa presença antes do tempo — disse Luxa.

— Bom. Muito bom. Agora você está pensando — disse Ripred. — Esperem o momento certo, como ela disse.

Eles ficaram sentados observando, tensos e prontos para levantar voo.

A pirâmide de camundongos estava se aproximando do alto da cratera. Em pouco tempo eles poderiam começar a se libertar. Mas a pedra ainda não tinha se mexido.

— Se fosse haver lava, teríamos algum tipo de aviso? — perguntou Howard.

— Acredito que geralmente há um ribombar, algum tipo de barulho — respondeu Ripred. — Embora eu não seja especialista no assunto.

Os primeiros mordiscadores começaram a subir na beirada da cratera. O plano de fuga estava funcionando.

— Talvez os ratos não voltem — disse Gregor. — Talvez não imaginem que os camundongos consigam sair.

Os camundongos estavam mandando os filhotes para cima agora. Tentando salvá-los primeiro. Quando cinco pequeninos chegaram ao topo, dois camundongos adultos começaram a cercá-los, mantendo-os longe da cratera o mais rápido possível. Nenhum rato apareceu para interferir.

Do túnel, eles observaram em silêncio por mais alguns minutos.

Então Luxa falou:

— Alguma coisa está errada. Por que os ratos permitiriam isso?

— Não permitiriam — respondeu Ripred. E, depois de uma pausa, continuou: — A não ser que estivessem esperando que outra coisa fizesse o trabalho por eles.

— Mas não há lava. O vulcão nem mesmo está em erupção — disse Gregor.

De repente, Temp começou a balançar as antenas, andando nervosamente pelo chão.

— Não é lava, isso aí, não é lava — disse a barata.

— O que é, Temp? O que há de errado? — perguntou Gregor.

Uma coisa ele havia aprendido com a experiência: se Temp estava alarmado, é porque havia um bom motivo.

— Não é lava, isso aí... isso aí... — Temp não sabia as palavras para descrever aquilo. Parou de tentar falar e começou a fazer cliques, agitado.

— O que ele está dizendo, Hazard? — perguntou Gregor.

— Não sei. Não faz nenhum sentido. Acho que ele está dizendo que o vulcão está respirando — disse Hazard.

Boots inflou as bochechas e soprou uma baforada de ar no rosto de Gregor.

— Assim. Respira assim. — Ela soprou de novo. — Como balão esvazia.

— Os mordiscadores. Alguma coisa está acontecendo com eles! — exclamou Howard.

Gregor estreitou os olhos para conseguir ver o que acontecia a distância. Seus olhos correram primeiro até a pedra para ver se os ratos a haviam empurrado, mas ela ainda estava parada no lugar. Ele observou os camundongos. Pareciam bem. Pareciam ótimos. Então um camundongo no alto da pirâmide caiu. Depois outro. E, por fim, a pirâmide toda se desintegrou.

Os camundongos que estavam na cratera desabaram uns sobre os outros. Mas não estavam mortos. Ele via os corpos se debatendo.

O caos se instalou na caverna.

— O que está acontecendo? — gritou Gregor.

— Precisamos ir até lá! — berrou Luxa.

— Ficam aqui, vocês, ficam! — implorava Temp.

— Levante voo, Aurora! — insistiu Luxa.

Aurora parecia tão ansiosa para ir quanto seu vínculo. Ela estendeu as asas para voar. Ripred saltou na frente das duas com a velocidade de um raio, virou Aurora de costas no chão e se lançou sobre o corpo dela. Luxa, que estava presa sob o ombro de Aurora, gritou com ele, furiosa, mas Ripred ignorou-a por completo.

Gregor virou a mochila, despejando o conteúdo no chão, e apanhou o binóculo. Apontou-o na direção dos camundongos e sentiu o coração disparar.

— O que você está vendo, garoto? O que está acontecendo com eles? — perguntou Ripred.

Gregor gaguejou ao tentar descrever o pesadelo que se revelava diante de seus olhos.

— Não sei! Eles não conseguem...! Eles... — Os camundongos estavam rolando no chão, tocando o ar e os pescoços com as patas, os corpos sacudidos por terríveis espasmos. — Eles não conseguem respirar! — conseguiu dizer finalmente. — Eles estão sufocando!

Luxa estava gritando como uma louca. Hazard empurrava o ombro de Ripred, tentando movê-lo.

— Deixe-a ir até lá! Deixe-a ir!

Howard agarrou Hazard e pressionou o rosto do menino contra seu ombro.

— Não, Hazard. Ela não pode ir. Ela não pode ajudá-los — disse ele. Lágrimas escorriam por suas bochechas.

Agora eles ouviam os gritos desesperados que vinham da cratera. Cartesian se arrastou com dificuldade até a entrada da caverna e tentou se lançar no ar para pegar uma corrente e ajudar os outros mordiscadores, ou simplesmente para se matar. Gregor não sabia bem qual era o verdadeiro motivo. Mas Ares pegou Cartesian antes que ele caísse.

— É gás venenoso — disse Ripred. — Deve estar saindo do vulcão.

— Mas eu não consigo ver! Não consigo ver nada! — disse Gregor. As mãos tremiam enquanto tentava ajustar o binóculo.

— O gás não tem cor — disse Howard.

— E nenhum cheiro que eu consiga detectar — disse Ripred, o nariz se mexendo energicamente. — É claro, o vento o leva para longe de nós. Você quer ficar parada?! — rosnou para Luxa. — Temp, estamos correndo perigo aqui?

— Pesado, o veneno é, pesado — disse Temp.

— Então está assentando tudo na cratera — disse Ripred, em tom soturno.

Quando Gregor viu um filhote, arfando em busca de ar, cair sem vida das costas da mãe, teve de largar o binóculo. Mas agora que as correntes tinham clareado o ar, a agonia dos mordiscadores era visível ali do túnel. Eles entraram em convulsão, os dentes estalando no ar vazio, as garras prontas para combater um inimigo que não podiam ver.

— Nike, você pode proteger Thalia dessa visão? — perguntou Howard. — Ela já viu demais!

Nike envolveu Thalia com as asas.

— Venha aqui, Boots! — chamou Gregor, pegando a irmã e colocando a mão sobre os olhos dela para esconder aquela cena horrível, embora aquilo não parecesse afetá-la. Ela se contorceu para sair dos braços dele.

— Não, Gré-go, solta eu! — disse Boots.

— Saia de cima de mim! — Luxa conseguiu pegar a espada e acertar o ombro de Ripred.

— Aai! — gritou o rato, saltando para trás, com sangue escorrendo da ferida. Seus lábios recuaram, mostrando os dentes recém-afiados.

Aurora se endireitou e Luxa ficou de pé num pulo, o sangue de Ripred pingando da lâmina.

Gregor largou Boots e estava puxando a espada para ficar entre eles quando Ripred rosnou para Luxa:

— Está certo, sua fedelha idiota! Voe para lá e morra!

— Shh — disse Boots, colocando o dedo indicador sobre os lábios. — Você, muito alto.

Luxa se virou para a entrada da caverna, preparando-se para montar Aurora. Então viu os camundongos e congelou, uma das mãos segurando com força o pelo do pescoço da morcega.

Os gritos cessaram. Aqui e ali ainda notava-se um pouco de movimento. Depois tudo ficou quieto.

O único som na caverna vinha de Howard, que chorava baixinho.

— Shh — disse Boots, dando alguns tapinhas nele. — Shh. Os camundongos estão dormindo.

CAPÍTULO 23

— Eles dormindo, né, Gré-go? — perguntou Boots, franzindo levemente as sobrancelhas.

— Estão, Boots — disse Gregor, tentando manter a voz firme. — Estão dormindo.

Isso é o que ele sempre dizia a ela quando alguém morria. Mesmo quando achavam um pássaro morto no playground, ele lhe dizia que o bichinho estava dormindo e depois o pegava com um jornal velho ou outra coisa e o escondia no lixo quando ela não estava olhando. Mais tarde, ela notava que o pássaro não estava mais lá e ficava feliz achando que ele tinha voado para casa. E Gregor fingia estar feliz também. Se ele não conseguia lhe contar que um pombo tinha morrido, não havia como lhe contar sobre os camundongos.

— Eu sei. Eles dormem um pouquinho. Como na música — disse ela, tranquila.

— É isso mesmo. Como na música — disse Gregor.

— Ripred. Há algo que possamos fazer? — perguntou Luxa, com a voz rouca. — Por favor.

— Não, Luxa — respondeu Ripred. Gregor achava que esta tinha sido a primeira vez que ouvia Ripred chamá-la pelo nome. — Nada pode ser feito por eles.

— Posso ver seus óculos, Gregor? — perguntou ela.

Gregor relutou em entregar o binóculo. Já era muito ruim a distância. Ampliada, a cena era ainda mais terrível.

— Eles não estão funcionando direito — murmurou. Mas ela tomou o binóculo da mão dele e apontou para os camundongos.

— Então é isso — disse ela. — É assim que planejam matar todos eles.

— Sem resistência — disse Ares.

— Você pode me soltar — disse Cartesian serenamente, e Ares o libertou. O camundongo se enrolou como uma bola e escondeu o rosto.

— Achei que deixariam os mordiscadores passarem fome ou tentariam afogá-los, talvez. Mas isso... isso não tem precedente — disse Nike.

— Isso tem muito precedente — comentou Ripred, em tom sombrio. E começou a lamber para limpar o sangue do ombro.

— Deixe-me cuidar disso — disse Howard. Ele entregou Hazard a Luxa e pegou o kit de primeiros socorros. — Não é muito profundo — disse, examinando o ombro de Ripred.

— É profundo o suficiente — disse Ripred, lançando um olhar para Luxa. — Considero minha dívida paga. Minha vida pela sua.

— Sim. Totalmente paga — disse Luxa.

Todos ficaram lá atordoados, observando Howard enfaixar a ferida de Ripred. Eles evitavam olhar na direção em que se encontravam os camundongos assassinados.

Gregor não conseguia entender o que havia acabado de acontecer. Ele já vira a morte antes, muitas vezes. Mas nada como aquilo. Não era só pela quantidade. Quando eles lutaram com as formigas na selva, o chão tinha ficado coberto de corpos. Mas tinha sido uma batalha, com duas forças armadas se enfrentando. Havia sido horrível, mas pelo menos todos tiveram uma chance de lutar para sobreviver. O que tinha acontecido com os camundongos... presos na cratera... incapazes até de se defender do gás... não apenas soldados, mas todos, inclusive os filhotes... aquilo era assassinato em grande escala. Era um massacre. E provavelmente só um de muitos.

Apenas Boots parecia não ter sido afetada pelo que acabara de acontecer.

— Hazard dança comigo? — pediu ela, puxando a mão do amigo.

— Não, Boots, não posso — disse Hazard.

— Eu dança sozinha — disse Boots. Ela começou a cantar enquanto girava.

"DANÇANDO À LUZ DO FOGO FLAMEJANTE,
VEJA A RAINHA QUE CONQUISTA
A NOITE NUM INSTANTE.
O OURO ESCORRE DELA, QUENTE E BRILHANTE.
PAI, MÃE, IRMÃ, IRMÃO, VEJAM VOCÊS,
LÁ SE VÃO ELES. E EU NÃO SEI, NÃO,
SE VEREMOS ALGUM OUTRO MAIS UMA VEZ."

Gregor se perguntou vagamente se deveria impedi-la. Parecia desrespeitoso com os mordiscadores. Mas não conseguia falar.

Boots agora fingia ser um camundongo, com as patas no ar e girando aqui e ali.

"PEGUE OS MORDISCADORES NUMA
ARMADILHA RAPIDINHO.
OBSERVE-OS GIRANDO E ROENDO,
ESCONDIDINHO."

Era horrível demais observá-la dançando como um camundongo depois do que tinham acabado de testemunhar. Com Cartesian deitado ao seu lado.

— Pare com isso, Boots — disse Gregor, mas ela estava envolvida na música. Ela se curvou no chão e fingiu dormir.

"SILENCIOSAMENTE ENQUANTO
DORMEM UM POUQUINHO."

— Pare com isso! — repetiu Gregor, num tom bem mais severo do que pretendia. Ele a pegou pelo braço e a levantou. Boots pressionou os lábios um contra o outro e ele viu as lágrimas enchendo os olhos dela. Gregor abraçou-a com força. — Desculpe, me desculpe. Só não é uma boa hora para dançar — disse a ela.

— Os camundongos fazem dança — disse ela. — Eu só faz dança como os camundongos.

— Eu sei — disse Gregor. — Você não fez nada errado.

— Eu quero dançar como os camundongos fazem dança — disse Boots, fungando.

— Está tudo bem. Não chore — disse Gregor, acariciando os cachos dela. Ele achava que a visão dos camundongos se contorcendo podia ter parecido uma dança a distância. Na verdade, as palavras da música...

PEGUE OS MORDISCADORES NUMA
ARMADILHA RAPIDINHO.
OBSERVE-OS GIRANDO E ROENDO,
ESCONDIDINHO

Descreviam muito bem o que ele tinha acabado de ver...

SILENCIOSAMENTE ENQUANTO
DORMEM UM POUQUINHO.

Gregor se virou e observou os corpos sem vida. Se não soubesse que estavam mortos, como Boots, poderia pensar que estavam dormindo um pouquinho. As palavras da música começaram a martelar em seu cérebro.

PEGUE OS MORDISCADORES NUMA
ARMADILHA RAPIDINHO.
OBSERVE-OS GIRANDO E ROENDO,
ESCONDIDINHO,
SILENCIOSAMENTE ENQUANTO
DORMEM UM POUQUINHO.

— Ela está certa — disse em voz alta.

— Como assim? — perguntou Ares.

— A música. A parte sobre os mordiscadores — disse Gregor. — Acabamos de ver isso acontecer.

PAI, MÃE, IRMÃ, IRMÃO, VEJAM VOCÊS

Famílias inteiras tinham morrido ali.

LÁ SE VÃO ELES. E EU NÃO SEI, NÃO,
SE VEREMOS ALGUM OUTRO MAIS UMA VEZ.

Eles não veriam nenhum outro, se Bane conseguisse o que queria. Ele estava determinado a matar todos eles e...

— Isso não é uma música — disse Gregor de repente. — É uma profecia! Vocês não veem?

Percebeu, pela expressão em seus rostos, que eles não viam. Tinha sido uma música por tanto tempo, por centenas de anos... Era como se alguém dissesse a ele que "Escravos de Jó" explicaria um acidente de trem; não fazia sentido algum. Mas Gregor não tinha crescido cantando aquela música e fazendo a dancinha divertida que a acompanhava. Para ele, as palavras ainda eram novas, e agora, sinistras.

— Sandwich a escreveu, certo? — perguntou Gregor. — Ele a entalhou na creche.

— Sim, ele a entalhou na creche, não na sala das profecias. E nós não sabemos quem a escreveu, é muito antiga — disse Luxa.

— Não veio da Superfície. Não temos mordiscadores. Foi criada aqui embaixo. Sandwich a inventou e está acontecendo agora! — exclamou Gregor, totalmente convencido. — Acabamos de ver os mordiscadores serem pegos numa armadilha e dançarem por toda parte e dormirem um pouquinho, só que não é um pouquinho, porque não vão acordar! "Pai, mãe, irmã, irmão, vejam vocês, lá se vão eles"! Para a morte! Vocês não veem?

Os outros não pareciam convencidos, mas Ripred empurrou as mãos de Howard e começou a andar de um lado para o outro.

— O que é mesmo? Aquela bobagem do primeiro verso. Como é? Alguém cante, por favor!

A voz aguda de Hazard começou a cantar:

"DANÇANDO À LUZ DO FOGO FLAMEJANTE,
VEJA A RAINHA QUE CONQUISTA
A NOITE NUM INSTANTE.
O OURO ESCORRE DELA, QUENTE
E BRILHANTE.

— Já basta. "Dançando à luz do fogo flamejante..." — O rato olhou para o vulcão incandescente. — Temos a luz do fogo, de algum jeito.

— "Veja a rainha que conquista a noite num instante" — disse Nike. — Luxa, você pode ser a rainha.

— Eu não estou dançando — disse Luxa. — Nem estive.

— Talvez não seja a rainha que dance — disse Howard. — As coisas parecem dançar sob a luz. Quando ela fica bruxuleando. Os olhos de alguém, a água, qualquer coisa, na verdade...

— Os mordiscadores dançaram à luz do fogo — disse Aurora.

— Ainda precisamos de uma rainha — disse Ripred.

— O ouro escorre dela, quente e brilhante — disse Ares. — Luxa não tem nenhum ouro.

— Não tenho nada a não ser trapos — disse Luxa, olhando para as roupas esfarrapadas. — Não posso ser a rainha.

Ouviram então um ribombo baixo, mas inconfundível. Todos olharam para o vulcão. Um rio fino de lava borbulhava do alto e escorria pela lateral em direção à cratera. Dourado como ouro.

— O ouro escorre dela, quente e brilhante... — disse Nike. — Vocês não acham...

— Acho que o Habitante da Superfície está certo — disse Ripred. Ele indicou o vulcão com a cabeça. — Lá está o ouro.

— E lá está a rainha — disse Gregor.

CAPÍTULO 24

Um segundo ribombo mais alto fez o chão tremer sob os pés deles.

— Saiam daqui — gritou Ripred.

Formou-se uma grande confusão enquanto tentavam montar os morcegos. Eles tinham trocado de lugar tantas vezes durante a viagem que ninguém tinha certeza de onde devia se sentar. Gregor agarrou Boots e pulou em Ares, mas depois se lembrou que nenhum outro morcego conseguia carregar Ripred. Ele deslizou para fora e escorregou em uma pilha, o que foi uma sorte, porque isso o fez se lembrar de recolher todas as coisas que tinha tirado mais cedo da mochila e pendurá-la no ombro. A esta altura, Boots tinha saído correndo e subido nas costas de Temp.

— Parem! — gritou Ares. — Luxa, Hazard, Gregor e Boots vão em Aurora. Howard, Temp e Cartesian, em Nike. Thalia, voe abaixo de mim para o caso de você se cansar. — Ele assumiu posição de decolagem e se dirigiu a Ripred: — Vamos.

Todos saíram tropeçando, mas conseguiram ocupar seus lugares seguindo a orientação de Ares. Gregor acabou na frente da morcega, com Boots segurando-o pelo pescoço. Hazard e Luxa subiram atrás deles.

No instante em que os morcegos deixaram a caverna, foram arrastados para cima pela corrente forte que soprava de uma caverna no alto. Era a mesma corrente que tinha soprado para longe o ar cheio de cinzas e garantido que o gás venenoso não chegasse até eles. Agora ela estava os levando diretamente para o vulcão incandescente.

Gregor teve medo de que os morcegos surtassem de novo, mas eles estavam indo bem. Não era uma corrente que os subjugava, mas a convergência de várias correntes, como havia acontecido antes. Quase imediatamente ele sentiu Aurora se afastar do vulcão e começar a seguir na direção contrária do vento. Era tão forte que conseguiam avançar muito pouco. Ele passou os braços em volta de Boots, tentando bloquear o vento o máximo possível. Trocando de tática, de repente todos os morcegos deram a volta e voaram direto para o vulcão. A princípio, parecia loucura, mas Gregor percebeu que o único jeito de conseguirem escapar do vulcão era seguir a corrente que soprava logo acima dele.

Com a força do vento e das asas dos morcegos combinadas, eles se moviam pelo espaço a uma velocidade incrível. O vulcão, que tinha sido uma visão distante, rapidamente se ergueu diante deles.

Gregor estava impressionado com a "rainha". Ela era majestosa e imponente, mas, acima de tudo, impetuosa. Nuvens de vapor sibilavam de fissuras em volta dela. Lava derretida jorrava do alto e escorria em rios de fogo. Mesmo com o vento assobiando nos ouvidos, Gregor ouvia o ribombo aumentar e se transformar em um estrondo.

Quando voaram sobre o vulcão, ele viu o lago borbulhante de lava fervilhando do lado de dentro. O ar ressecava seus pulmões. Tudo estava coberto por uma luz quente e vermelha, inclusive a cratera em que se encontravam os camundongos mortos. Gregor pressionou a bochecha contra a de Boots para ela não virar a cabeça na direção deles. Mas ele se forçou a olhar para os corpos, para manter a imagem clara e viva na memória. Sabia que precisava conseguir contar a história deles, e o mais detalhadamente possível, quando voltasse a Regália. Precisava conseguir passar às pessoas a importância do que tinha acontecido. E ainda estava acontecendo. Tantos contavam com isso.

Gregor começou a se sentir tonto. Uma parte do vapor que subia do vulcão devia estar seguindo com eles na corrente. Ele sabia que os vapores deviam estar afetando também os morcegos, mas nenhum deles estava diminuindo a velocidade. Deixaram o vulcão para trás tão rapidamente quanto se aproximaram dele.

Outro estrondo assustador sacudiu a terra abaixo deles. Gregor estava piorando, em vez de melhorar, à medida que continuavam voando. E se eles estivessem viajando em um bolsão de gás venenoso e fosse apenas uma questão de tempo até todos sucumbirem? Segurou Boots com mais força.

— Você está bem, Boots? — gritou para se fazer ouvir em meio ao barulho do vento.

— Tô com sono — disse ela. — Eu dorme um pouquinho.

— Ah, não. Nada de dormir um pouquinho! — gritou Gregor, preocupado. — Fique acordada, está bem?

— Tá bem — disse Boots bem baixinho, mas Gregor podia sentir que ela estava tentando se aconchegar nele.

— Um túnel! Encontre um túnel! — ouviu Ripred gritar.

Estavam se aproximando de uma gigantesca parede de pedra que sinalizava a extremidade da caverna. Os morcegos começaram a se aproximar de cada abertura na parede, tentando avaliar quais eram apenas cavernas e quais poderiam ser um túnel e uma rota de fuga.

Acima dele, Gregor viu Nike começar a voar em círculos perto de uma das aberturas. Howard estava acenando desesperadamente para que o seguissem. Aurora foi direto para o túnel. Nike desapareceu dentro dele primeiro, seguida por Ares, que agora trazia Thalia presa em suas garras. Aurora fechava a retaguarda.

Quando entraram no túnel, Gregor imediatamente se sentiu mais seguro. O ar ainda era fétido, mas pelo menos estavam fora do alcance do vulcão. Ele relaxou os braços um pouco em volta de Boots e já ia ver como Luxa e Hazard estavam quando a "rainha" entrou em erupção.

Nada mais podia explicar a explosão ensurdecedora, que abalou seus dentes, fez clarões coloridos irromperem diante de seus olhos e o deixou incapaz de ouvir qualquer coisa que não fosse um som estridente ressoando no ouvido.

Uma rajada de ar quente atingiu-os e logo depois não havia mais ar, somente uma nuvem pungente de cinzas e poeira que bloqueava todo o resto. Ele lutou para respirar, para ver, pensou que devia levantar a blusa de Boots sobre o rosto dela para protegê-la. Percebia que estava perdendo a consciência e sentia que Luxa afrouxava a mão em seu ombro. "Não", ele queria gritar. "Aguente firme!

Aguente firme! Boots!" Essa era a última coisa de que se lembrava...

Quando voltou a si, Gregor estava deitado de bruços sobre o que parecia ser uma rocha grande. O queixo pendia para fora de uma saliência afiada. Começou a tossir imediatamente. Quando sentou, sentiu as cinzas que caíam de seu corpo levantando uma nuvem, tornando ainda mais difícil respirar. Cambaleou alguns passos para a frente e caiu da rocha com força sobre pelo menos um metro de cinzas. Esforçando-se para ficar de pé, começou a se arrastar através daquilo tudo, tateando cegamente à frente. A cabeça martelava tanto que ele achava que a dor podia acabar rachando-a ao meio. Conseguiu chegar a uma parede, apoiou-se e vomitou até não sair mais nada de seu estômago a não ser bile. Tremendo e desorientado, ele se encostou contra a parede e tentou clarear os pensamentos.

"O que aconteceu?", pensou. Ele se lembrava do vulcão... de voar... uma visão dos camundongos brilhando sob a luz vermelha... luz... Ele precisava de luz...

Gregor procurou a lanterna no cinto e encontrou o botão. A princípio, achou que estava quebrada. Depois percebeu que a superfície plástica estava obscurecida pelas cinzas. Bateu a lanterna contra a parede e limpou-a o melhor que pôde com o lado de dentro da camisa.

A luz revelou um túnel amplo coberto de poeira cinza, que tinha se acumulado em grandes montes como neve em alguns lugares. Em outros, apenas uma fina camada cobria o chão. Gregor caminhou com dificuldade até chegar a um ponto relativamente limpo para tentar se orientar. Devia ter desmaiado e escorregado das costas de Aurora em algum momento. Mas onde estava Boots? Ela estivera em seus braços. Onde estavam Luxa e Hazard? Onde estavam os outros?

"Onde estão os outros?", Gregor se lembrou do grito de pânico de Cartesian. "Onde estão os outros?"

Gregor avançou com dificuldade de volta para a rocha, arrastando os pés pelas cinzas, tentando localizar qualquer outro que pudesse ter caído com ele. Quando terminou de conferir toda a área, estava sufocando com a nuvem de poeira, mas não tinha encontrado ninguém. Começou a seguir pelo túnel na direção para onde sua cabeça estava apontando quando acordou, esperando poder encontrar o resto do grupo adiante.

A superfície macia de cinzas não tinha pegadas e abafava o som dos passos de Gregor, fazendo com que mal desse para ele escutá-los com os próprios ouvidos, que ainda zumbiam. Gregor jamais tinha se sentido tão sozinho na vida. Nunca tinha estado, provavelmente. Não havia sinal de vida em nenhum lugar. Era um milagre que estivesse vivo, que não tivesse sufocado com a erupção. Provavelmente teria, se o queixo não tivesse ficado pendurado na rocha. Se tivesse aterrissado no chão, o mais provável é que tivesse sido enterrado vivo e morrido sob as cinzas.

"Onde estão os outros? Onde estão os outros?", Gregor ouvia a voz de Cartesian gritar dentro da cabeça.

E se nenhum dos outros tivesse sobrevivido? E se todos tivessem caído inconscientes no chão do túnel? Talvez ele estivesse passando por eles enquanto arrastava os pés, sem saber que seus corpos estavam ali embaixo...

Gregor parou e pressionou as palmas das mãos contra os olhos. "Não. Não pense assim. Continue andando. Simplesmente continue andando."

Era impossível calcular quanto tempo estava passando. O túnel permanecia igual. Ele respirava em curtas e rápidas arfadas. Cada centímetro do seu corpo, do lado de dentro e de fora, parecia coberto por uma camada de cinzas.

Ele se lembrou da água na mochila e a abriu. A primeira golada ele só sacudiu ao redor da boca, limpando a sujeira dos dentes, e cuspiu no chão. Depois bebeu bastante, não se importando em economizar. Sentindo-se um pouco melhor, continuou se arrastando pelo caminho.

Em determinado momento, notou uma leve brisa no rosto. "Outra corrente", pensou e se perguntou se deveria tentar se proteger atrás de uma rocha. Mas a brisa continuava suave e trazia um ar que era definitivamente mais agradável do que o que ele estava respirando. Isso aliviou a dor no peito e nas têmporas.

Ele achou que o brilho de luz a distância fosse apenas um reflexo de sua própria luz. Mas, quando direcionou o facho da lanterna para o chão, continuou vendo aquele brilho. Ele se moveu rápido, levantando ainda mais poeira.

— Ei! — tentou gritar. — Ei! — Mas não conseguia nem ouvir a própria voz.

Visualizou, então, uma figura, tão fantasmagórica e cinzenta quanto tudo que o cercava. E viu lampejos de luz de novo, mais brilhantes agora. Gregor disparou numa corrida, que mais parecia um galope desajeitado porque tinha machucado o joelho quando desceu da rocha.

— Ei! — gritou novamente e, desta vez, conseguiu se ouvir. A figura se virou.

Gregor parou de imediato. Com apenas um olhar para o rosto de Howard, ele confirmou o que temia. Alguém havia morrido.

— Quem é? — perguntou Gregor, o coração martelando contra o peito. — Não foi a Boots, foi?

Howard andou para o lado, estreitando os olhos em direção às figuras cinzentas diante dele. Boots estava bem, sentada sobre as costas de Temp, segurando o cetro com aquela pequena luz. À primeira vista, todos pareciam bem. Ripred, Cartesian, Luxa, Hazard, todos os quatro morcegos. Mas ele tinha contado errado. Apenas três morcegos se aconchegavam juntos.

Deitada no chão, quase obscurecida pela poeira, com a cabeça deitada no colo de Hazard, estava Thalia.

CAPÍTULO 25

— Ah, não, Thalia não — disse ele.

Aquela morceguinha boba e sorridente. Mas corajosa, também. Mergulhando nas águas do rio para resgatar Hazard. Tentando com tanto afinco acompanhar os morcegos adultos. E tinha continuado tentando depois da inundação, dos escorpiões e das correntes apavorantes.

Gregor pensou na última piada que tinha contado a ela. "O que uma parede disse para a outra?" E em como seus soluços assustados se transformaram em risadas quando ouviu a resposta. "Encontro você na esquina." Na verdade, ela era pouco mais do que um bebê.

Ele se aproximou e se ajoelhou ao lado de Thalia. Parecia tão pequena, com as asas recolhidas. Sem aquela alegria contagiante e luminosa irradiando de dentro dela. Estendeu gentilmente uma das mãos sobre o peito dela, tirando um pouco das cinzas, revelando um pedacinho do pelo cor de pêssego.

Hazard chorava inconsolavelmente, as lágrimas escorrendo pelo rosto de Thalia.

— Foi a marca. A marca secreta. Levou minha mãe e agora a levou também.

Sob o pó acinzentado, o rosto de Luxa estava imóvel e distante.

— Foi minha culpa — disse ela. — Eu nunca devia ter deixado nenhum deles vir para o piquenique.

— O piquenique não foi a parte perigosa, prima — disse Howard. — Fui eu que insisti em tentar seguir pelo Túnel da Queda, e foi ali que nossos problemas começaram.

— Não, eu não voei rápido o bastante — disse Ares. — Eu estava com ela, mas não voei rápido o suficiente.

— Parem com isso, todos vocês — disse Ripred. — Ela morreu por causa dos vapores venenosos, e não pela mão de nenhum de vocês. Ela estava voando, então respirou mais profundamente. Era pequena, por isso sucumbiu mais rápido. Nenhum de vocês é culpado.

Aquela história toda estava começando a preocupar Boots. Ela escorregou das costas de Temp e foi em direção a Thalia.

— Acóda! Acóda, Thalia!

— Não, Boots — disse Gregor, pegando a mão da irmã.

— Ela precisa — disse Boots. — Hazard tá chorando. Quando ela vai acordar?

Gregor não conseguiu dar a resposta padrão. Não conseguiu dizer que em pouco tempo Thalia estaria de volta com eles, rindo e feliz. E, de alguma forma, parecia errado tentar. Boots estava crescendo. Em pouco tempo, ela começaria a perceber a verdade por conta própria, de qualquer forma.

— Thalia não vai acordar — disse à irmã. — Ela está morta.

— Ela não acóda? — perguntou Boots.

— Não, não desta vez — disse Gregor. — Desta vez, ela precisou ir embora.

Boots olhou para os rostos ao redor, para Hazard chorando.

— Para onde ela foi? — Ninguém tinha uma resposta. — Onde está Thalia quando ela não acorda?

A questão pairou no ar por uma eternidade. Por fim, foi Howard quem falou.

— Ela está em seu coração, Boots.

— Meu coração? — perguntou Boots, colocando as duas mãos sobre o peito.

— Isso. É onde ela vive, agora — explicou Howard.

— Ela pode voar pra longe? — perguntou Boots, apertando com força as mãos sobre o peito como se para impedir que Thalia escapasse.

— Ah, não, ela vai ficar aí para sempre — disse Howard.

Boots olhou para Gregor esperando uma confirmação. Ele assentiu. A menina voltou para onde estava e subiu na carapaça de Temp, pensativa.

— Se quiserem fazer alguma coisa com ela, façam agora. Não podemos demorar aqui, ou essa poeira vai acabar com todos nós — disse Ripred.

— Eu a levarei — disse Ares.

— Hazard, você precisa se despedir, agora — disse Luxa.

— Não! — gritou Hazard. — Não! Vocês não podem levá-la! Eu não vou deixar!

E então uma cena horrível se seguiu, pois eles tiveram literalmente de arrastar Hazard para longe de Thalia, para que

Ares pudesse levar o corpo embora. Para onde, Gregor não sabia. Não havia como reconfortar o menino. Howard finalmente conseguiu administrar uma dose de sedativo em Hazard enquanto o menino chorava, e os soluços foram diminuindo.

Ripred mandou Aurora e Nike na frente para descobrirem uma área menos tóxica. Enquanto elas estavam fora, Howard aninhou Hazard nos braços e o embalou de um lado para o outro.

— Sabe, eu também perdi meu vínculo — disse Howard. Thalia e Hazard não tinham formado um vínculo oficial, mas isso parecia apenas um detalhe sem importância agora. — Pandora era o nome dela.

— O que aconteceu com ela? — perguntou Hazard.

— Estávamos no Caminho d'Água. Ela voou sobre uma ilha e foi atacada por ácaros. Eles a mataram — disse Howard.

— Você não conseguiu ajudá-la? — perguntou Hazard.

— Não. Eu queria. Mesmo quando já não havia mais esperança, eu ainda queria tentar. Mas não havia nada que eu pudesse fazer — disse Howard. — Nada além de chorar, assim como você está chorando agora.

— Como ela era? — perguntou Hazard.

— Engraçada. E curiosa. Tinha que ser sempre a primeira a ver alguma coisa nova. E adorava comer mariscos — disse Howard com um sorriso. — Enormes pilhas de marisco.

Gregor pensou nos mariscos viscosos que Howard tinha insistido que eram uma iguaria e se perguntou se sua paixão por eles tinha alguma coisa a ver com o fato de associá-los a Pandora.

— Você não está chorando por causa dela agora — disse Hazard.

— Não — disse Howard. — Eu me acostumei a carregá-la no coração.

— Meu coração já está tão cheio — sussurrou Hazard. — Mas tenho certeza de que os outros vão abrir espaço para Thalia. Ela não é um morcego muito grande. — E, com isso, adormeceu.

Gregor pensou em todos os outros que Hazard tinha perdido... a mãe, o pai, Frill... E agora Thalia tinha ido se juntar a eles...

Todos ficaram em silêncio por um tempo. Ninguém queria ser responsável por acordar Hazard e trazê-lo de volta à dolorosa realidade.

Por fim, Ripred falou com Gregor.

— Bem, pelo menos você apareceu. Pensei que tínhamos perdido você para sempre.

— Eu estou bem — disse Gregor. — O que aconteceu?

— Não tenho muita certeza. Você perdeu os sentidos e caiu. Felizmente teve a presença de espírito de empurrar sua irmã para a cabeça do morcego — disse Ripred. — Ares tentou voltar para buscá-lo, mas não tínhamos nenhuma ideia de onde você estava, e as cinzas eram muito profundas.

— Eu estou bem — repetiu Gregor, embora esse fosse um dos piores dias de sua vida.

Aurora e Nike voltaram. Elas descobriram um túnel que levava para cima em direção a um ar mais limpo. Todos conseguiram se espremer sobre as duas morcegas, exceto por Ripred, que disse que esperaria Ares, de qualquer forma, e depois seguiria o rastro deles. Era apenas um voo curto até a passagem. Quanto mais alto viajavam, mais agradável e limpo o ar ficava. Finalmente eles conseguiram sair do túnel e chegaram a uma formação rochosa com topo achatado e extremidades verticais. Brisas frescas sopravam sobre eles. Uma nascente fria borbulhava de uma fenda e caía por centenas de metros, desparecendo num emaranhado mal iluminado de espessos cipós.

— Estamos de volta à selva — comentou Gregor.

— Sim, ela faz fronteira com as Terras de Fogo — disse Howard.

Eles se revezaram para beber a água da nascente e lavar as cinzas da pele. Boots disse que estava com fome, e Howard lhe deu o último pedaço de pão dormido. Ela se aninhou perto de Hazard em um cobertor e dormiu. Cartesian também tinha entrado em uma espécie de torpor, embora muitas vezes se sentasse e olhasse em volta, guinchando rapidamente, antes de desabar no chão outra vez.

Ninguém mais parecia conseguir dormir. Ou conversar. Ficaram apenas sentados, olhando para a lanterna ou para baixo em direção à selva. Gregor observou Luxa olhar para a nascente por um tempo. Ela parecia artificialmente calma.

Cerca de uma hora depois, Ares chegou com Ripred.

— Aonde você a levou? — perguntou Howard.

— De volta à rainha. Para que ela pudesse ficar com os mordiscadores, e não sozinha — disse Ares. — A lava reivindicará todos em breve. A metade já estava coberta.

— Sim. Bane não quer apenas matá-los. Quer que desapareçam sem deixar rastro — disse Ripred. — Então, parece que o Habitante da Superfície tinha notado alguma coisa em relação à música.

— Quer dizer, que ela é uma profecia — disse Gregor.

— Se é, devemos dar um nome a ela — disse Aurora.

— Eu já dei na minha cabeça, mas não precisa ser esse — disse Nike. — Eu a chamo de "A Profecia dos Segredos".

— É um bom nome — disse Ares. — Já que foram as marcas secretas que nos levaram até ela.

— E até mesmo sua natureza era um segredo — disse Howard. — Ninguém suspeitava que a canção infantil fosse uma profecia.

— Ainda precisamos desvendar uma parte — disse Ripred. — Acho que já entendemos as duas primeiras partes. Sabemos quem é a rainha. Sabemos sobre os mordiscadores. Como é a última parte?

Luxa falou o último verso. Sem a melodia alegre, eram apenas palavras. E palavras capciosas, além disso.

"AGORA OS CONVIDADOS ESTÃO
À NOSSA PORTA, OLHE LÁ,
CUMPRIMENTEMO-NOS COMO FIZEMOS
ANTES, SEM PESTANEJAR.
ALGUNS CORTARÃO EM FATIAS E OUTROS
SERVIRÃO CHÁ ATÉ DERRAMAR.
PAI, MÃE, IRMÃ, IRMÃO, VEJAM VOCÊS,
LÁ SE VÃO ELES. E EU NÃO SEI, NÃO, SE VEREMOS
ALGUM OUTRO MAIS UMA VEZ."

— Suponho que a primeira pergunta seja: quem são os convidados? — indagou Howard.

— Bem, se a porta se abre para Regália, o que estou presumindo, porque Sandwich a chama de "nossa porta", dadas as circunstâncias, os convidados devem ser alguém a quem Vossa Alteza recentemente declarou guerra — disse Ripred.

— Os roedores — disse Luxa. — E nós os cumprimentaremos como fizemos antes.

Gregor se lembrou de que essa era a parte da dança onde todos fingiam servir chá e bolo.

"ALGUNS CORTARÃO EM FATIAS E OUTROS SERVIRÃO CHÁ ATÉ DERRAMAR."

— O que isso significa? — perguntou ele.

— Espadas cortam — disse Luxa. — E, quando a cidade está cercada, derramamos óleo fervente sobre os muros e em cima dos inimigos.

Ela disse essas palavras sem nenhum sentimento especial de medo ou repulsa. Mas Gregor se encheu das duas emoções.

— Eu queria saber quando será o ataque — disse Howard.

— Alguém deve voltar imediatamente para alertar os regalianos — disse Nike.

— Não há razão para eu voltar, é claro. Nenhum dos lados me receberia com prazer. Não, acho que devo ficar aqui por um tempo — disse Ripred.

— E fazer o quê? — perguntou Gregor. Ripred sempre tinha um plano.

— Aqueles mordiscadores que vimos hoje... são apenas alguns dos que foram trazidos para cá. Os outros ainda podem estar vivos. Eu estava pensando... eles formariam um bom exército — disse Ripred.

— Para você? — perguntou Luxa. — Eles nunca o seguiriam.

— É aí que você entra, Vossa Alteza — disse Ripred. — Se formos juntos, podemos conseguir mobilizá-los.

— Eu poderia conseguir sozinha. O que você acrescenta ao grupo? — perguntou Luxa.

— Não seja impertinente. É um sim ou um não? — perguntou Ripred, impaciente.

Luxa levou apenas um segundo para pensar na proposta.

— Sim — disse ela. — Howard, você vem conosco?

— Terei de ir, prima, se você insistir em fazer isso — disse Howard, cheio de dúvida. — Cartesian vai querer se juntar a nós.

— Ele está muito enfraquecido — disse Ripred. — Mas, com vocês dois sobre voadores e comigo no chão, podemos conseguir resgatá-los.

— Tenho certeza de que eles vão me seguir se conseguirmos chegar perto o suficiente para que ouçam minha voz — disse Luxa.

— Estou contando com isso — disse Ripred. — Vamos descansar umas quatro horas e partir.

Gregor tinha começado a se sentir como se fosse invisível. Ninguém o envolvia nos planos de forma alguma.

— Estarei pronto — disse ele.

— Não! — falaram Ripred e Luxa ao mesmo tempo e com a mesma intensidade.

— O quê? — perguntou Gregor, surpreso.

— Você não, garoto. Você vai levar os filhotes de volta a Regália — disse Ripred.

— [illegible] você está [illegible] — disse Kipred — Se formos juntos, [illegible] conseguir mobilizá-los.

— [illegible] — [illegible]

— Não [illegible] — [illegible]

[illegible] um segundo para pensar na proposta.

— Sim — disse ele — Howard, você vem conosco?

[illegible] mãos, [illegible] — disse Howard [illegible] — [illegible] não vai querer [illegible] a nós.

[illegible] — disse Kipred — Mas [illegible]

— [illegible] — disse Hagan.

— [illegible] — disse Kipred — [illegible] de quatro horas [illegible]

[illegible] de [illegible]

— [illegible] — disse [illegible]

— [illegible] — [illegible]

[illegible]

[illegible]

CAPÍTULO 26

— Não, eu não vou! — disse Gregor. — Vou com vocês!

— Você não pode! — disse Luxa. Seus olhos dispararam em volta como se tentasse achar uma desculpa. — E Boots e Hazard?

— Não sei, eles podem... Howard, você pode levá-los de volta — disse Gregor.

Ripred, Howard e Luxa trocaram olhares. Gregor, então, percebeu algo terrível. Eles não queriam que ele fosse. Estavam pensando em como ele havia ficado sem ação na luta com Twirltongue e achavam que ele sofreria um colapso novamente.

— Vocês acham que não consigo lutar — disse diretamente. — Tudo bem, está certo. Talvez eu tenha surtado quando perdi minha luz, mas não está escuro de verdade aqui, com os vulcões e tudo mais, e acho que já houve algumas outras vezes em que eu mostrei que...

— Não é isso, Gregor. Todo mundo sabe que você pode lutar. Bem melhor do que eu — disse Howard.

— Então o quê? Você ainda está com raiva de mim? — perguntou a Luxa.

— Não, não estou — disse Luxa.

— Então? — disse Gregor.

— Não disseram nada a ele? — perguntou Howard.

— Sobre o quê? — perguntou Gregor, frustrado.

— É só isso. Você precisa voltar para Regália. Agora que a guerra começou, você não tem serventia para nós sem sua espada — disse Ripred.

Gregor levou a mão ao quadril, sentindo-se confuso. Seus dedos envolveram o punho da arma.

— Eu tenho uma espada.

— Não qualquer espada. A sua espada — disse Ripred. Seus olhos se estreitaram. — Você não a perdeu no túnel, perdeu? Quando lutou com Twirltongue?

— O quê? — exclamou Gregor, totalmente confuso. — Sim, eu perdi aquela espada. Eu a atirei para trás em direção aos ratos. E daí? Existem, sei lá, centenas delas.

— Não, Gregor. Ele quer dizer a espada que Vikus lhe deu. A espada de Sandwich — disse Howard.

— Ah, aquela — disse Gregor.

Era verdade, Vikus havia tentado lhe dar uma espada esplêndida, cravejada de joias, que um dia pertencera a Sandwich, mas Gregor tinha se recusado a aceitá-la. No entanto, sabia onde ela estava. No museu, que sempre tinha parecido um lugar estranho para guardá-la, pois o museu guardava itens da Superfície. Estava em uma prateleira, embrulhada no mesmo tecido de seda em que Vikus a havia apresentado originalmente. Pela primeira vez, Gregor se perguntou se a espada de Sandwich estava lá porque todos achavam que pertencia a ele agora, tivesse ele aceitado ou não.

— Não é minha de verdade — disse Gregor.

— É, sim. Está lá naquela profecia que eu mencionei, sobre matar Bane. "A Profecia do Tempo" — disse Ripred.

— E ela diz que preciso da espada de Sandwich? — perguntou Gregor.

— Entre outras coisas. Eu presumia que Vikus tivesse pelo menos lhe falado sobre a importância da espada. Que você está destinado a herdá-la — comentou Ripred. — Que todos nós acreditamos que ela é sua espada. Alguma dessas coisas soa familiar?

— Não. Ele só pareceu feliz por eu não ter aceitado ficar com ela — disse Gregor.

— Sempre otimista, o avô de vocês — disse Ripred a Luxa e Howard.

— É. Talvez devêssemos fazê-lo passar mais tempo no campo de batalha — disse Luxa, fechando a cara.

— Ouça o que está dizendo — disse Ripred, com uma risada.

— Você sabe o que ele disse quando fomos presos pelos fiandeiros naquela vez? Disse que achava que as coisas seriam diferentes por causa do recente acordo de comércio que tinha feito com eles — falou Luxa. — Eu tinha 11 anos e sabia que era tolice.

Ripred sorriu.

— Ele podia estar certo.

— Nós podíamos estar mortos — disse Luxa.

— Nós *estaríamos* mortos se não fosse pelo seu avô — disse Gregor, defendendo Vikus de repente. — As aranhas iam me matar até eu mencionar o nome dele.

— Sim, sim, você não precisa defender Vikus. Mas a espada. Você sabe onde ela está? — perguntou Ripred.

— Sim — respondeu Gregor.

— Ótimo. Volte, coloque-a no cinto e não a deixe sair do seu lado novamente — disse Ripred.

— Qual é o grande problema em me falar sobre a profecia? — perguntou Gregor. — Já passei por quatro delas até agora. Não dá para piorar muito, não é?

— Não sabíamos se realmente ia acontecer. Alguns achavam que certos eventos iam ocorrer. Depois de hoje, parece que já aconteceram — disse Howard.

— E? — perguntou Gregor.

— E ninguém quer lhe contar porque... as probabilidades são... Olha só, nem sabemos se estamos interpretando direito — disse Ripred. — Geralmente estamos errados, não é?

Gregor sabia que não podia mais esperar Vikus que lhe explicasse as coisas.

— O que ela diz, Ripred?

— Ela diz... Bem, ela sugere... que você provavelmente vai... — Ripred se interrompeu de repente. — Vikus vai lhe dizer. Aquela garota maluca, qual é o nome dela? Nerissa. Pergunte a ela sobre a profecia. Ela vai explicar melhor do que eu — completou.

— Mas eu... — disse Gregor.

— Não! — exclamou Ripred. — Pergunte em Regália. Assim que seu vínculo descansar, você pode partir. Leve os filhotes, Cartesian e Temp.

— Para lutar, eu fico, para lutar — objetou Temp.

— Não, Temp — disse Luxa, se ajoelhando diante dele. — Eu gostaria de tê-lo ao meu lado, mas precisamos muito mais de você em casa. Você precisa ir até os rastejantes, dizer a eles o que aconteceu e convocar todos para nossa causa.

Temp andava de um lado para o outro, indeciso.

— E peço também outro favor — continuou Luxa. — Preciso que cuide de Hazard agora, assim como tem cuidado de Boots para Gregor. Eu o coloco aos seus cuidados.

— Ao meus cuidados, o menino aos meus cuidados? — perguntou Temp, surpreso.

— Se você aceitar. Porque não há ninguém entre nós que sinta o perigo tão rápida e precisamente quanto você — disse Luxa. — Ou o enfrente com tanta coragem.

Aquilo era verdade, como todos eles haviam descoberto da maneira mais difícil. Temp os alertara para não explorar a ilha com os ácaros; eles o haviam ignorado, e o vínculo de Howard, Pandora, tinha sido comido vivo. Temp tinha dito que eles não andassem pela floresta atrás do doce odor dos frutos; eles o ignoraram, e um dos ratos, Mange, tinha sido engolido por uma vagem carnívora. Temp havia avisado sobre o gás vulcânico; Luxa o havia ignorado, e tanto ela quanto Aurora teriam acabado sendo envenenadas se Ripred não tivesse dado ouvidos. Sim, aquilo era verdade, mas...

Gregor se lembrou da garota que encontrou quando chegou pela primeira vez ao Subterrâneo. A garota que tinha zombado das baratas... de sua lentidão, de sua inabilidade para lutar, de sua covardia...

Ela com certeza tinha mudado bastante.

— Você, assim diz, você? — indagou Temp.

— Eu, assim digo, eu — disse Luxa. — Você fará isso, Temp?

— Sim — respondeu a barata.

— Obrigada — disse Luxa. Ela colocou a mão sobre a cabeça dele, e suas antenas estremeceram. Foi o único momento bom em um dia tão sombrio.

Gregor se ofereceu para vigiar enquanto os outros dormiam. Ele ia passar o dia seguinte apenas montado em Ares, de qualquer jeito. Luxa disse que não conseguia dormir e caminhou até a beirada do rochedo. Ela se sentou, as pernas penduradas no espaço, sem se abalar com o declive escarpado abaixo. A tristeza em seu rosto fez o coração de Gregor doer. Ele não conseguia tirar os olhos dela. Não importava. Ela nem notava. Mas alguém notou.

— Qual é a história entre você e a rainha? — perguntou Ripred.

— Nenhuma — disse Gregor. — Achei que você estivesse dormindo.

— Você se afeiçoou muito a ela — disse Ripred.

— Não sei. Acho que sim — disse Gregor.

— Quer um conselho? — indagou Ripred.

— Não se preocupe. Sei o que você vai dizer. Que a coisa toda é idiota — disse Gregor.

— Muito pelo contrário. Eu ia dizer que a vida é curta. Na verdade, só existem poucas coisas boas nela. Não finja que não está acontecendo — disse Ripred.

Era o conselho menos Ripred que Gregor podia imaginar. Será que o rato estava apenas zombando dele? Não, ele parecia estar sendo sincero.

— Isso é loucura. Quero dizer, não é como se nós dois pudéssemos um dia... — Gregor nem sabia como terminar a frase.

— Garoto, estamos no meio de uma guerra. Podemos estar todos mortos em um ou dois dias. Eu não faria muitos planos para o futuro, se fosse você — disse Ripred, e deu um bocejo gigantesco. — Bem, estou muito cansado. — Deu umas três voltas e se deitou. Em menos de um minuto, estava roncando.

Gregor ficou ali sentado por mais alguns minutos, observando Luxa. Então foi andando até ela. Ainda não tinha pensado no que ia dizer, em como dizer que se preocupava com ela, com o que acontecia com ela. Então apenas se sentou perto de Luxa. Ao lado, mas sem ficar com as pernas penduradas. Depois de tantas horas no ar, ele ainda evitava lugares altos.

Luxa falou primeiro.

— Aqueles mordiscadores na cratera. Eles não eram da Fonte. Eram da selva. Muitos deles eram meus amigos. Vi vários dos filhotes nascerem. Até escolhi o nome de um deles.

Ela ainda não tinha chorado. Nem ele. Nem pelos mordiscadores nem por Thalia. Aquilo viria mais tarde. Se houvesse tempo.

— Eles adoram matemática, sabe? — disse ela. Gregor não sabia disso nem de muitas coisas sobre os camundongos, mas não falou nada. — Então, resolvi chamá-lo de Cubo.

— É um bom nome — disse Gregor.

— Ele estava na cratera hoje — disse Luxa. — Reconheci suas marcas.

Uma brisa leve soprou sobre eles, quente e úmida, trazendo os cheiros da selva abaixo. Os pensamentos de Gregor foram das vítimas na cratera para Hamnet e Frill, que tinham morrido na selva durante a batalha com as formigas. Ele se perguntou se os cipós teriam crescido sobre os corpos. A esta altura, provavelmente...

— Gregor, eu estava pensando sobre o que você disse no túnel — falou Luxa. — Sobre você ser apenas um visitante aqui.

— Esqueça aquilo. Eu estava apenas chateado — disse Gregor.

— Não, escute. Você estava certo — disse Luxa. — Quando voltar a Regália, não importa o que as pessoas lhe digam, você não tem nenhuma obrigação de ficar. Este mundo não é seu, e esta guerra não é sua — disse Luxa. — Se voltasse para casa depois de ler a profecia, eu entenderia.

— Essa deve ser uma profecia e tanto — disse Gregor.

Mas ela evitou o assunto e continuou:

— Até mesmo envolvê-lo nos problemas dos mordiscadores foi injusto de minha parte. Você não deve nada a eles.

— Não tentei ajudá-los porque eles me devem alguma coisa — disse Gregor. — O que está acontecendo com eles é errado.

— Mas, quando vir o que a profecia exige de você, isso pode não ser o bastante — disse Luxa. — Eu declarei essa guerra por causa dos mordiscadores. Você não tem nenhuma história com os mordiscadores. Nós, humanos daqui, temos muitas dívidas com eles. O que os mordiscadores já fizeram por você?

A brisa despenteou o cabelo dela, levando-o para trás do rosto e dando a Gregor uma clara visão de seus olhos. Eles estavam pedindo uma resposta. Precisavam saber se ela podia contar com ele.

— Eles salvaram a sua vida — respondeu.

E, por apenas um instante, o rosto de Luxa se enterneceu e ela sorriu.

CAPÍTULO 27

Gregor insistiu para que Luxa tentasse descansar. Não queria que ela fosse para a batalha caindo de cansaço. A princípio, ela resistiu, e ele precisou ameaçar acordar Ripred para ajudá-lo.

— E ele não vai calar a boca até você implorar para dormir — disse Gregor.

— Está bem, então, está certo — disse ela, e se deitou ao lado de Hazard e Boots. Ele ficou feliz ao ver que ela logo pegou no sono.

Gregor voltou para ficar de vigia. Não tinha um relógio e nenhuma outra forma de saber as horas. Mas isso não era problema. Ripred se levantou provavelmente quando eram quatro horas em ponto e acordou todo mundo, menos Hazard, Boots e Cartesian.

O camundongo começou a se mexer enquanto eles se aprontavam e logo estava de pé. Quando descobriu sobre o plano, ficou determinado a se unir ao grupo para libertar os mordiscadores.

— Preciso ir! Eu preciso encontrar Heronian! Você vai precisar dela para decifrar o código! — insistiu Cartesian.

— Heronian? Vou ficar com os ouvidos atentos. Mas você vai para Regália — disse Ripred.

Uma discussão se seguiu, e as coisas estavam para ficar feias quando Howard gritou de repente:

— Chega! Cartesian está certo. São a família e os amigos dele. Ele deve ter permissão para ir! Mas, antes... — Howard remexeu o kit médico e tirou uma pequena garrafa avermelhada que Gregor não tinha visto ainda. Ele a estendeu para Cartesian. — Mas antes você precisa tomar uma dose disso. É um elixir de algumas ervas poderosas para lhe dar força.

Cartesian engoliu o líquido sem hesitar, piscou algumas vezes, confuso, e depois caiu no chão como uma pedra.

— O que você deu a ele? — perguntou Gregor.

— Um sonífero muito forte. Só o usamos raríssimas vezes, quando um paciente precisa perder a consciência imediatamente para que possamos operá-lo. Para retirar um membro ou outra medida drástica — disse Howard. — Agi mal?

— Muito pelo contrário. Mas, obviamente, o restante de nós precisa ficar de olho em você — disse Ripred, brincando apenas em parte.

Eles colocaram Cartesian, Boots, Hazard e Temp nas costas de Ares. Gregor lavou a garrafa de água e encheu-a com água limpa da nascente, guardando-a na mochila com o binóculo, a fita adesiva, as pilhas e todas as lanternas, até mesmo aquela que geralmente usava presa ao cinto. Depois passou a mochila pelos ombros de Luxa.

— O que é isso? — perguntou ela, observando-o ajustar as alças. Embora os suprimentos de Regália fossem propriedade comum nas viagens, a mochila de Gregor sempre havia sido tratada como se fosse exclusivamente dele.

— Não preciso dela. Você pode precisar — explicou. — Você sabe como trocar as pilhas das lanternas, não sabe?

— Acho que sim. Mas como vai fazer para ter luz no caminho de volta a Regália? — indagou ela.

Gregor levantou o cetro de Boots e apertou o botão de ligar.

— Já tenho o que preciso.

Quando eles se abraçaram para se despedir, houve um momento em que Gregor achou que não ia soltá-la. Mas soltou. Ele abraçou Howard também. Deu um tapinha nas costas das morcegas. E acenou para Ripred, porque o rato não era muito afeito a contatos físicos, a não ser que estivesse derrubando alguém.

Então subiu em Ares. Ele olhou bem para todos — Luxa, Howard, Nike, Aurora e Ripred — sabendo que havia muita chance, uma grande chance mesmo, de nunca mais voltar a vê-los.

— Corra como o rio, garoto — disse Ripred.

— Voe alto — disse Gregor de volta. Mas era o rosto de Luxa que ele não conseguia deixar de olhar enquanto Ares levantava voo.

Ele se deitou entre Boots e Hazard e passou um braço em volta de cada um. Temp sentou aos seus pés, para tomar conta de Cartesian.

Gregor desligou o cetro para economizar a luz que ainda existia nele. Aquela coisa já tinha funcionado muito além das expectativas. Durante um tempo, havia uma luz fraca que vinha da floresta abaixo deles. Depois, tudo ficou escuro como breu.

Ele queria muito dormir, sabia que precisava. Mas o sono não vinha. A escuridão fez com que ele ficasse muito sensível aos sons. Às vezes ouvia um riacho correndo ou o grito de algum animal, mas, na maioria das vezes, ouvia os sons deles mesmos. O bater das asas de Ares, a respiração suave de Boots e as coisas que Hazard falava em seu sono induzido pelo remédio. Gregor captava palavras aqui e ali... Thalia... mãe... segredo...

Segredo. A própria palavra enchia Gregor de cansaço. Como era desgastante guardar um segredo, esconder um segredo, saber que um segredo existia e esperava por você na escuridão.

Esse verão tinha sido cheio de segredos. As cicatrizes em suas pernas, que ninguém em Nova York podia ver. A visita clandestina a Queenshead. A marca escondida da foice sob o corpo de Cevian. Mentir para Vikus sobre o piquenique. Sandwich ter disfarçado a profecia em forma de música. E o pior de todos: a verdade sobre o que os ratos estavam fazendo com os camundongos.

Havia outro segredo esperando por ele em Regália, ou, pelo menos, um segredo para Gregor: saber o que Sandwich havia escrito na "Profecia do Tempo".

Mas Gregor não achava que fosse um mistério tão grande quanto seus amigos imaginavam. Ninguém conseguia nem começar a lhe contar a verdade sobre a profecia. Sendo assim, ele só podia supor uma coisa. Que, sem sombra de dúvida, a nova profecia falava de morte. Ou a sua própria ou a de alguém que ele amava profundamente. O que mais poderia fazer com que até Ripred se atrapalhasse quando falavam nela?

Um novo som se fez ouvir em meio aos seus pensamentos. O som de garras, garras de rato, contra a superfície de pedra abaixo dele. Gregor rolou sobre a barriga e olhou por cima do ombro de Ares, mas é claro que não conseguiu ver nada sem uma luz. Os ratos, no entanto, perceberam a presença deles, sentindo o cheiro, e até mesmo reconheceram Gregor, porque estavam gritando seu nome e pedindo sua morte.

Em alguns minutos, estava tudo em silêncio outra vez.

— Havia quantos lá? — perguntou Gregor a Ares.

— Uns seiscentos ou setecentos — respondeu Ares.

— Indo em direção a Regália ou às Terras de Fogo? — indagou Gregor.

— Regália — disse Ares.

— Você acha que os regalianos sabem que os ratos estão chegando? — inquiriu Gregor.

— Não sei — disse Ares, e suas asas começaram a bater ainda mais rápido.

Gregor pensou na cidade inocente acerca da emboscada, em todas as pessoas, em sua mãe no leito do hospital... e Ares não conseguia ir rápido o suficiente.

Quando o morcego chegou ao Salão Alto, estava claro que ninguém sabia da aproximação do exército de ratos. Conseguiram passar pelo portão sem nenhuma autorização especial, embora tivessem notado alguns olhares preocupados. Não havia mais guardas do que o normal. Na cidade, as pessoas estavam ocupadas com as atividades de costume.

No momento em que aterrissaram, Gregor ordenou aos guardas que levassem o restante do grupo para o hospital.

— E digam a Vikus que a cidade está prestes a ser atacada por roedores.

Antes que pudessem perguntar alguma coisa, Gregor deixou o salão. Seu joelho estava inchado e a dor o apunhalava a cada passo, mas ele não parou. Agora ele sabia andar pelo palácio. Não demorou muito para chegar ao museu.

A espada de Sandwich estava no lugar de sempre, ainda cuidadosamente embalada no tecido. Não tinha sido tocada desde a última vez em que a vira. Estendeu a mão para pegá-la, e alguma coisa chamou sua atenção. A câmera da Sra. Cormaci. Ele a havia deixado ali depois da festa para que não se quebrasse ou algo parecido. Ao lado dela estava a pilha de fotos que tinha tirado no dia da festa de Hazard. Sua mãe havia sugerido que as levasse para casa e montasse um álbum especial para Hazard.

Não conseguiu evitar pegar as fotos. No alto da pilha estava a primeira que tinha tirado: Hazard radiante de felicidade e Thalia. Só fazia cerca de uma semana, mas parecia que tinha sido em outra vida. Agora Hazard estava enlouquecido de tristeza, e Thalia, morta na cratera com os mordiscadores. Cinco de seus amigos estavam em uma missão perigosa nas Terras de Fogo para alertar os mordiscadores e tentar formar um exército. Os ratos cercariam a cidade em poucas horas, inflamados pelo ódio de Bane.

As mãos de Gregor começaram a tremer. Algumas fotos caíram no chão. Recolheu-as rapidamente e se pegou olhando para uma foto que nunca tinha visto antes. Quem a teria tirado? Era uma foto de Luxa e ele dançando juntos. A câmera tinha captado o momento em que ele a erguera no ar. Os dois estavam rindo. Ele se lembrou de como estivera feliz...

Então as trombetas começaram a soar o alerta. Vozes assustadas gritavam umas pelas outras no salão. Todos sabiam, agora. Os ratos estavam vindo.

Gregor enfiou a foto da dança no bolso e empilhou o restante na prateleira. Puxou a espada do cinto e a atirou longe.

O tecido sedoso e macio era frio em suas mãos enquanto desenrolava a espada de Sandwich. A visão dela, coberta de joias e entalhes intrincados, deixou-o sem ar. Tinha esquecido como era impressionante.

Hesitou por um instante. Em pegar a espada de Sandwich. Mas por quê? Ele já tinha feito a escolha, no momento em que vira os camundongos morrerem naquela nuvem de gás venenoso. Ele lutaria porque não conseguia pensar em nenhuma outra opção. Mas o que aquilo representaria para ele, o guerreiro? Quem ele seria... se sobrevivesse... Quem ele seria quando depusesse a espada de Sandwich?

Não, não era a espada de Sandwich. Era dele, agora. Sua mão agarrou o punho da espada, e ele fez alguns movimentos no ar. Um silvo profundo e gratificante acompanhava cada movimento. Era mais pesada do que ele esperava, mas perfeitamente balanceada. Fazia cada espada que ele já tinha segurado antes parecer alguma coisa barata de plástico que se usa como parte de uma fantasia de Halloween. Ele deslizou a lâmina no cinto, apoiando a mão sobre o punho, sentindo o peso, a retidão. Alguma coisa nova brotou dentro dele. Uma sensação de poder com a qual não estava acostumado. E que surgiu por estar usando a espada. "Não a deixe sair do seu lado novamente", dissera Ripred. Gregor achava que não havia nenhum perigo de isso acontecer.

— Encontrou tudo que precisa? — A voz de Vikus estava cheia de tristeza. Ele nunca quisera dar a espada a Gregor.

— Sim — respondeu Gregor, sem se virar para vê-lo parado à porta. Ele segurou firme o punho cravejado de joias. — Sim, acho que sim.

Este livro foi composto na tipologia Sabon LT Std, em corpo 11/15,5, e impresso em papel off-white no Sistema Cameron da Divisão Gráfica da Distribuidora Record.